明智小五郎事件簿　Ⅸ

「大金塊」「怪人二十面相」

江戸川乱歩

集英社文庫

目次

明智小五郎事件簿 Ⅸ

大金塊

1930年 晩春

恐怖の一夜

小学校六年生の宮瀬不二夫《みやせふじお》君は、たったひとり、広いおうちにるす番をしていました。宮瀬君のおうちは、東京の西北のはずれにあたる荻窪《おぎくぼ》の、さびしい丘の上に建っていました。このおうちは不二夫君のおじさんが建てられたのですが、そのおじさんが亡くなって、おばさんも子どももなかったものですから、不二夫君のおとうさまのものとなり、一年ほどまえから、不二夫君一家がそこに住んでいたのでした。

このおうちを建てたおじさんというのは、ひどくふうがわりな人で、一生お嫁さんももらわないですごし、そのうえ人づきあいもあまりしないで、自分で建てた大きな家にとじこもって、こっとういじりばかりして暮らしていたのですが、このおうちも、そのおじさんが建てただけあって、いかにもふうがわりな、古めかしい建て方でした。

全体で十二間《ま》ほどの二階建てコンクリートづくりの洋館なのですが、赤がわらの屋根の形がみょうなかっこうに入りくんでいて、まるでお城かなんかのような感じでしたし、その屋根の上に、いまどきめずらしい、石炭をたく暖炉の、四角なえんとつがニューッとつきでていて、おうちのかっこうをいっそう奇妙に見せているのでした。

おうちの中もみょうな間どりになっていて、廊下がいやにまがりくねっているような建て方でしたが、この部屋部屋のかざりつけは、さすがにこっとうずきのおじさんがえらばれただけあって、みな美術的なりっぱなものばかりでした。

なかにも階下にある広い客間なんかは、まるで美術陳列室といってもよいくらい、高価な美しい品物でいっぱいになっていました。壁にかかっている西洋の名画、外国からわざわざ取りよせた、名人のこしらえたイスやテーブル、ほりものの美しいかざりだな、ペルシャ製のじゅうたんなど、こりにこった、とびきり高価なものばかりでした。

宮瀬不二夫君は、そのりっぱなおうちの寝室で、今ベッドにはいったばかりのところなのです。

おとうさまは会社のご用で、どうしても一晩、家をるすにされねばならなかったものですから、不二夫君は、広いおうちに、ひとりでるす番をしていたのです。もっとも書生や女中たちが、遠くの部屋にいることはいたのですが、それはみな雇い人なのですから、おとうさまがいられたときのように、心じょうぶではありません。

では、おかあさまはといいますと、そのやさしいおかあさまは、四年ほどまえに亡くなられて、今では、宮瀬家の家族は、おとうさまと不二夫君のただふたりだけなのでした。

春の夜もふけて、ベッドのまくらもとの置き時計は、もう十時をすぎていました。不二夫君は、いつもならば、もうとっくにねむっている時刻なのに、今夜はどうしたわけか、みょうに寝つかれないのです。寒くもないのに、なんだか背中がぞくぞくするようで、さびしくて、こわくてしかたがないのです。六年生にもなっていて、こんなおくびょうなことではだめだと、いくら元気をだそうとしても、なぜかすぐに気がくじけて、びくびくしながら、窓の外の物音に、耳をすますというありさまです。

ベッドにはいるまえに、本を読んだのがいけなかったのです。それはおそろしい盗賊の出てくる、西洋の物語だったのですが、さし絵にあった盗賊のものすごい姿が、わすれようとしてもわすれられないのです。今にもそのおそろしい賊が、あの窓からしのびこんでくるのじゃないかしらと考えると、もうこわくてこわくてしかたがありません。

窓には厚い織り物のカーテンがしめきってあって、外を見ることはできませんが、そのカーテンのむこうのガラス窓の外は、広い庭になっていて、大きな木がこんもりとしげっているのです。もしかしたら、その木の下を、あやしげな黒い影が、しのび足で、こちらに近よっているのじゃないだろうか。不二夫君はそんなことまで考えて、毛布の中で身をちぢめているのでした。

広いおうちの中は、あき家のように、しいんと静まりかえっています。ただ、まくらもとの置き時計の秒をきざむ音が、コチコチ、コチコチ鳴っているばかりです。それをじっと聞いていますと、みょうな節《ふし》をつけて、だれかがものをいっているように感じられ、時計の音さえきみ悪くなってくるのです。

不二夫君は、どうかしてねむろうと、目をかたくとじてみました。でも、いくら目をとじても、心はねむらないのですから、いろいろな考えがうかんできます。

「ああ、そうだ。あの本のお話には賊のおそろしい手紙が、しめきった部屋の中へ、どこからともなくまいこんでくるところがあったっけ。お話の中のおじょうさんも、やっぱりぼくみたいにベッドに寝ていたんだ。すると、ちょうどその顔のあたりへ、ひらひらと白い紙が落ちてきたんだ」

そう考えますと、不二夫君は、今、自分の顔の上にも、同じようなことが起こっているのではあるまいかと、ゾウッとしました。気のせいか、天井の方から、何かひらひらとまいおりてくるような、空気のかすかな動きが感じられます。

「ばかな、そんなばかなことがあるもんか」

不二夫君は、自分のおくびょうを笑ってやりたいような気持ちになって、パッと目を見開きました。そして、

「ほうら、どうだ、なんにも落ちてきやしないじゃないか」

と、自分自身にいい聞かせてやろうと思ったのです。

ところが、そうして目を開いて、天井のほうを見あげたせつな、不二夫君は、あまりのおそろしさに、アッとさけびそうになりました。

ごらんなさい。本のお話に書いてあったとおりのことが、いま、目の前に起こっているのです。天井から、寝ている不二夫君の顔の上へ、ひらひらと、一枚の白い紙がまいおりてくるのです。

不二夫君は夢ではないかと思いました。心の中で思っていたことが、そっくりそのまま、じっさいに起こるなんて、こんなふしぎな、きみの悪いことがあるものでしょうか。しかし、夢でもまぼろしでもありません。白い紙はかすかな風を起こして、スウッと顔の上を通りすぎたかと思うと、ベッドの毛布の上に、ふわっと落ちたのです。

不二夫君は、しばらくのあいだは、身をすくめて、じっとその紙を見つめていましたが、きみが悪ければ悪いほど、それがどういう紙だか、たしかめてみないでは安心ができません。

「もしやお話のように、おそろしい賊の脅迫状ではあるまいか」

と考えますと、もうからだじゅうが、じっとりとつめたく汗ばんできて、こわくてしかたがないのですが、でも、あらためて見なければ、なお気持ちが悪いものですから、思いきって毛布の中から手をのばして、その紙を取ってまくらもとの卓上電灯の光にかざしてみました。

すると、その紙には字が書いてあることがわかりました。鉛筆でなんだか書いてあるのです。

不二夫君は読みたくないと思いました。読むのがこわかったのです。でも、読むまいとしても、目はかってに文字の上を走っていました。そして、またたくまにその文章をすっかり読んでしまったのです。そして、不二夫君は、まっさおな顔になってしまいました。

それもむりではありません。そこには、こんなおそろしいことが書いてあったのです。

不二夫君
どんなことが起こっても、きみは朝までけっしてベッドをはなれてはいけない。声をたててはいけない。ただ目をつむって寝ていればいいのだ。もし、さわいだりすると、きみはどんなめにあうかもしれないよ。それがこわかったら、ただじっとしているのだ。じっとしてさえいれば、きみは安全なのだ。いいかね、命がおしかったら、そのままじっとしているのだよ。

読みおわっても、あまりのこわさに、しばらくはものを考える力もなく、ただぼんやりしていましたが、やがて心が静まるにつれて、なんともいえぬきみの悪いうたがいが起こってきました。

「いったい、これはどういうわけなんだろう。なぜ、じっとしていなければならないのだろう。きっと、じっとしていられないほど、みょうなことが起こるのにちがいない。ああ、どんなおそろしいことが起こるのかしら。……それにしても、この手紙は、どこから落ちてきたんだろう。天井には、そんなすきなんかないのだし、窓はしめきってあるのだし……」

考えながら、ふと気がつきますと、どこからか、部屋の中へ、つめたい風がスウッと吹きこんでくるような感じがしました。

「おや、窓があいていたのかしら」

思わずその窓のほうへ目をむけましたが、そして、あの庭に面した窓の、厚いカーテンをひと目見たかと思うと、不二夫君のかわいらしい目が、とびだすばかり、いっぱいにみひらかれ、顔が今にも泣きだしそうにゆがみました。

おお、ごらんなさい。その窓のカーテンの合わせめから、ピストルのつつ口が、じっとこちらをねらって、つきだされているではありませんか。長いカーテンの下からは、二本の長ぐつがのぞいているではありませんか。

悪者です。悪者が窓からしのびこんで、カーテンのうしろにかくれながら、さわげばうつぞと、不二夫君をおどかしているのです。手紙を投げこんだのも、この悪者のしわざにちがいありません。

悪者は息をころし、身動きもしないで、だまりこんでいます。顔も見えなければ、姿も見えません。ただ、ピストルと、カーテンのふくらみと、下から見えている長ぐつで、それと、わかるばかりです。

でも顔形が見えないだけに、いっそうぶきみな感じがします。相手が、どんなやつとわかっていれば、まだいいのです。それがまったくわからないものですから、なんだかお化けにでも出あったような、いうにいわれない、心の底から寒くなるようなおそろしさです。

お話の本には、悪漢におそわれたおじょうさんが、歯の根も合わぬほどふるえていたと書いてありました。それを読んだときには、「歯の根が合わぬって、どんなことかしら」と、ふしぎに思ったのですが、今こそ、その気持ちがはっきりわかりました。ほんとうに上下の歯が、しっかりと、合わないのです。からだじゅうが小きざみにぶるぶるふるえ、歯がガチガチ鳴って、いくらとめようとしてもとまらないのです。

不二夫君は、残念ながら、そうしてふるえながら、毛布の中に身をちぢめて、かたくなっているほかはありませんでした。賊のいいつけにそむいて、たすけを呼んだり、部屋から逃げだしたりすることは思いもよりません。そんなことをすれば、むろん命がないのです。あのカーテンのあいだから出ているピストルが火を吹くのです。

その部屋は、おとうさまといっしょの寝室でしたから、すぐむこうがわに、おとうさまのからっぽのベッドが見えているのです。そのベッドのまくらもとの壁には、書生や女中を呼ぶベルのボタンがあるのです。ただ二メートルか三メートル走れば、それをおして人を呼ぶことができるのです。

でも、不二夫君は、そのベルのボタンのところまでさえ行けません。そこへ行くのには、どうしても自分のベッドをおりて、床の上を歩かなければならないからです。歩けば、賊のピストルが火を吐くにきまっているからです。

不二夫君がそうして、生きたここちもなく、目をふさいで、わなわなふるえていますと、やがて、どこからか、みょうな物音が聞こえてきました。

ゴトゴト、ゴトゴト、テーブルだとかイスだとかを動かしている音です。壁をたたくような音も聞こえます。人の歩きまわるけはいもします。

「おや、あれは客間じゃないかしら。客間へ賊がしのびこんで、あのたいせつな油絵や道具などをぬすみだしているんじゃないかしら」

寝室の壁ひとえとなりが、あの広いりっぱな客間なのです。そこには、まえにしるしたとおり、いろいろな美しいかざりものや道具などが、たくさんおいてあるのです。このおうちで、賊が目ぼしをつけるものといっては、さしずめ、あの高価な絵や道具類のほかにはありません。

壁のむこうがわの物音は、だんだんひどくなってくるばかりでした。まるで大掃除か引っ越しのようなさわぎです。書生や女中の部屋は遠いのですし、不二夫君はピストルでおどしつけているから、だいじょうぶと思ったのでしょう。賊たちは、人の住んでいないあき家をでも荒らすように、かってほうだいにあばれまわっています。物音のようすでは賊はひとりではありません。ふたりも三人もいるらしいのです。

あんな大きな物音をたてているほどですから、絵や置き物ばかりでなく、イスもテーブルも、じゅうたんも、金目のものは、いっさいがっさい、ほんとうに引っ越しのようにぬすんでいくつもりにちがいありません。門の外には、賊の大きなトラックが待っているのかもしれません。

不二夫君は、それを思うと、おとうさまに申しわけないようで、気が気ではないのですが、残念ながら、どうすることもできません。カーテンのあいだからは、あのピストルが執念ぶかく、ねらいをさだめていて、いつまでたっても、立ちさろうとはしないからです。うすきみ悪くだまりこんだ怪人物が、カーテンのむこうから、じっと不二夫君をにらみつけているからです。

奇々怪々

ああ、それはどんなに長い長い一夜だったでしょう。不二夫君は、まるでひと月もたったように感じました。あまりのことに、こわさを通りこして、心がしびれたようになって、ボウッとなってしまって、今にも気をうしなうのではないかとあやぶまれたほどでした。

ピストルをかまえた怪人物は、一晩中カーテンのかげから動かなかったのです。ですから、かわいそうな不二夫君は、朝までまんじりともせず、カーテンとにらめっこしていなければならなかったのです。

しかし、その長い長い一夜がすぎて、やっと、夜が明けはじめました。部屋の中がなんとなく、ボウッとうす白くなって、表の道路を牛乳屋さんの車が走る音、なっとう売りの呼び声などが聞こえてきました。

「ああ、うれしい。とうとう朝になった。でも、賊は客間のものを、根こそぎ持っていったにちがいないが、ああ、ほんとうに、ぼくが子どもで、どうにもできなかったのが残念だ」

不二夫君は、残念は残念でしたけれど、それでも、ホッとした気持ちで、例のカーテンのほうを見ますと、ああ、なんという執念ぶかい、ずうずうしいやつでしょう。あいつは、まだじっと立っているのです。ピストルをかまえて、カーテンの下から長ぐつの足を見せて、だまりこくって、立っているのです。

それを見ますと、不二夫君はぞっとして、また首を毛布の中へちぢめてしまいました。

いったい、この怪人物は何をしようとしているのでしょう。となりの客間をガタガタいわせていた同類たちは、とっくに立ちさってしまったのに、こいつだけが、なんのためにいつまでも居残っているのでしょう。

外はだんだん明かるくなってきたらしく、カーテンの上のすきまから、ほの白い光がさしこんできました。でも、カーテンの織り物が厚いのと窓の外に木がしげっていますので、賊の影がすいて見えるほどではありません。カーテンのひだのふくらみで、それとわかるばかりです。

まくらもとの置き時計がもう六時十分まえをしめしています。やがて、書生の喜多村《きたむら》が、不二夫君を起こしにやってくるころです。

おお、廊下にそれらしい足音が聞こえてきました。喜多村です。喜多村らしい、かっぱつな歩き方です。

不二夫君は、その足音を聞きつけて、安堵《あんど》するよりも、かえってドキドキしました。

「もし喜多村がふいにはいってきたなら、カーテンのかげのやつは、まさか、じっとしていやしない。逃げだしてくれればいいけれど、もし、いきなり喜多村めがけてピストルをうつようなことがあれば、それこそ、たいへんだ」

そう思うと気が気ではありません。

しかし、何も知らぬ書生は、もう部屋の入り口まで来て、コツコツとドアをたたいておいて、いきなり寝室の中へはいってきました。

「喜多村、いけない。はいってきちゃいけない」

不二夫君は、書生に、もしものことがあってはいけないと、何もかもわすれて、するどくさけびました。

「え、ぼっちゃん、なんです？」

喜多村は、びっくりしたように、戸口に立ちどまりましたが、目早いかれは、その瞬間、カーテンのうしろの人影を見つけてしまいました。

「あ、そこにいるのは、だれだ」

逃げるどころか、喜多村は、いきなり賊のほうへかけよったではありませんか。不二夫君が喜多村を気づかうように、喜多村のほうでも、ぼっちゃんの一大事とばかり、われをわすれてしまったのです。

「喜多村、いけない」

不二夫君は思わずベッドをとびおりて、書生のうしろから、その手を取って、引きとめようとしました。

でも、喜多村は、もうむちゅうです。ピストルのつつ先も目にとまらぬかのように、カーテンのほうへつめよっていきました。喜多村は勇敢な青年でした。それに柔道初段の免状を持っているほどで、腕におぼえがあるのです。

「やい、返事をしないか。……さては、きさま、どろぼうだな。うぬ、逃がすものか」

喜多村は、まるで土佐犬《とさいぬ》のような勇ましいかっこうで、まっかな顔をしてどなりながら、パッとカーテンに組みついていきました。

「あ、あぶない、賊がピストルを……」

不二夫君は、今にもパンというピストルの音が聞こえ、喜多村が血を流してたおれやしないかと、息もできないほどでした。

ところが、ピストルの音ではなくて、バリバリというおそろしい音がしたかと思うと、おや、これはどうしたというのでしょう。書生はカーテンにとびついた勢いで、そのむこうの窓ガラスをやぶってしまったのです。そして、その場にころがってしまいました。

しばらくは、何がなんだかわけがわからず、喜多村も不二夫君も、キョロキョロそのへんを見まわすばかりでしたが、やがて気がつきますと、今のさわぎでめくれたカーテンのはしに、一ちょうのピストルが、ひもでくくって、ぶらんぶらんとゆれながらさがっていました。カーテンの下には、二つの長ぐつが、横だおしになってころがっていました。

不二夫君はそれを見て、思わず顔をまっかにしてしまいました。ひもでぶらさげたピストルと、長ぐつにおびえて、一晩中、息もたえだえの思いをしたのかと考えると、はずかしくてしかたがなかったのです。

「なあんだ。人かと思ったら、長ぐつばっかりか。まんまといっぱいくわされてしまった。……これ、ぼっちゃんのいたずらですか」

喜多村は、指をけがしたらしく、それをチュウチュウ口ですいながら、顔をしかめて、不二夫君をにらみつけました。

「そうじゃないよ。やっぱり、どろぼうなんだよ」

不二夫君は、まだ赤い顔をしたまま、気のどくそうに書生をながめて、ゆうべからのできごとを、手みじかに話して聞かせました。

「え、なんですって。じゃ、客間の家具を――」

「そうだよ。あんなひどい音をたてていたんだから、きっと、何もかも持っていったにきまっているよ」

「じゃ、行って調べてみましょう。ぼっちゃんもいらっしゃい」

大学生服の喜多村と、パジャマ姿の不二夫少年とは、まだうすぐらい廊下をまわって、客間へ急ぎました。

客間の入り口には、左右に開く彫刻のある大きなドアがしまっているのですが、ふたりはそれを開くのがこわいような気がして、しばらくは、顔見あわせてつっ立っていました。やがて、喜多村は思いきったように、静かにドアを開いて、そのすきまから、そっと室内をのぞきこみました。ところが、どうしたのか、ちょっとのぞいたかと思うと、喜多村はびっくりしたような顔で、不二夫君を見かえりました。

「おや、ぼっちゃん、へんですよ、あなた夢をみたんじゃないの?」

「エッ、なんだって? 夢なもんか。あんなにはっきり聞いたんだもの。でも、どうかしたの、へんな顔して」

「へんですとも、見てごらんなさい。客間のものは、なんにも、なくなってやしないじゃありませんか」

「おや、そうかい」

そこでふたりは、急いで客間にはいり、窓のカーテンを開いて、あたりを見まわしました。

じつにふしぎです。壁の油絵も、暖炉のかざりだなの上の銀のかびんも、銀製の置き時計も、何もかもすっかりそろっているのです。イスやテーブルも、いつものとおりにならんでいますし、じゅうたんをめくったあともなければ、だいいち、窓を開いたらしい形跡さえないのです。

不二夫君は、あっけにとられてしまいました。あんな引っ越しのようなさわぎだったのに、客間の中のものが、何一つ動かされたらしいようすもないとは、まるで、キツネにでもばかされたような気持ちです。

もしかすると、客間でなくて、ほかの部屋だったかもしれないというので、ふたりは部屋部屋を一つ一つまわり歩いてみましたが、どこにも異状はないのです。ふたりはまたもとの客間にもどって、ひじかけイスにぐったりともたれこんで、何がなんだかわからないというように、あきれかえった顔を見あわせるばかりでした。

「だって、きみ、夢のはずはないよ。これごらん。こんな手紙がぼくのベッドの上へまいこんできたんだもの。これが夢でない証拠だよ。たしかに悪者が大ぜいしのびこんだのだよ」

不二夫君は、後日の証拠にと、たいせつにパジャマのポケットに入れていた、ゆうべの脅迫状を取りだして喜多村にしめすのでした。

「そうですよ。だから、ぼくもふしぎでしようがないのですよ。ぼっちゃん、こりゃなんだかへんな事件ですね。探偵小説にでもありそうな、えたいのしれない怪事件ですね」

「ぼく、さっきから考えているんだけど、これは名探偵の明智小五郎《あけちこごろう》さんにでもたのまなくちゃ、解決できないような事件だね」

不二夫君は、ちゃんと名探偵の名を知っていて、さも、しさいらしく、パジャマの腕をくみながらつぶやくのでした。

さて、読者諸君、このなんとも説明のできない、怪談のようなできごとは、いったい何を意味するのでしょうか。大ぜいのどろぼうがはいったことはあきらかなのです。しかも家の中の品物は、何一つなくなっていないのです。まさか、そんな、ばかばかしいことがあろうとは考えられません。では、不二夫君や喜多村は、何かたいせつなものが、うばいさられたのを、見おとしているのでしょうか。もしかしたら、それは客間の額や装飾品などとは、くらべものにならない、びっくりするほど重大な品物ではないのでしょうか。

獅子のあご

そうしているところへ、おりよく表に自動車の音がして、不二夫君のおとうさまが、帰ってこられました。朝早く東京駅につく汽車で、旅からお帰りになったのです。

不二夫君と喜多村とは、玄関へとびだしていって、おとうさまをむかえましたが、不二夫君はお帰りなさいというあいさつもろくろくしないで、息を切らしながら、ゆうべのみょうなできごとを、おとうさまにお知らせしました。

おとうさまの宮瀬鉱造《こうぞう》氏は、ことし四十歳、でっぷりふとったあから顔に、かっこうのいい口ひげをはやした、いかにもはたらきざかりの実業家といった感じの方でした。ある大きな貿易会社の支配人をつとめておいでになるのです。

宮瀬氏は不二夫君の話を聞くと、なぜか、ひどくびっくりされたようすで、すぐさま客間にはいって、そこにおいてある品物を念入りにお調べになりましたが、やっぱり何一つ紛失していないことがわかりました。

「ね、おとうさま、いったいどうしたっていうんでしょう。ぼく、ふしぎでしようがないんです」

「うん、わしにもわけがわからないよ。だがね、ひょっとすると……」

宮瀬氏は、不二夫君がめったに見たことのないような、心配そうな顔をして、何かしきりと考えておいでになるのです。

「え、ひょっとするとって?」

「わしの家にとっては、何よりもたいせつなものをぬすまれたかもしれないのだよ」

「たいせつなものって、なんです」

「ある書類なのだ」

「じゃ、その書類を調べてみたらいいじゃありませんか。なくなっているかどうか」

「ところがね、おとうさまも、その書類が、どこにしまってあったか知らないのだよ」

「え、おとうさまも知らないんですって？　おわすれになったのですか？」

　不二夫君は、なんだかへんだというような顔をして、じっと、おとうさまの顔を見つめました。

「いや、わすれたんじゃない。はじめから知らないのだよ。しかし、この家のどこかに、その書類がかくしてあることはわかっていたのだ。この家を建てたおじさんが、そのかくし場所をわしにいわないで亡くなってしまわれたのでね。あんなふうに急な病気で、遺言をするひまがなかったものだからね」

「じゃ、そんなたいせつなものが、この客間のどこかにかくしてあったのですね。それを、どろぼうがさぐりだしてぬすんでいったのでしょうか」

「どうもそうとしか考えられない。そんな大さわぎをして、何もぬすんでいかなかったはずはないからね」

　それ以上は、いくらたずねても、おとうさまは、何もおっしゃいませんでした。何か秘密があるのです。子どもの不二夫君などには、うっかり話せないほどの、大きな秘密があるのに、ちがいありません。

　宮瀬氏はさも心配そうなようすで、しきりと考えごとをしながら、客間の中を、あちこちと歩きまわっておられましたが、やがて、何か妙案がうかんだらしく、大きな両手をパチンとたたいて、そこにいた書生に話しかけられました。

「おい、喜多村君、きみは明智小五郎っていう名探偵を知っているだろうね」

「ええ、名前は聞いています。さっきぼっちゃんと、その明智探偵のことを話していたのです」

　喜多村は明智と聞いて、何かうれしそうに答えました。

「うん、不二夫も知っていたのか。不二夫、おまえはどう考えるね。おとうさまは、このわけのわからない事件を、あの明智探偵にたのんだらと思うのだが」

「ええ、ぼくもそう思っていたのです。明智さんならきっと、なぞをといてくださると思います」

　不二夫君もうれしそうに、目をかがやかせて、おとうさまを見あげました。

「ふん、ひどく信用したもんだね。小学生のおまえにまで、そんなに信用されているとすると、よほどえらい男にちがいない。よし、たのむことにしよう。おい、喜多村君、明智探偵事務所の電話番号を調べるんだ。そして、明智さんに電話に出てもらえ。用件はわしが直接お話しするからね」

　そして、電話がかけられ、明智小五郎は、宮瀬氏のていちょうな依頼を承諾して、すぐ不二夫君のおうちへやってくることになったのでした。

一時間ほどのち、明智探偵の西洋人のように背の高い洋服姿が、客間にあらわれました。「少年探偵団」や「妖怪博士」をお読みになった読者諸君は、よくごぞんじでしょう。よく光る目、高い鼻、引きしまったかしこそうな顔が、今、不二夫君たちの前にあらわれたのです。頭はもじゃもじゃにみだれています。ちょうど絵にある古代ギリシアの勇士のような頭なのです。

宮瀬氏は明智探偵をイスに招じて、ていねいにあいさつをしたうえ、昨夜のできごとをくわしく物語りました。

「よくわかりました。それだけの手数をかけて、何もぬすまないで帰ったとは考えられません。わたしもこの部屋の中に、かならずなくなったものがあると思います。では、さっそく、この部屋を調べてみたいと思いますから、しばらくのあいだ、わたしをひとりきりにしておいてくださいませんでしょうか」

明智はにこにこ笑いながら、歯ぎれのよい口調でいいました。

そこで、宮瀬氏は不二夫君や書生の喜多村をつれて、別の部屋にしりぞきましたが、三十分もたったころ、客間の呼びリンが鳴って、調べがすんだという知らせがありました。

宮瀬氏と不二夫君とが、急いで客間へはいっていきますと、明智は手に小さな紙きれを持って、部屋のまん中につっ立っていました。

「これをごぞんじですか。むこうの長イスの下にこんな紙きれが落ちていたのです。わたしは部屋のすみからすみまで、一センチも残さず調べたのですが、賊はよほどかしこいやつとみえて、なんの手がかりも発見することができませんでした。ただ、こんな小さな、みょうな紙きれのほかには」

宮瀬氏はそれを受けとって調べてみましたが、いっこう見おぼえのないものでした。それは長さ五センチ、はば一センチほどの、小さな紙きれで、それに次のようなみょうな数字が書いてあるのです。

5＋3・13－2

「不二夫、おまえじゃないか、こんなものを落としておいたのは」

「いいえ、ぼくじゃありません。ぼくの字とまるでちがいます」

書生も知らぬといいますし、女中たちを呼んでたずねても、だれも覚えがないという答えでした。

「みなさんが、だれもごぞんじないとすると、これはゆうべの賊が、うっかり落としていったものと考えるほかはありませんね」

「そうかもしれません。しかし、そんな紙きれなんか、べつに賊の手がかりになりそうもないじゃありませんか」

宮瀬氏がつまらなそうにいいますと、明智は長い指で、もじゃもじゃの髪の毛をいじくりながら、意味ありげに、にっこり笑いました。

「いや、わたしはそう思いません。もし賊が落としていったものとすると、ここに書いてある数字に何か意味があるのかもしれません」

「数字といっても、小学校の一年生にでもわかるような、つまらない、たし算とひき算じゃありませんか。そんな数字にどんな意味があるとおっしゃるのです」

「まあ、待ってください。ええと、五に三たす八ですね。十三から二ひく十一ですね。八と十一と……アッ、そうかもしれない」

何を思いついたのか、明智はそういいながら、つかつかと部屋のいっぽうの壁に近づきました。

その壁には、旧式な、石炭をたく大きな暖炉が切ってあって、暖炉の上の大理石のたなに、金の彫刻のあるりっぱな置き時計がおいてあります。

明智はその暖炉の前にあゆみよって、両手で置き時計を持ちあげ、その裏がわや底をねっしんに調べていましたが、べつになんの発見もなかったとみえて、がっかりしたように、それをもとの場所におきました。

「そうじゃない。もっとほかのものだ。八と十一、八と十一……」

明智はきちがいのように、わけのわからぬことをつぶやきながら、また部屋のまん中にもどって、くわしくあたりを見まわしています。

不二夫君は、おとうさまのうしろに立って、明智のようすをねっしんに見まもっていました。あの有名な探偵が知恵をしぼっているありさまを、まのあたり見ているのかと思うと、なんだかぞくぞくするほどうれしくなってくるのです。

しばらく部屋の中をぐるぐる見まわしていた明智の目が、また、暖炉のたなにもどって、そのまま動かなくなってしまいました。

「うん、あれだ。あれにちがいない」

明智はもう、そばに人のいるのもわすれたように、むちゅうになってつぶやくと、暖炉の前にかけより、そこにしゃがんで、みょうなことをはじめました。

例の大理石のたなは、額ぶちのように暖炉をかこんだ、木製のりっぱなわくの上に乗っているのですが、そのわくの大理石の板を受けている部分に、横に長く、まるい浮きぼりの彫刻が、いくつもいくつも、ずっとならんでいるのです。

不二夫君は、いつかかぞえたことがあって、そのまるい彫刻が十三あることを知っていました。ちょうど小さな茶わんを十三ならべて伏せたような形で、横にずっとならんでいるのです。

明智は、そのまるい浮きぼりを右からかぞえたり左からかぞえたり、一つ一つ、ねじでもまわすようにいじくりまわしたり、まるで、子どものいたずらのようなまねをはじめたのです。

でも、なかなか思うようにならぬとみえて、しばらく手を休めて、小首をかたむけ、ひたいに手をあてて考えてみたり、例の紙きれを見つめて、口の中で何かブツブツつぶやいたりしていましたが、とつぜん、「アッ、そうだ」と、ひとりごとをいったかと思うと、また、まるい彫刻をねっしんにいじりはじめました。そして、とうとう何か秘密のしかけを見つけたらしく、やっと立ちあがって、こちらをむき、にこにこ笑いながらいうのでした。

「わかりました。ここにしかけがあったのです。今、どこかしらこの部屋の中に、みょうなことが起こりますから、注意していてください」

そして、もう一度、暖炉の前にしゃがんで、左から五番めのまるい彫刻を、ぐいぐいと右にねじまわし、つぎに十三番めのを左にまわしたかと思いますと、どこかべつの方角でカタンとみょうな音がしました。

「アッ、獅子《しし》が口を開いた。おとうさま、ごらんなさい。あの柱の獅子が口を開きましたよ」

いち早くそれを発見して、とんきょうな声でさけんだのは不二夫君でした。

その声に一同が不二夫君の指さすところをながめますと、いかにも獅子が口を開いているのです。

暖炉と同じがわの壁に、はば三十センチほど、柱のように出っぱった部分があって、その上のほうに青銅の獅子の頭がつくりつけてあるのです。部屋のかざりなのです。その青銅の獅子が、今までかたくとじていた口を、とつぜん大きく開いたのです。

「アッ、それじゃ、あの獅子のあごにしかけがあったのか」

宮瀬氏は、あきれたようにつぶやきました。

「そうです。この暖炉のまるい彫刻を、この紙きれの数字のとおりにまわしますと、壁のうしろにしかけがあって、獅子が口を開くようになっていたのです。むろん、あの獅子の口の奥が秘密のかくし場所になっていて、賊はそこから、何かたいせつなものをぬすんでいったのにちがいありません。こうしてあれを開く暗号の紙きれを、ちゃんと用意していたくらいですからね」

明智は説明しながら、つかつかとその獅子の前に近づき、背のびをして、開いた口の中へ右手をさし入れました。

「からっぽです。何もありません」

「おお、それじゃ、やっぱり賊は、その中のものをぬすんでいったのですね」

宮瀬氏は、青ざめた顔で、がっかりしたようにためいきをつくのでした。

ねこめ石の指輪

ややあって、宮瀬氏は何を思ったのか、明智探偵に内密の話があるからといって、不二夫君と喜多村とを立ちさらせ、ぴったりドアをしめて、探偵とただふたり、テーブルをはさんで、さしむかいとなりました。

「さいぜんも、ちょっとお話ししたように、わたしは、そのかくし場所を少しも知らなかったのです。しかし、どこかしらこの家の中に、あるたいせつな書きものが、かくしてあることは、よく知っておりました。亡くなったわたしの兄がかくしておいたのです。

わたしは、それを手をつくしてさがしました。兄がこの家をわたしにゆずって、亡くなってから一年ほどになるのですが、そのあいだ、わたしは毎日のように、この家のすみからすみまでさがしまわったのです。しかし、秘密のかくし場所は、どうしても見つかりませんでした。

それを、あなたは、たった一時間のあいだに、見つけてしまわれた。いったい、どうしてこの秘密がわかったのですか」

宮瀬氏は、ほとほと感じいったように、明智の顔を見つめるのでした。

「いや、何もわたしのてがらではありませんよ。この紙きれです。この紙きれが、教えてくれたのです」

明智はやっぱり、にこやかに笑いながら、少しも高ぶらないで答えました。

「それはわかっています。むろんその紙きれが手がかりになったことはわかっていますが、どうして暖炉の彫刻にお気づきになったのか、まるで手品のようで、わたしなどには、さっぱりわけがわかりません」

「いや、なんでもないことなのですよ」

明智は、むぞうさに説明しました。

「ぼくもはじめは、たいへんな思いちがいをしていたのです。五に三たす八、十三から二ひく十一というふうに、たし算とひき算をするのだとばかり思っていたのです。

それで、この部屋の中に八とか十一とかいう数のものが、何かないかと、そのへんを見まわしていますと、あの置き時計が目につきました。時計の文字盤には、一から十二までの数字がきざんであるのですからね。

わたしは、ふと、あの時計の針を、八時のところへまわしたり、十一時のところへまわしたりすれば、秘密のかくし場所がひらくようなしかけになっているのではないかと考えました。

しかし、あの時計をよく調べてみますと、どうもそんなしかけがあるらしくも思えません。そこで、わたしはまた部屋のまん中に立って、心をしずめて、四方を見まわしたのです。すると、こんどはあのたなの下の彫刻が目にはいりました。

そこで、あのまるい彫刻の左から八番めと十一番めを動かしてみたり、右から八番めと十一番めを動かしてみたりしましたが、これも失敗でした。少しも動かないのです。

わたしは、とほうにくれて、紙きれをもう一度ながめました。そして数字を見ているうちに、ふとべつの考えがうかんできたのです。

この＋や－の印は、たしたりひいたりするのでなく、もっとほかのことを教えているのじゃないかしら、ためしにたしたりひいたりしないで、もとの数でやってみようと考えたのです。もとの数というのは、つまり五と十三ですね。

そこで、まず左からかぞえて五番めのまるい彫刻を、動かしてみました。すると、なんだか少し動くような気がするのです。ためしに右へねじってみますと、ぐるぐるまわるじゃありませんか。

ひょっとしたら、五にたす三は、三回まわせという意味かもしれない。そう考えて右へ三回まわしますと、何か、かすかな手ごたえがあって、そこでぴたりととまって、動かなくなりました。

こんどは左からかぞえて十三番めの彫刻です。動かしてみますと、やっぱりまわるのです。右へではなくて、左へまわるのです。

そこで、わたしは、すっかり、紙きれの数字のわけがわかりました。＋のほうは右へまわせという印で、－のほうはその反対の左へまわせという印なのです。13－2ですから、十三番めの彫刻を左へ二回まわせばいいのです。

そのとおりにしますと、あんのじょう、あの獅子の口が開いたというわけですよ」

「ああ、そうでしたか。その紙きれの数字は、金庫を開く暗号と同じものだったのですね。それにしても、あの暖炉のかざりの彫刻にお気づきになるとは、やっぱり専門家はちがったものです。われわれには思いもおよばぬことですよ」

宮瀬氏は感じいって、探偵の知恵をほめたたえたのでした。

「しかし、わたしはまだ、あの獅子の口の中に、何がはいっていたかということを知らないのですが、それほどにして、賊がぬすんでいったところをみますと、よほどたいせつなものだったのでしょうね」

「そうです。ばくだいな金額のものです。今のねうちにすれば、おそらく一千万円をくだるまいと思います」

宮瀬氏は、人に聞かれるのをおそれるように、さも一大事らしく、ささやき声になって、いいました。

「エッ、一千万円？　それは、たいへんな金額ですね。いったいどういう書類なのです」

さすがの明智探偵も、金額があまりに大きいのに、びっくりしたおももちでした。

「暗号文書なのです。一千万円の金塊のかくし場所をしるした暗号なのです。とつぜんこんなことをいったのでは、おわかりにならないでしょうが、これには深いわけがあるのです。あなたには、その暗号文書を賊の手から、取りもどしていただかねばなりませんから、だれにも打ちあけたことのない秘密を、お話しするのですが、それはこういうわけなのです。

わたしの祖父にあたる宮瀬重右衛門《じゅうえもん》というのは、明治維新まえまで、江戸でも五本の指にかぞえられる大富豪だったのです。

その重右衛門という人が、まあおくびょう者とでもいうのでしょうね。維新のさわぎで、江戸に大戦争が起こるといううわさを聞きますと、そうなれば自分のような商人なぞは、どんなめにあうかしれないというので、たくわえていた百万両以上の金銀のほかに、家蔵《いえくら》まで売りはらってしまって、それをすっかり大判小判にかえ、何百という千両箱につめて、どこか遠い山の中へ、うめかくしてしまったのです。

さっき金塊と申しましたが、じつは大判小判のかたまりなのです。いや、大判小判の山なのです。それをわたしの兄は、『大金塊、大金塊』と申していたのです。

それから重右衛門は、一家のものを引きつれて、山梨県の片いなかにひっこみ、そこで亡くなったのですが、亡くなるときに、その子ども――というのは、つまりわたしには父なのですが――そのわたしの父に宮瀬家の宝もののかくし場所をしるした、暗号文書をのこしていったのです。

　重右衛門も、わたしの兄と同じように、急病で亡くなったので、くわしいことをいいつたえるひまがなかったのだと申します。

　ですから、わたしの父は暗号文書を持っていても、それをとくことができなかったのです。なんでも、ひどくむずかしい暗号で、一生涯かかっても、どうしても、そこに書いてある意味をさとることができなかったのです。ただ暗号文書を、命から二番めにたいせつにして、じっと持っているばかりでした。

　父が亡くなりますと、その暗号は兄につたわりました。兄とわたしとは東京に出て、いろいろ苦労をしまして、ふたりとも、まあ人なみの暮らしをするようになったのですが、その兄というのが、また、かわりものでした。少し財産ができますと、こんな、みょうな洋館を建てて、世間づきあいをいっさいやめて、こっとういじりをはじめたものです。

　かわりものの兄は、たいせつな暗号文書をぬすまれてはたいへんだというので、知恵をしぼって、みょうなことを考えつきました。それは、暗号の紙を二つにさいて、兄とわたしとがその半分ずつを、めいめいに、どこか秘密のかくし場所へかくしておくという、奇抜な考えなのです。

　それと申すのも、宮瀬家の大金塊といううわさが、いつとなく世間に知れて、暗号文書を高価にゆずってくれというものがあったり、あるときには、兄の家にどろぼうまではいったものですから、なんとなく危険を感じだしたのですね。

兄はその暗号の半分を、ひじょうな苦心をして、兄が建てたこの家の中の、だれにもわからぬ場所へかくしたと申しておりました。そして、

『わしが生きているあいだは、おまえにもそのかくし場所をいわない。死ぬときに遺言としておまえにうちあける』というのです。

ところが、一年ほどまえ、その兄が急病で亡くなりましたが、わたしがかけつけたときには、もう息を引きとっていて、遺言をするひまもなく、とうとうそのかくし場所を聞かずにしまったのです。

それから、なんどもこの建物の中だということを聞いていたものですから、わたしはすぐさま、兄のこの家へ引っ越しをして、一年のあいだというもの、すみからすみまでさがしまわったのですが、どうしても、その暗号の半分を発見することができませんでした。まさか、獅子の口の中とは気がつかないものですからね」

「すると、賊は暗号をぬすんでも、なんの役にもたたないわけですね」

明智はそれに気づいて、ことばをはさみました。

宮瀬氏は、にわかに、さもおかしそうに笑いだすのでした。

「ははは……、そうですよ。せっかくぬすんでいっても、なんにもならないのですよ。

その半分の暗号というのはね、ほら、こうして、たえずわたしが身につけているのですよ」

　宮瀬氏はそういいながら、右手のくすり指にはめていた、大きな指輪をぬきとって、明智の前へさしだしました。

「暗号の半分はこの指輪の中にしこんであるのですよ。わたしが考えたわけじゃありません。それも兄の知恵なのです。この指輪の石は、ねこめ石という宝石ですが、その石がはずれるようになっているのです」

　そのねこめ石を、よりをもどすように、ぐるぐるまわしますと、石は台座をはなれて、その下にもう一つ、直径三ミリほどの、水晶のような透明な、小さな石がはめこんであるのが、あらわれてきました。

「これですよ。このけし粒みたいなガラス玉にしかけがあるのですよ。指輪を目の前に持っていって窓のほうをむいて、そのガラス玉をのぞいてごらんなさい。そこに暗号の半分がはいっているのです。よく考えたものじゃありませんか。兄は暗号の半分を、そのままわたしにわたさないで、けし粒ほどの写真にしたのですよ。そして、その写真を二枚の小さなレンズのあいだにはさんだのが、そのガラス玉です。豆写真は、とても肉眼では見えないのですけれど、ガラス玉がレンズになって、大きく見えるのですよ。外国製のはさみの柄などに、よくそういうガラス玉をはめこんだのがありますね。それをのぞいてみると、女優の写真なんかが見えるのです。これはあのやり方をまねたのですよ。兄は、これさえあればいいのだといって、もとの暗号の半分の紙は焼きすててしまいましたがね」

明智はいわれるままに、その指輪のガラス玉のところを目にあてて、窓の光にかざして見ました。すると、これはどうでしょう。まるで顕微鏡でものぞくように、そのわずか三ミリのガラス玉の中にはっきりと左のような文字が読めたではありませんか。

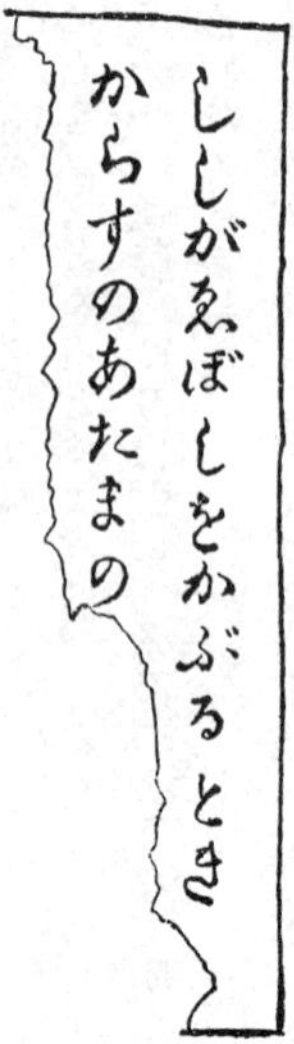
ししがえぼしをかぶるとき
からすのあたまの

「かなばかりですね。なんだか意味がよくわかりませんが……」

「わたしは何度も見ているので、文句は読めますよ。『獅子が烏帽子《えぼし》をかぶる時』でしょう。それから『カラスの頭の』でしょう。まあ、そうでも読むよりほかに読み方がないのです。しかし、むろんなんのことだかわけがわかりません。それに、これは暗号の半分なのですから、ぜんぶ合わせてみないことには、どうにも、ときようがないのです」

「ふうん、なるほど、『獅子が烏帽子をかぶる時』ですか。みょうな文句ですね」

明智は日ごろから暗号には、ひじょうに興味をもっているものですから、むちゅうになって、けし粒のようなガラス玉をのぞきつづけるのでした。

「獅子が烏帽子をかぶる」とはいったい何を意味するのでしょう。烏帽子をかぶった獅子なんて、絵にかかれたのも見たことがないではありませんか。そのうえ、あとの文句が「カラスの頭の」です。なんという、ぶきみな暗号でしょう。どこかしら深い山の奥にうずめられた、一千万円の金貨のそばには、烏帽子をかぶった獅子や、おばけカラスが、じっと見張り番をつとめている、とでも、いうのでしょうか。

電話の声

宮瀬氏と明智探偵とが、そのふしぎな暗号文のことについて、話しあっているところへ、あわただしく書生がはいってきて、主人に電話がかかってきたことを知らせました。

「だれからだね」

鉱造氏は書生のほうをふりかえって、めんどうくさそうにたずねました。

「名前はいわないでも、わかっているとおっしゃるのです。ご用をうかがっても、ひじょうに重大な用件だから、ご主人でなければ話せないとおっしゃるのです」

「へんだねえ。ともかく、この卓上電話へつないでごらん。わしが聞いてみるから」

そして、鉱造氏は、その応接室の片すみにある、小さい机の前へ行って、そこにおいてある受話器を取りました。

「もしもし、わたし宮瀬ですが、あなたは?」

なにげなく話しかけますと、電話のむこうからは、なんだかひどくうすきみの悪い、しわがれ声がひびいてきました。

「ほんとうに宮瀬さんでしょうね。まちがいありますまいね」

「宮瀬ですよ。早く用件をおっしゃってください。いったいあなたはだれです」

鉱造氏はかんしゃくを起こして、少し強い声でたずねました。

「あ、そうですか。では申しますがね。わたしは、昨晩、あなたのおるすちゅうに、お宅へおじゃましたものです。ウフフ……、こういえば、べつに名を名のらなくても、よくおわかりでしょうな」

電話の声は、おそろしいことをいって、きみ悪く笑いました。ああ、なんということでしょう。どろぼうから電話がかかってきたのです。ゆうべ暗号の半分をぬすみだしていった悪者が、大胆不敵にも、電話をかけてきたのです。

宮瀬氏は、あまりのことに、なんと答えてよいのか考えもうかばず、ちょっとためっていますと、先方はあわてたように、またしゃべりだしました。

「もしもし、電話を切ってはいけませんよ。たいせつな相談があるのだから。……あなたはびっくりしているようですね。フフフ……、ごもっともです。どろぼうが電話をかけるなんて、あまり世間にためしのないことですからね。

しかし、まあ聞いてください。きょうはあなたと商売上の取り引きをしようというのです。けっしてらんぼうな話ではないのです。聞いてくれますか」

名探偵明智小五郎は、宮瀬氏の顔色がかわったのを見て、すぐ、卓上電話のそばへ近づいてきました。そして、宮瀬氏の持っている受話器に耳をよせて、そこからかすかにもれてくる、先方の話し声を聞きとってしまったのです。

宮瀬氏は明智の顔を見て、「どうしたものでしょう」と、目でたずねました。探偵は「かまわないから先方のいうことを聞いてごらんなさい」という意味を目で答えました。

「ともかく、その用件をいってみたまえ」

宮瀬氏が、しかたなく返事をしますと、きみの悪いしわがれ声は、さっそく、用件にとりかかりました。

「もうお気づきでしょうが、わたしは、ゆうべあなたの家につたわっている、暗号文をちょうだいするために参上したのです。そして、暗号文の半分だけは、しゅびよく手に入れましたが、どうも半分ではしかたがありません。あとの半分は、あなたがどこかへかくしているにちがいないと思いますが、わたしは、そのあなたの持っている半分の暗号を買いたいのです。

どうです。売る気はありませんか。わたしは金持ちですよ。一万円で買いましょう。あの小さな紙きれが一万円なら、いい値段じゃありませんか。

暗号文の半分は、わたしが手に入れたのです。だから、あなたの手もとにのこっている半分は、紙くずも同様になってしまったのです。半分では暗号がとけっこありませんからね。どうです。その紙くず同様のものを一万円で買おうというのです。売りませんか」

なんという虫のよいいいぐさでしょう。半分はぬすんでおいて、あとの半分が紙くず同然になったからといって、一千万円の値打ちのものを、たった一万円でゆずり受けようというのです。

宮瀬氏は、明智探偵と目で話しあって、売ることはできないと答えました。

「じゃ、もう一万円ふんぱつしましょう。二万円出します。それでゆずってください。

二万円では安いというのですか。一千万円の金塊のかくし場所をしるした暗号だから、二万円ぐらいではゆずれないというのですか。しかし、よく考えてごらんなさい。あの暗号はあなたのおじいさんが書いたものですよ。それからきょうまで、何十年という月日がたっています。そんな長いあいだ、あなた方は、あの暗号文をとくことができなかったじゃありませんか。たとえ、暗号の紙がぜんぶそろっていても、あなた方の知恵では、きゅうにとけるはずはありません。

とけない暗号なんか、だいじそうに持っていたって、なんにもならないじゃありませんか。まして、今ではそれが半分になってしまったのですから、あなたにとっては、まったく、なんの値打ちもないのです。

その紙くず同然のものを、わたしは二万円で買おうというのです。お売りなさい。お売りになったほうが、あなたのためですよ」

賊が、あまりばかばかしい相談を持ちかけてきますので、宮瀬氏は少しおかしくなってきました。こちらも、相手をからかってやりたいような、気持ちになってきました。

「ハハハ……、だめだめ、そんな値段で売れるものか。それよりも、きみのぬすんでいった半分を買いもどしたいくらいだ。どうだね、きみのほうこそ、暗号文の半分をわしに売る気はないかね」

「フフン、おいでなすったな。よろしい。売ってあげましょう。そのかわり、わたしのほうのは少し高いですよ。百万円です。百万円がびた一文かけてもだめです。どうです。買う気がありますか。

フフフ……、買えますまい。だいいち、あなたの家には百万円なんてお金はありゃしない。それよりも、悪いことはいわない。わたしにお売りなさい。二万円でいやなら、三万円出しましょう。え、まだ安いというのですか。じゃ、もうひとふんぱつしましょう。五万円だ。さあ、五万円で売りますか、売りませんか」

　賊はまるで、じょうだんのように、だんだん値段をせり上げてきました。

「つまらない話はよしたまえ。五万円であろうと十万円であろうと、わしがどろぼうなんかと取り引きをするような人間だと思っているのか。それよりも、きみはつかまらない用心をするがいい。わしも、たいせつな暗号をぬすまれて、だまっているつもりはないからね」

　宮瀬氏は、きっぱりと賊の申し出をはねつけました。

「フフン、それがあなたの最後の返事ですか。せっかく親切にいってやっているのに、それじゃあなたは、元も子もなくなってしまいますよ。売らないといえば買わぬまでです。そのかわりに、こんどは少し手荒いことをはじめるかもしれませんよ。あなたこそ用心するがいいのだ。わたしは、どんなことをしても、あなたの持っている暗号の半分を手に入れてみせますからね」

「とれるものなら、とってみるがいい。わしのほうには、きみたち盗賊が鬼のようにおそれている名探偵がついているのだからね」

「フフン、名探偵ですって？　明智小五郎ですか。相手にとって不足はありませんよ。ひとつ明智探偵と知恵くらべをやりますかね。

　じゃ、せいぜいご用心なさいよ。今にどんなことが起こるか、そのときになって泣きっつらをしないようにね。念のためにいっておきますがね。電話を切ったあとで、交換局へぼくの住所をたずねてもむだですよ。ぼくは公衆電話で話しているのですからね」

そして、ぷっつり電話は切れてしまいました。

さあ、いよいよ戦いです。

どろぼうはまだ何者ともわかりませんが、ぬすみをはたらいた家へ、ずうずうしく電話をかけてくるほどのやつですから、よほどきもののすわった悪漢にちがいありません。

賊は宮瀬氏に「今にどんなことが起こるか、そのときになって泣きっつらをしないように」と、さも自信ありげにいいましたが、いったい、どんなおそろしいてだてを考えているのでしょう。

賊は暗号の半分が、宮瀬氏の指輪の中にかくしてあることは、まだ、少しも気づいていないはずです。では、どうしてそのありかを見つけだすつもりなのでしょう。賊のほうには何か、暗号そのものを見つけだすよりも、もっと別のうまいてだてがあるのではないでしょうか。

賊がしゅびよく目的をはたすか、名探偵明智小五郎が勝利を得るか、いよいよ死にものぐるいの知恵くらべがはじまろうとするのです。

かえ玉少年

「明智さん、だいじょうぶでしょうか。わたしはあんな強いことをいったものの、なんだか心配でしかたがありません。あいつは長いあいだ暗号をつけねらっていたらしいようすです。おそろしく執念ぶかいやつです。このつぎには、いったいどんなたくらみをするかと思うと、気が気ではありません。明智さん、何かうまいお考えはないでしょうか」

宮瀬氏は、青ざめた顔で、名探偵の知恵にすがるようにいうのでした。

「ぼくも今、それを考えているのです。あいつはもう一度、ここへやってくると思います。この家へ近づかなくては、暗号の半分を、手に入れることはできないのですからね。

われわれはそれを待っていればいいのです。そして、ぎゃくにあいつのかくれ家をつきとめて、ぬすまれた暗号を取りもどせばいいのです。しかし、あいつもなかなか悪がしこいやつですから、たとえこの家へやってくるにしても、われわれのゆだんを見すまして、何か思いもよらないやりかたで、不意うちをするつもりにちがいありません。

われわれは、それをふせぐことを考えなければなりません。相手のてだてにのらない用心をしなければなりません」

明智はもじゃもじゃの頭に、指をつっこみながら、しきりと考えていましたが、やがて何か思いついたらしく、にこにこしていいだしました。

「ああ、こいつは妙案だ。宮瀬さん、ぼくはうまいことを思いつきましたよ。これならばだいじょうぶ、相手にさとられる気づかいはありません。ちょっと電話を拝借します。ぼくの助手の小林《こばやし》という子どもを、ここへ呼びよせたいのです」

宮瀬氏があっけにとられて、ながめているあいだに、明智はもう卓上電話機をとって、明智探偵事務所を呼びだしていました。

「ああ、きみ、小林君だね。すぐここへ来てもらいたいんだ。宮瀬さんのお宅、わかっているね。あ、それから、例の化粧箱を持ってきてくれたまえ。自動車で、急いでね。じゃ、待っているよ」

その電話が切れるのを待って、宮瀬氏はいぶかしげにたずねました。

「明智さん、その妙案というのは、どんなことなんです。わたしには、聞かせてくださってもいいでしょう」

「それは、こういうわけなのです」

明智はあいかわらず、にこにこしながら説明をはじめました。

「賊が何かたくらみをするために、もう一度ここへやってくるとすれば、それをふせがなければなりません。いちばんいいのは、ぼくがお宅へとまりこんで、見張りをつとめることですが、それでは相手が用心をして近づかないかもしれません。

たとえ変装するにしても、家族がひとりふえたとなると、あんな悪がしこいやつですから、きっとあやしむにちがいありません。それにしても、さいぜんあなたが、ぼくの名を賊におっしゃったのはまずかったですよ。ぼくが、この事件に関係しているとわかっては、賊はいよいよ用心ぶかくなりますからね。

それで、ぼくのかわりにだれかと考えたのですが、けっきょく、ぼくの少年の助手の小林に、この役をつとめさせることを思いついたのです。

小林を使うというのには、わけがあります。じつはお宅へうかがったときから、気づいていたのですが、こちらのぼっちゃん、不二夫君といいましたね。あのぼっちゃんがからだのかっこうから、顔のまるいところなんか、ぼくの助手の小林と、ひじょうによく似ているのです。年は小林のほうが上でしょうが、ぼっちゃんは大がらなので、せいの高さなども同じくらいなのです。

そこで、ぼくはへんなことを考えついたのですよ。少しとっぴな考えですから、おおどろきになるかもしれませんが、助手の小林を不二夫君のかえ玉にして、しばらくここへ、とまらせていただくことにしたいと思うのです」

それを聞きますと、あんのじょう、宮瀬氏は目をまるくしました。

「へえ、うちの不二夫のかえ玉ですって？　で、いったいそれは、どういうお考えなのです」

「小林を不二夫君に変装させて、不二夫君の部屋に住ませるのです。夜も不二夫君のベッドに寝させるのです。まさか、そのかえ玉を学校へ通わせることはできませんが、かぜをひいたていにして、休ませておけばいいのです。そして、賊のやってくるのを待つのです。小林はまだ子どもですが、探偵の仕事にかけては、じゅうぶん、ぼくのかわりがつとまるほどの腕まえを持っています。けっしてへまをやるようなことはありません」

「なるほどそういうわけですか。しかし、それじゃほんとうの不二夫のほうけどうするのです。不二夫がふたりもいては、おかしいじゃありませんか」

「ほんとうの不二夫君は、しばらくぼくがおあずかりしたいのです。助手の小林に変装させて、ぼくの家にいていただくことにしたいのです。学校のほうは、少しのあいだ休ませなければなりませんが、そのかわりに、ぼくなり、ぼくの家内なりが先生になって、みっちり勉強させますよ。

なぜ、そんな手数のかかるまねをするかといいますとね、これにはもう一つ別のわけがあるのですよ。というのは、ぼくは不二夫君の身のうえに、何か危険なことが起こりはしないかと、心配するからです。

賊は、あなたの指輪の秘密を知りませんから、暗号そのものをぬすみだすことはできません。何か、あなたにひどい苦しみをあたえて、あなたががまんしきれなくなるように、しむけるにちがいありません。

それには、さしあたって、不二夫君がいちばん目をつけられやすいと思うのです。子どもをかどわかして、その身のしろとして、暗号の半分をよこせという、よくある手です。ぼくは、賊がそれを考えているんじゃないかとおそれるのです。さっきの電話の口ぶりが、なんだかそんなふうに感じられましたからね」

「ふうん、なるほど、おもしろい考えですね。そうすれば不二夫も安全だし、あなたの少年助手も、だれにもうたがわれないで、わたしの家にとまりこめるというわけですね。なるほど、こいつは名案ですね」

宮瀬氏はしきりに感心するのでした。目の中へ入れてもいたくないほどかわいがっている不二夫君を、賊にかどわかされでもしたら、それこそたいへんです。それを、明智探偵が、あらかじめふせいでくれるというのですから、これほど安心なことはありません。宮瀬氏は、喜んで明智の考えにしたがうことになりました。

それからまもなく、表に自動車のとまる音がして、小林少年が、手に小型のトランクをさげて、書生に案内されてはいってきました。「少年探偵団」や「妖怪博士」をお読みになった読者諸君は、よくごぞんじの、あのりんごのようなほおをした、かわいらしい小林少年です。

明智探偵は、小林君を宮瀬氏にひきあわせてから、小型トランクを受けとって、その中をちょっと調べていましたが、何かうなずきながら、パタンとふたをしめて、

「宮瀬さん、これはぼくの変装用の化粧箱ですよ。この中にいろいろな絵の具やはけなどがはいっているのです」

と説明しました。

それから、明智は、別の部屋にいた不二夫君を呼んでもらい、小林少年とふたりをつれて、化粧室へはいりました。

不二夫君は、小林少年に変装するのだと聞かされて、いやがるどころか、うちょうてんになって喜んでしまいました。あの有名な少年助手にばけて、日本一の名探偵の事務所で暮らせるのだと思うと、もう、うれしくてしようがないのです。

それから三十分ほどしますと、明智探偵は、変装させたふたりの少年を左右にしたがえて、もとの応接間へもどってきました。

「ほう、これはどうだ。おまえが不二夫かい。すっかり少年探偵になってしまったね。それに、小林君も、そうして小学生服を着ると、不二夫とそっくりですよ。明智さん、あなたのお手なみが、これほどとは思いませんでした。じつにおどろきましたよ」

宮瀬氏はすっかり感心して、ふたりの少年を見くらべるのでした。

それから、いろいろなうちあわせがすみますと、明智探偵は、不二夫君になりすまし

た小林助手をあとにのこし、少年助手にばけた不二夫君をつれて、宮瀬邸を立ちさりましたが、探偵のそばによりそって、玄関の石段をおりていく不二夫君は、中学生のように長いズボンをはいて、りんごのようにつやつやした顔を、さもうれしそうにほころばせ、どこからながめても、名探偵の少年助手としか見えないのでした。

さて、読者諸君、こうして世にもふしぎな取りかえっこの計略は、しゅびよくなしとげられたのですが、それにしても、明智探偵の考えは、はたしてあたったでしょうか。賊はもう一度、宮瀬邸へやってくるのでしょうか。来るとすれば、いったいどんなふうにして、何をしに来るのでしょう。

その夜のことです。不二夫君にばけた小林少年は、かりのおとうさまの宮瀬氏に「おやすみなさい」をいって、さきにベッドにはいったのですが、なれぬ部屋、なれぬベッドのことですから、なんとなく目がさえて、きゅうには寝つかれないのです。

寝つかれぬままに、まじまじと窓のほうをながめていますと、ひるま明智先生から聞かされた、ゆうべのできごとが思いだされます。

ああ、あのカーテンのあいだから、ピストルのつつ口がのぞいていたんだな。そして、この天井から、賊の脅迫状がひらひらとまいおりてきたんだな。そのときの不二夫君の気持ちはどんなだったろう、などと考えると、いよいよ目がさえるばかりです。

ゆうべとはちがって、そのカーテンが少し開いているので、窓のガラス戸が見えています。そしてその外は墨を流したようなまっ暗やみです。

ハッと気がつくと、そのやみの中に、何か白いものが動いていました。人の顔です。鳥打ち帽をまぶかにかぶった、あやしげな人の顔です。

小林君は、思わずベッドをとびおりました。そして、窓とは反対の入り口のはうへかけより、ドアを開くと、いきなり「喜多村さあん」と、書生の名を呼びたてました。

それから家中の大さわぎになって、宮瀬氏はもちろん、書生も、小林君も、手に懐中電灯を持って庭におり、あやしい人影の見えたあたりを、あちこちとさがしまわりましたが、いち早く逃げさったものとみえて、どこにも人のけはいさえないのでした。

やっぱり明智探偵の心配はあたっていたのです。賊は案にたがわず、不二夫少年をねらいはじめたのです。その夜はさいわい、なにごともなく終わりましたが、このぶんでは、いつどんな手段で、賊は不二夫君を、いや不二夫君にばけた小林少年を、かどわかさないともかぎりません。

そして、その心配は、まもなくじっさいとなってあらわれました。賊は、じつにふしぎな手段によって、小林君をかどわかしたのです。まるで考えもおよばないような、奇想天外の手段によって、目的をはたしたのです。

ああ、それはいったいどのような手段だったのでしょう。そして賊のために、まんまとかどわかされた小林君は、どこへつれさられ、どんなめにあうのでしょうか。

魔法の長イス

それから二日のあいだは、なにごともなくすぎましたが、さて、三日めの午後のことです。宮瀬家の門の外に、一台のトラックがとまって、ふたりの職人みたいな男が、大きな荷物をかつぎこんできました。

書生の喜多村が、玄関へ出てみますと、職人みたいな男のひとりが、何か書きつけを見ながら、

「大門《だいもん》洋家具店のものですが、ご注文の長イスを、おとどけにまいりました」

というのです。書生はそんな長イスが注文してあるということを、ご主人から聞いていませんでしたが、大門という店の名は、まえにイスや机を注文したことがあるので、よく知っていました。

「今、ご主人がおるすだし、ぼくは何も聞いていないので、わからないが、たしかにうちから注文したのでしょうね」

と、たしかめますと、男はにこにこ笑って、

「まちがいありませんよ。こちらのだんなが、わざわざ店へおいでになって、おあつらえになったのですからね。ぼっちゃんの部屋へおかれるというので、すこし小型につく

ったのです」

といいながら、長イスの上にかぶせてあった白い布を取りのけて見せましたが、なかなかりっぱな長イスです。

「それじゃ、ともかくおいていってください。しかし、玄関へおきっぱなしにされてもこまるが……」

といいますと、職人は、またなれなれしい笑顔になって、

「ぼっちゃんの部屋へはこんでおきましょうか。ぼっちゃんにも一度見ていただくほうがいいでしょうからね」

というのです。書生は深い考えもなく、それもよかろうと思いましたので、さきに立って不二夫君の勉強部屋へ案内しました。ふたりの男は、そのあとから、おもい長イスを、えっちらおっちらと、はこぶのでした。

不二夫君にばけた小林少年は、ふいに大きな長イスがはこびこまれましたので、めんくらってしまいました。きっと、ほんものの不二夫君が、おとうさまに、こんな長イスをおねだりしたんだろうと考えましたが、かえ玉のことですから、そういう事情が少しもわかりません。ですから、小林少年としては、不二夫君ならきっとこんな顔をするだろうというような、うれしそうな顔をしてみせるほかはないのでした。

「ぼっちゃん、お気に入りましたか。この上でいくらあばれてもいいように、うんとじ

ょうぶにこしらえておきましたよ。へへへ……さて、どのへんにおきましょうかね」

職人は顔に似あわず、なかなかおせじがうまいのです。

そこで、小林君は、書生の喜多村君と、ここがいいだろう、あすこがいいだろうと、長イスのおき場所の相談をはじめたのですが、すると、ちょうどそのとき、玄関のほうで、何かわめくような大声がしたかと思いますと、女中が顔色をかえて走ってきて、

「喜多村さん、みょうなよっぱらいがはいってきて、動かないのよ。早く来てください」

と知らせました。泣きだしそうな女中の顔を見ては、ほうっておくわけにいきません。柔道初段の喜多村君は「ようし」と答えながら、肩をいからせて、女中といっしょに玄関へ出ていきました。

イスをはこんできた男たちは、それを見おくって、なぜか顔を見あわせて、にやりと笑いました。そして、ひとりがすばやくドアをしめて通せんぼうをするように、そこに立ちふさがったかと思うと、もうひとりの男が、ゆだんをしている小林君のうしろからとびかかってきました。

小林君はおどろいて、声をたてようとしましたが、アッと思うまに、手ぬぐいをまるめたようなものを、口の中へおしこまれ、声をたてるどころか、息もできなくなってしまったのです。

「さあ、おれがつかまえているから、早くしばってしまえ」
うしろから小林君をだきかかえて、ささやき声でいいますと、ドアの前に立っていた男が、ポケットから長いなわをとりだして、サッとかけより、もがきまわる小林君の手足を、たちまち、ぐるぐるまきにしばりあげてしまいました。

いうまでもなく、このふたりの男は、暗号の半分をぬすんでいったあの悪者の手下だったのです。家具屋にばけて、まんまと不二夫君の部屋へはいったのです。そして、まさかかえ玉とは知らないものですから、小林少年を不二夫君と思いこんで、かどわかそうとしているのです。

しかし、男たちは、小林君を、いったいどうしてこの部屋からつれだそうというのでしょう。玄関には書生や女中がいますし、うらのほうから逃げるにしても、昼間のことですから、町にはたくさんの人が通っています。交番にはおまわりさんも見はりをしているのです。その中を、手足をしばった子どもをかついで通りぬけるなんて、思いもよらぬことではありませんか。

ところが、賊は、じつにおそろしい悪知恵を持っていたのです。まるで奇術のような、ふしぎなことを考えていたのです。

ふたりの男は、小林少年にさるぐつわをはめ、ぐるぐるまきにしばってしまいますと、その部屋にはこんであった、例の長イスに近よって、みょうなことをはじめました。

男たちは、その長イスのクッション（腰かけるところ）に両手をかけて、うんと持ちあげますと、おどろいたことには、そのクッションだけが、すっぽりとはずれて、その下に、人間ひとり横になれるほどの、すきまがこしらえてあったのです。それが賊の手品の種だったのです。

ふたりの男は、しばりあげた小林少年を、わけもなくそのすきまの中へとじこめ、上から、またクッションをはめこみました。すると、長イスはもとのとおりになって、その中に人間がかくされているなんて、外からは少しもわからなくなってしまったのです。

仕事をすませたふたりは、にやにやと笑いかわして、そのまま、長イスを部屋の外へはこびだし、えっちらおっちら、玄関のほうへ歩いていきました。

書生の喜多村は、やっとよっぱらいの男を追いかえして、もとの不二夫君の部屋へ引っかえそうとしていたのですが、見ると、ふたりの男が、せっかく持ちこんだ長イスを、また、そとへはこびだしてくるようすなので、びっくりして声をかけました。

「おや、どうしたんです。なぜ、それを持ちだすのです」

すると、さきに立った男が、きまりわるそうに笑いながら、こんなことをいうのです。

「へへへ……、どうも申しわけのないことをしちまいました。書きつけの読みちがいですよ。念のために、今よく調べてみましたら、書きつけには宮田と書いてあるじゃありませんか。町も番地も同じだったので、ついまちがえたんですよ。宮田と宮瀬のまちがいだったのですよ。へへへ……」

ああ、なんというういいぬけでしょう。相手がさも、まことしやかに、わびるものですから、喜多村は、すっかりごまかされてしまいました。

「なあんだ、宮田さんだったのか。道理でどうもへんだと思ったよ。ご主人がイスを注文しておいて、ぼくにだまっていられるはずはないんだからね。宮田さんなら、きみ、この裏手のほうだよ」

「そうですか。へへへ……、とんだおさわがせをして、どうもすみません」

ふたりの男はペコペコおじぎをしながら、長イスをはこびだし、門の前にとめてあったトラックにつみこんで、そのまま大いそぎで出発しました。

そして、百メートルも走ったかと思うと、なぜかトラックをとめて、そこに待ちうけていたひとりの男を、車の上に乗せて、また全速力で、走りさってしまいました。

その道ばたに待ちうけていた男というのは、さいぜん宮瀬家の玄関をさわがせた、あのよっぱらいだったのです。おどろいたことには、あのよっぱらいも、やっぱり賊の手下だったのです。

つまり、その男が、よっぱらいのまねをして、書生や女中を玄関へ引きよせているあいだに、小林少年をしばって、長イスの中へとじこめようという、最初からのたくらみなのでした。

ああ、なんということでしょう。昼日なか、女中や書生の目の前で、賊はまんまと小林少年をかどわかしてしまったのです。

それにしても、長イスにとじこめられた小林少年は、いったい、どこへつれていかれるのでしょうか。そして、どんなおそろしいめにあうのでしょうか。

地底の牢獄

さすがの名探偵助手小林少年も、賊の手下が家具屋にばけてくるなどとは、少しも考えていなかったものですから、ついゆだんして、思わぬ失敗をしてしまいました。

長イスにとじこめられて、さけぼうにも、さるぐつわのために、息もできないほどですし、あばれようにも、手足にくい入るなわのいたさに、身動きさえできないのです。

みすみす、書生や女中の前を、はこびだされながら、「ここにぼくがいるんだ」ということを、外へ知らせることができません。小林君は、まっくらなイスのなかで、どんなに残念がったことでしょう。

長イスが邸《やしき》をはこびだされたのも、それからトラックにつまれて、どこかへ走りだしたのも、小林君にはよくわかっていました。

「いよいよぼくは、賊の巣窟《そうくつ》へつれていかれるのだ。賊は、ぼくを不二夫君だと思いこんでいるので、ぼくを人質にして、宮瀬さんにあとの半分の暗号をよこせと、談判するつもりにちがいない」

小林君は明智探偵から、そういう事情を、すっかり聞かされて、よく知っていたのです。いや、そればかりか、もし賊にかどわかされるようなことがあったら、あくまで不二夫君になりすまして、あべこべに賊の秘密をさぐり、あわよくば、ぬすまれた半分の暗号を取りもどすようにと、教えられていたのです。

「フフン、おもしろくなってきたぞ。こんなときこそ、うんと頭をはたらかせて、先生にほめられるようなてがらをたてなくっちゃ。さあ、小林助手、心をおちつけるんだ。びくびくするんじゃないぞ。賊の手下が何人いようとも、ちっともこわいことなんかありゃしない。ぼくには明智先生が、ちゃんとついていてくださるんだから。いざといえば、きっと先生がたすけにきてくださるんだから」

小林君は、はげしくゆれるトラックの上でそんなことを考えながら、賊の巣窟につくのを、今やおそしと待ちかまえていました。こんなひどいめにあっても、少しも気をおとさないのは、さすがに名助手といわれる小林少年です。

トラックは、三十分あまりも、全速力で、どこかへ走っていましたが、やがて、ぴったりとまったかと思うと、長イスがおろされて、どこかの家の中へはこびこまれるようすでした。

「いよいよ来たんだな」

と思いながら、目をふさいで、じっと考えていますと、長イスはゴトゴトと階段をはこばれているらしいのですが、みょうなことに、それが上へのぼるのでなくて、下へ下へとくだっているのです。

「おや、地下室へおりていくんだな」

地底の穴ぐらへつれこまれるのかと思うと、いくら覚悟していても、なんだか、うすきみ悪くなってきます。

階段をおりて、少し行ったところで、ガタンと長イスがおろされ、やっとクッションが取りのけられ、小林君は手あらくイスの中から引きだされました。

長いあいだくらいところに入れられていたので、パッと目をいる光が、まぶしいほどでしたが、よく見れば、昼間だというのに、それは電灯の光なのです。やっぱり、どこともしれぬ地の底の、陰気な部屋だったのです。

「さあ、小僧、少しらくにしてやるぞ。ここなら、いくら泣いたって、わめいたって、人に聞かれる心配はないからな」

ふたりの荒らくれ男は、そんなことをいいながら、小林君のさるぐつわを取り、からだじゅうのなわをといて、ただ、うしろ手にしばるだけにしてくれました。そして、そのなわじりをとって、

「こっちへくるんだ。首領が、おまえのかわいらしい顔が見たいといって、お待ちかねだからね」

と、地下室の廊下のようなところを、ぐんぐん奥へ引っぱっていくのです。

いよいよ悪者の首領にあうのかと思うと、小林君はさすがに胸がドキドキしてきましたが、ぐっと心をおちつけて、敵に弱みを見せないように、わざと肩をいからせながら、平気な顔をして歩いていきました。

「さあ、こっちへはいるんだ」

がんじょうなドアを開いて、つれこまれたのは、二十畳じきほどの広い地下室で、壁も床もねずみ色のコンクリートでしたが、そこにおいてある机やイスなどは、目をおどろかすばかり、りっぱなもので、さすがに首領の居間だとうなずかれるのでした。

部屋の正面には、大きな安楽イスがあって、そこにきみょうな人物が、ゆったりと腰かけていました。黒ビロードのルパシカというロシア人の着るような上着を着て、黒いズボンをはいて、黒ビロードの袋のようなものを、頭からあごの下まですっぽりとかぶって、顔をかくしているのです。

その黒ビロードの袋の、両方の目のところに、三角の小さな穴があいていて、その奥からするどい目が、ぎろぎろと光っているのですが、ちょっと見るとまっ黒な顔のおばけみたいな感じです。

あとでわかったのですが、この悪者の首領は、ひじょうに用心ぶかいやつで、自分の部下のものにさえ、一度も顔を見せたことがないのだそうです。人にあうときは、かならずそのみょうな黒ビロードの覆面をつけることにしているのだそうです。

ふたりの荒らくれ男は、まずその首領にていねいにおじぎをして、

「宮瀬不二夫をつれてきました」

といいながら、小林君をそこへすわらせました。

「うん、ごくろうだった。長イスの手品が、うまくいったとみえるね。ハハハ……」

黒覆面の首領は、さもゆかいらしく、若々しい元気な声で笑いましたが、こんどは小林少年を見おろしながら、思ったよりやさしい口調で、

「不二夫君、気のどくだったね。おどろいただろう。だが心配しなくてもいい。べつに、きみをどうしようというのじゃない。ただ、しばらくこの地下室にいてもらえばいいんだ。きみのおとうさんに少し相談があるのでね。おとうさんが『うん』といってくだされば、いつでもきみは家へ帰れるんだ。わかったかね。ハハハ……、きみはきょうから、ぼくのだいじなお客さまというわけだよ。ハハハ……」

首領はビロードの覆面の中で、さもここちよげに笑うのでした。

小林君は、あまり平気な顔をしていても、かえってうたがわれてはいけないと考え、不二夫君なら、きっとこんな顔をするだろうと思われるような、こわくて心配でたまら

ないという顔をして、じっとうつむいていました。

「わかったかね。よしよし、わかったら、きみの部屋が、あちらにちゃんと用意してある。部屋へいってゆっくり休むがいい」

首領はそういって、ふたりの男になにかあいずしました。すると、男のひとりが、小林君のなわじりを取って、どこかへつれていくのです。

首領の部屋を出て、くらい廊下を少し行きますと、むこうに、動物園のおりのような鉄ごうしが、見えてきました。おや、この地下室には猛獣でもかってあるのかしら、と思っていますと、男は、

「さあ、小僧、ここがおまえの部屋だ。どうだ気にいったかね。へへへ……、居ごこちのよさそうな部屋じゃねえか」

と、にくにくしくいいながら、小林君のなわをとって、その鉄ごうしのすみにある開き戸から、中へおしこんでしまいました。

それは、おりではなくて、地底の牢獄《ろうごく》だったのです。小林君のための客間というのは、つまりこの鉄ごうしの牢屋だったのです。

男は小林君をそこに入れますと、ポケットからかぎを出して、開き戸についている錠まえに、ピチンとかぎをかけました。

「へへへ……、まあ、そこでゆっくり休むがいい。すみにはわらぶとんもおいてあるか

らね。それから、食いものは、三度三度ちゃんと持ってきてやるから、心配しないがいいよ。おまえをうえ死にさせちゃいけないって、首領のいいつけだからね」

男は鉄ごうしの外から、牢屋の中をのぞきこみながら、さもおもしろそうにいうのです。

見ると、牢屋というのは、三畳じきほどのコンクリートの部屋で、くさくて、きたないわらぶとんのベッドがおいてあるほかは、ライオンやトラのおりと少しもかわりがありません。小林君は、つめたいコンクリートの床の上にすわったまま、こんなところに、しばらく住まなければならないのかと思うと、うんざりしてしまいました。

「へへへ……、いやにだまりこんでいるね。あんまり、部屋がりっぱなので、びっくりしているのかい。へへへ……、だが、おまえ小さいくせになかなか感心だねえ、ちっとも泣かないねえ。いい子だよ。ごほうびに、何か持ってきてやろうか。え、腹はへらないかね。それとも水でものむかね」

男はいつまでも、小林君をからかっているのです。鉄ごうしに顔をくっつけるようにして、目をむいたり、口をゆがめたり、へんな顔を見せて、おもしろがっているのです。

小林君は腹がたちましたが、心の中で、

「今にみろ、ひどいめにあわせてやるから」とつぶやきながら、じっとこらえていました。それにしても、いわれてみると、おなかはそれほどでもありませんが、のどがかわ

いてしかたがないのです。そこで、

「ぼく、のどがかわいたから、牛乳をください」

と、ぶっきらぼうにいいますと、男は笑いだして、

「へへへ……、はじめて口をきいたね。牛乳をくださいか。なかなかぜいたくなことをいうねえ。よしよし、それじゃ、牛乳を持ってきてやるよ」

といいすてたまま、どこかへ立ちさりましたが、やがて、牛乳を入れたコップを持って、もどってきました。

「さあ、ご注文の牛乳だ。毒なんかはいっていないよ。安心してのむがいい。おまえは、だいじな人質なんだからね」

そして、小林君が牛乳をのんでいるあいだ、男はまたみょうな顔をしたり、へんなしゃれをいったりして、さんざんからかっていましたが、やがて、それにもあきたのか、開き戸の錠まえをねんいりにしらべたうえ、どこかへ行ってしまいました。

腕時計を見ますと、さいわい、こわれもせず動いていましたが、時間はもう午後の六時でした。

「よし、今のうちにねむっておこう。そして、夜中になったら、ひとはたらきするんだ。見ているがいい。きっと悪者たちの秘密をあばいてやるから」

小林君はこんなことを考えながら、すみのわらぶとんのベッドの上に、ごろりと横に

なりました。春のことですから、そんなに寒いというほどでもないのです。

大胆な小林君は、やがてそのかたいわらぶとんの上で、ぐっすりねむってしまいました。しばられたり、長イスの中にとじこめられたりして、つかれていたものですから、八時間ほどもぶっとおしにねむって、目をさましたのは、もう夜中の二時でした。

やみの階段

「ああ、よくねむった。これなら仕事ができそうだぞ。賊のやつら、今に見るがいい」

小林君はそんなことをつぶやいて、にっこり笑いながら、きたないわらのベッドから、起きあがりました。

そして、ポケットから、なにか銀色の針金のようなものを取りだして、牢屋の鉄ごうしの開き戸に近づいていきました。

その開き戸には大きな錠がついていて、かぎがなくては開くことができないようになっています。

「ふふん、こんな錠なんか、なんでもないや。ぼくは明智先生の発明された、万能かぎを持っているんだからね」

小林君は、こうしのあいだから手を出して、銀色の針金のようなものを、錠のかぎ穴に入れて、しばらくコチコチやっていました。すると、これはどうでしょう。あのがんじょうな錠まえがカチンと音をたててあいてしまったではありませんか。

万能かぎというのは、その針金のようなものが一本あれば、どんなかぎ穴にでもあてはまるというおそろしい力を持っているのです。

明智探偵は、いつのまにか、こんなふしぎな道具を発明していました。でも、もし、どろぼうなどが、この万能かぎの作り方を知ってはたいへんだというので、そのかぎは、どんな親しい人にも見せない、明智探偵と小林君だけの秘密になっているのでした。

さて、難なく、牢屋をぬけだした小林君は、開き戸をもとのとおりにしめておいて、うすぐらい廊下を、賊の部屋と思われるほうへ、足音をしのばせて、進んでいきました。

「覆面の賊の首領がいた部屋は、たしかこっちのほうだった」

と考え考え、廊下を歩いていきますと、一つのドアの前に出ました。立ちどまって、耳をすませていますと、中から大きないびきの音が聞こえてきました。

「ああ、この部屋には、手下のやつらが寝ているんだな」

昼間、あんなにいばっていたやつが、正体もなく寝こんでいるかと思うと、おかしくなって、ちょっと、その寝顔をのぞいてやりたくなりました。

ドアのとってをそっとねじってみると、かぎをかけてないとみえて、わけもなく開きましたので、そこから顔を出してのぞいてみますと、部屋の中には五つのベッドがならんでいて、五人の大男が、前後もしらず寝こんでいました。

いちばん大きないびきをかいているのは、昼間、小林君を牢屋にとじこめて、外からみょうな顔をして見せてからかった男でした。口をとんがらかして、息をするたびに、ふうふうとほおをふくらましています。

小林君はそれを見て、思わずふきだしそうになりました。

ねむっている手下の男などを、いくら見ていてもしかたがありません。めざすのは賊の首領の部屋です。ぐずぐずしているときではないと、ドアをしめようとしましたが、ふと見ますと、入り口に近いたなの上に、丸型の懐中電灯がおいてあります。

「ああ、いいものがあった。これをしばらく借りていこう」

小林君は、そっとその懐中電灯を取って、ドアをしめました。探偵七つ道具の一つの、例の万年筆型の懐中電灯は、ちゃんと、ポケットに用意していたのですが、それよりも大型の懐中電灯が手にはいれば、いっそう、つごうがよいからです。

それからまた、廊下を進んでいきますと、二つのあき部屋を通りすぎて、そのむこうに、見おぼえのある首領の部屋がありました。

ここもドアにかぎがかかっていないで、やすやすと中にはいることができましたが、ここは電灯が消してあって、まっ暗なのです。

入り口にうずくまって、息をころして、じっとようすをうかがっていましたが、広い部屋の中はひっそりとして、まるで死んだように、なんの物音もありません。人がいれば、たとえ寝ていても、息づかいの音が、するはずですが、それも聞こえないところをみますと、ここはだれもいないのかもしれません。

小林君は思いきって、パッと懐中電灯をつけて、大急ぎでグルッと部屋じゅうをてらしてみました。

やっぱり、部屋はからっぽです。賊の首領はいったいどこへ行ったのでしょう。しかし、考えてみますと、この部屋にはベッドもないのですから、ここで寝るわけにはいきません。きっと首領の寝室は、もっと別のところにあるのでしょう。

だれもいないとわかると、小林君は大胆になって、懐中電灯をてらしながら、部屋中を歩きまわって、例の暗号文のしまってあるような場所はないかと、じゅうぶんしらべましたが、そういう場所はどこにもないのです。引きだしのないテーブルとイスのほかには、なにもないのです。

ところが、そうして、部屋の中をぐるぐるまわり歩いているうちに、とつぜん、みょうなことが起こりました。小林君はびっくりして、もう少しで、アッと大きな声をたてるところでした。

そのとき、小林君は右手で懐中電灯を持ち、左手で壁をなでながら歩いていたのですが、その壁の一部分がゆらゆらと動きだして、アッと思うまに、そこに大きな穴があいてしまったのです。

　小林君は、はずみをくって、その穴の中へよろけこみましたが、グッとふみこたえて、よくしらべてみますと、それはとなりの部屋へ通じるかくし戸だったのです。壁と同じ色にぬって、少しも見わけがつかないようになっているドアだったのです。

　どこかに、その秘密のドアをあける、しかけのボタンがあって、小林君の左手が、そのボタンにあたったのかもしれません。思いもよらず秘密の入り口を発見してしまったのです。

　しかし、もしその秘密の部屋に、人がいたらたいへんですから、小林君はびくびくして、懐中電灯をさしつけてみましたが、さいわい、そこにはだれもいないことがわかりました。

　そこは五メートル四方ぐらいの小さな部屋で、一方のすみに、りっぱなベッドがおいてあるところをみますと、ここが賊の首領の寝室にちがいありません。でも、そのベッドの上は、からっぽなのです。

　やっぱり、首領はどこかへ出かけてるすなのでしょうか。でも、るすとすればちょうどさいわいです。そのあいだに、この部屋の中もしらべることができるからです。ここには大きな西洋だんすなどもあって、暗号文がかくしてありそうな気がします。

　ベッドの反対の壁ぎわに、りっぱなほりもののある西洋だんすが立っています。小林君は、まずその引きだしをかたっぱしから、しらべました。かぎのかかっている引きだしは、例の万能かぎで、苦もなく開いて、のこらず中のものをしらべましたが、暗号文らしいものは、どこにも見あたりませんでした。

その大だんすのいちばん下は、高さ八十センチほどの、左右に開くとびらになっているのですが、小林君は最後に、そのとびらを開いて中をのぞいてみました。

すると、ふしぎなことに、その中には何もはいっていないのです。その中は人間ひとり、らくにはいれるほど広いのですが、それが、まったくからっぽなのです。

「へんだぞ。ほかの引きだしには、みな何かしらはいっているのに、この広い場所に何も入れないなんて、おかしいぞ」

小林君は思わず小首をかしげました。さすがに名探偵の助手だけあって、少しでもへんだと思えばあくまでしらべてみないでは、気がすまないのです。

そこで、その開き戸の中へはいこんで、懐中電灯で奥のほうをしらべましたが、よく見ますと、その奥の板が、しっかりたんすについていないで、少し動くような気がするのです。

「いよいよへんだぞ。もしかしたら、ここからまた、どっかへ秘密の通路がこしらえてあるのかもしれないぞ」

小林君は胸をドキドキさせながら、なおもそのへんをよくしらべますと、右がわの板のすみに、小さなボタンのようなものが、出ばっているのに気づきました。

「あ、これかもしれない。これをおせば、うしろの板が開くのかもしれない」

思いきって、そのボタンをギュッとおしてみました。

すると、ああ、やっぱりそうだったのです。うしろの板がスウッと下へさがっていって、そのむこうに、広いすきまができました。外から見たのでは、たんすのうしろは、すぐ壁になっているのですが、その壁をくりぬいて、せまい通路がこしらえてあったのです。

見ると、そのせまいすきまに、鉄のはしごのようなものが立っています。

「おやおや、それじゃこの通路は上へのぼるようになっているんだな。きっと地下室から、この上にある建物の中へ、行けるようになっているんだ。よし、ひとつこのはしごをのぼってみよう」

小林君は、せまい、まっ暗なすきまへ身を入れて、まっすぐに立っている鉄ばしごをのぼりはじめました。

用心のために、懐中電灯は消してしまいましたので、まるで鉱山の穴の中にいるような気持ちです。

ああ、このはしごの上には、いったい何があるのでしょう。小林君はもしかしたら、思いもよらぬおそろしいめにあうのではないでしょうか。

賊の正体

まっ暗な、せまいはしごを十二、三段ものぼりますと、頭が板のようなものにさわりました。そのまま、行きどまりになっているのです。

「おや、へんだな。こんなところで、行きどまりになるはずはないんだが」

と思って、手をあげてさぐってみると、そこは、上の部屋への入り口らしく、厚い板でふたがしてあることがわかりました。

小林君は、力をこめて、その板をおしあげました。すると、板はちょうつがいになっているらしく、スウッと上へ開いていくのです。

あとでわかったのですが、それは、ちょうど、道路にあるマンホールのふたぐらいの大きさの、まるい板でした。つまり、上の部屋の床に、そんな穴があいていて、それに板のふたがしてあったわけです。

板を持ちあげてのぞいてみますと、その上の部屋もまっ暗で、べつに人のいるようすもありませんので、小林君はかまわず穴の上によじのぼって、板のふたをもとのとおりにしめてしまいました。

さあ、これからが、いよいよ危険です。もし賊に見つかろうものなら、どんなことになるか、わかったものではありません。

まず、そのまっ暗な部屋を手さぐりでしらべてみますと、そこは畳一畳じきぐらいの、まるで押し入れみたいな、ごくごくせまい部屋であることがわかりました。むろん、人はいないのです。

そこで、やっと安心して、懐中電灯をつけて、あたりを見まわしましたが、四方とも板ばりのへんな部屋です。部屋というよりも、やっぱり押し入れか物置きのような感じです。

そこには、べつに何もおいてないのですが、ただ一方の板壁に、みょうなものが、ぶらさがっています。まっ黒な洋服のようなものです。手に取ってみますと、やっぱり、それはおとなの洋服でした。

「おや、これはルパシカではないか。それに、これはいったいなんだろう」

ルパシカというのは、ロシア人の着る上着なのです。ルパシカといえば、何か思いだすではありませんか。小林君がここへつれられてきて、賊の首領の前に引きだされたとき、首領は何を着ていたでしょう。やっぱりこのルパシカという、へんな洋服ではありませんでしたか。

いや、それればかりではないのです。ルパシカのほかに、まだたしかな証拠がありました。それは黒ビロードの覆面です。あの覆面が、やはり同じくぎにかけてあったのです。

頭からすっぽりとかぶるようになっていて、目のところだけ三角の穴があいている、あのぶきみな覆面です。

「ふふん、あいつはここまであがってきて、はじめて覆面をぬぐんだな。そして、ふだんの着物に着かえるんだな。

してみると、あいつが手下にも顔を見せたことがないというのは、ほんとうらしいぞ。手下のものにはこの下のベッドのある部屋で、寝るように見せかけて、ほんとうは、毎晩ここへあがってきて、どこかほかの部屋で寝るのかもしれない。

なんて用心ぶかいやつだろう。手下にさえ顔も見せなければ、寝る場所も知らせないんだ。この秘密のはしごだって、きっと手下には教えてないのにちがいない。

そうとすれば、むろん暗号文も地下室においてあるはずはない。ここへ持ってあがって、だれも知らない部屋にかくしてあるのだ」

小林君はそんなふうに考えをめぐらしましたが、賊の首領のあまりの用心ぶかさに、少しうすきみが悪くなってきました。

いったい賊は何者だろう。なぜこんなにまで用心をして、顔をかくしているのだろうと思うと、なんだかゾウッとこわくなるような気持ちでした。

「それにしても、この部屋にはどこか出口があるにちがいない。やっぱり、かくし戸になっているのかもしれないぞ」

そう考えて、懐中電灯で、四方の板壁をてらしてみますと、一方のすみに、どうやらかくし戸らしいものが見つかりました。その部分をおしてみると、少し動くような気がするのです。

しかし、ただおしただけでは、とても開きそうにもありません。きっとまた、どこかに、戸を開くしかけのボタンがあるのでしょう。

小林君はいっしょうけんめいにそれをさがしましたが、やがて頭の上のほうの高いところに、ちょっと気のつかぬような小さなおしボタンがあるのを見つけました。

でも、こんどこそ、うっかり、それをおすわけにはいきません。もし、戸のむこうにだれかがいて、小林君に気づいたら、もうとりかえしがつかないのです。

おそうか、おすまいかと、長いあいだ、ためらっていました。そして、板壁に耳をつけるようにして、そのむこうがわのようすをうかがいましたが、ひっそりとして、なんの物音もありません。もう夜中の三時です。たとえ、むこうがわに人がいるとしても、まさか今ごろまで起きているはずはないのです。

「よし、思いきっておしてみよう。もし見つかったら、すばやく逃げだせばいいのだ。そして、もとの牢屋へはいって、知らん顔をしていればいいのだ」

小林君は、とうとう決心しました。

まず指さきをボタンにあてておいて、用心のために懐中電灯を消してから、その指にぐっと力をこめて、ボタンをおしたのです。

すると、あんのじょう、板壁の一部が、ドアのように、グウッと、こちらへ開いてきたではありませんか。

大急ぎで、そのすきまから、むこうをのぞいてみますと、やっぱりうすぐらくて、何も見えないのです。なんだかすぐ目の前に幕がさがっているような感じで、見とおしがきかないのです。

音をたてないように気をつけて、そっとその部屋へはいっていきましたが、はいったかと思うと、何かやわらかいものに行きあたりました。手でさぐってみると、そこに厚いカーテンがさがっていることがわかりました。

カーテンのむこうには電灯がついているらしく、織り物の目から、ちかちかと光がもれています。

小林君は、カーテンの合わせめをさがして、それをほんの一センチほど開いて、部屋の中をそっとのぞきました。

それはびっくりするほど、りっぱな部屋でした。そんなに広くはないのですが、おいてある家具がみな、りっぱで、きらびやかなのです。一方には大きな化粧台があって、鏡がきらきら光っていますし、その前の台の上には、いろいろな形の美しい化粧品のびんがならんでいます。

りっぱな長イスや、ひじかけイスは、目のさめるような美しい模様のきれではってあります。床には、まっかなじゅうたんがしいてあります。

いや、それよりも、もっとりっぱなのは、正面に見えるベッドです。あたりまえのベッドよりは、ずっと大きくて、美しいかざりがあって、その上の天井からは、ぴかぴか光るまっ白な絹が、ちょうど富士山のような影で、ベッドの三方にすそをひろげているのです。

そのりっぱなベッドの上には、ひとりの美しい女の人が、顔をこちらにむけて、すやすやとねむっていました。

小林君にはよくわかりませんでしたが、その女の人は、三十歳ぐらいでしょうか、娘さんではなくて、奥さんという感じでした。

小林君は、明智先生の奥さんほどきれいな人は、ほかにないように思っていたのですが、いま目の前にねむっている女の人は、もっときれいなのです。すごいほど美しいのです。

まるでキツネにつままれたような気持ちでした。これはいったい、どうしたというのでしょう。賊の首領がいるとばかり思っていた部屋に、こんな美しい女の人がねむっているなんて、なんだか夢でも見ているようではありませんか。

覆面とルパシカをぬいだ男は、どこへ行ってしまったのでしょう。

小林君は女の人の寝顔をみつめて、長いあいだ考えていました。なんとなく、ふにおちないことがあるのです。どこやら、つじつまの合わないような気がするのです。

そうしているうちに、小林君の頭に、ひょいとみょうな考えがうかびました。

「おや、そうかしら。そんなことがあるのだろうか」

それは、なんだか、ゾウッと身ぶるいするようなおそろしい考えでした。

「やっぱり、そうかもしれない。ああ、きっとそうだ。もしそうでないとしたら、ここに秘密の通路があるわけがない。

この女の人は、あんな美しい顔をしているけれど、秘密の出入り口をちゃんと知っているのだ。この部屋に住んでいて、それを知らぬはずがない。

それから、賊の首領は、なぜ手下の前でも、顔をかくしているのだろう。それには何か深いわけがあるのだ。……

そうだ。賊の首領というのは、この女の人なんだ。女だものだから、あんなに用心をして、顔をかくしているのだ。

そういえば、きのう首領の声を聞いていて、なんだかつくり声のような気がした。ほそい声をむりに太くしているような気がした。

そうだ。あすこにねむっている、あの美しい女の人が賊の首領なのだ」

小林君は、そこまで考えますと、お化けでも見ているような、なんともいえぬおそろしさに、背中がぞくぞく寒くなってきました。

ひげむじゃの大男なんかなら、かえってこわくないのですが、あのおそろしい大悪人が、こんな美しい女の人だったのかと思うと、心の底からゾウッとしないではいられませんでした。

そう思って見ますと、女の人の顔は、美しいことは美しいけれど、けっしてやさしい顔ではないのです。なにか男もおよばないようなおそろしいたくらみをしそうな、すごみのある美しさなのです。

小林君はふと、西洋のある女どろぼうの写真を思いだしました。その女どろぼうは、美しい顔をしているくせに、男の人を何人も毒薬で殺したり、変装をしたり、宝石をぬすんだり、いろいろなおそろしいことをして、しまいには、とうとう死刑にされたのですが、ベッドに寝ている女の人の顔は、その女どろぼうと、どこかしら似ているのです。

じっとながめていればいるほど、女の人の寝顔が、おそろしく見えてきました。美しいからこわいのです。美しい顔が、こんなにこわく見えるものだということを、小林君は今の今まで知りませんでした。

ところが、そんなことを、むちゅうになって考えているうちに、小林君は、たいへんなしくじりをやってしまいました。カーテンを持っていた手が、知らず知らず動いたのです。そして、カーテンをつってある金の輪が、チーンと鳴ったのです。

ハッとして、身をすくめましたが、もうまにあいませんでした。その小さな物音に、ベッドの女の人は、たちまち目をさまして、びっくりしたように顔をあげてこちらを見ました。

二つのなぞ

小林君は逃げ腰になって、胸をドキドキさせながら、カーテンのすきまをできるだけほそくして、なおものぞいていますと、女の人は、ベッドの上に起きなおり、ヒョウのようにきらきら光る目で、部屋の中を見まわしていましたが、

「おや、今のは夢だったのかしら、なんだかみょうな音がしたように思ったけれど……」

と、ひとりごとをつぶやきました。

小林君は石のようにからだをかたくして、息の音もたてないようにしていましたので、カーテンのうしろに人がかくれているとは気づかないようです。

でも、なんとなく心配になるとみえて、女はベッドをおりて、むこうの入り口のところへ行き、ドアのとってに手をかけて、動かしてみましたが、そこには、内がわからかぎがかかっているらしく、開くようすもありません。

女はそれをたしかめて、安心したようにうなずいていましたが、こんどは急いで、部屋の一方の壁ぎわにあるりっぱな鏡台の前に近づいて、その上にならんでいるいろいろな化粧品の中から、大型のクリームのつぼを手に取って、そのふたを開きました。

小林君は、この真夜中にお化粧をはじめるのかしらと、びっくりして見ていますと、女はべつにお化粧をするのでもなく、クリームのつぼに、もとのとおりふたをして、鏡台の上におきました。そしてこんどは、小林君のかくれているカーテンのほうにむきなおって、そろそろと近づいてくるのです。

まさか秘密の通路から人がくるはずはないけれど、ねんのためにしらべておこうというような顔つきです。

小林君は、ハッとして身がまえました。もうぐずぐずしてはいられません。ここで見つかったら、せっかくの苦心が何もかもだめになってしまうのです。

そこで、音をたてないように、すばやく、もとの小部屋にはいり、さかいの戸をそっとしめて、例のマンホールのような板を持ちあげると、鉄ばしごをつたって穴の中へ逃げこんでしまいました。

そして、しばらく聞き耳をたてていましたが、女はカーテンを開いてみただけで安心したのでしょう、小部屋の中へはいってくるようすはありません。

うまいぐあいに、相手にさとられないで、逃げだすことができたのです。

「これだけ見とどけておけば、今夜はもうじゅうぶんだ。ぐずぐずしていて、部下のやつらが起きてきてはたいへんだから、早く牢屋へ帰ることにしよう」

小林君はそう思って、急いで鉄ばしごをおり、地下室の首領の部屋にもどりました。そのとちゅうの秘密戸は、みな、もとのとおりにしめておいたのです。

それから、懐中電灯を、部下の寝ている部屋に返しておいて、急いで牢屋に帰り、鉄ごうしの戸にももとのようにかぎをかけて、そのまま、わらのベッドに横になりました。

「ふふん、うまくいったぞ。ぼくが、あれだけ歩きまわっているのに、だれも気がつかないなんて、賊のやつらものんきなもんだなあ。でも、首領が女だなんて、ほんとうに思いもよらなかった。あんなきれいなおばさんが大どろぼうとは、おどろいたなあ」

小林君はあおむけに寝ころんだまま、しばらくは、いま見てきた女首領のことばかり思いだしていましたが、そのうちに考えが、だんだんかんじんな点にむいていきました。

「だが、暗号文のかくし場所が見つからなかったのは残念だなあ。きっとあの女首領の寝室の中にかくしてあるにちがいないんだが……」

小林君は暗い天井を見つめて、しばらくのあいだ、じっとしていました。すると、とつぜん、頭の中にピカッといなずままでもさしたように、すばらしい考えがひらめいたのです。

「ア、そうだ。そうにちがいない。わかったぞ。暗号文のかくし場所がわかったぞ、ああ、なんて奇抜なかくし場所なんだろう。ぼくはあのとき、それに気がつかないなんて、よっぽどどうかしていたんだ」

小林君はうれしまぎれに、思わずわらのベッドの上にすわってしまいました。そして、胸をわくわくさせながら、その暗号文を取りかえすことを考えました。

「首領のるすのときを考えて、もう一度あの部屋にしのびこめばいいんだ。暗号文を手に入れて、この地下室を逃げだせばいいんだ。そして、暗号文を持ってぶじに明智先生のところへもどったら、先生、どんなにほめてくださるだろうなあ。きっとにこにこして、さすがに小林君だって、おっしゃるにちがいない」

それを思うと、もう、うれしくてしかたがないのでした。

「だが、待てよ。暗号文は手に入れても、この地下室を逃げだせなかったら、なんにもならないぞ。夜中に、みんなの寝ているすきに逃げるにしても、きっと、ひとりぐらいは寝ずの番がいるにちがいない。だれかが地下室の入り口にがんばって、外からしのびこむものや、中から逃げだすものを、見張っているにちがいない。

それに、きょうはみんなぐっすり寝ていて、うまくいったけれど、どんなことで、ほかの部下のやつらが目をさまさないとはかぎらないし、ここをぬけだすのは、なかなかめんどうだぞ」

小林君はすわったまま、腕ぐみをして、また考えこみました。そして、しばらくじっとしていましたが、やがて、何か名案がうかんだものとみえて、思わずひとりごとをいいました。

「うまいっ。すばらしい思いつきがあるぞ。少しぼくのほうが背がひくいかもしれないが、なあに、だいじょうぶだ。きっとうまくいく。部下のやつらの見ている前で、大手をふって逃げだせるんだ。それがうまくいったら、あいつら、あとでどんなにおどろくだろう。ああ、おもしろくなってきたぞ」

小林君はそんなことをつぶやいて、ひとりにやにや笑っていましたが、やがて、また、ごろっと横になったかと思うと、いつのまにかすやすやと寝いってしまいました。暗号のありかもわかったし、逃げだすてだてもきまったものですから、すっかり安心したのです。

さて、読者諸君、小林君は、どうして暗号のかくし場所を気づくことができたのでしょう。いったい、それはどこにかくしてあるのでしょう。また、見張り番のいる前を、やすやすと逃げだすてだてとは、どんなことでしょう。

諸君も小林君の見ただけのものは、ちゃんと見ているのですから、よく考えればおわかりになるはずです。さきを読みつづけるまえに、ひとつそれをあててごらんになりませんか。

あっぱれ少年探偵

その翌日の夕方までは、なにごともなくすぎさりました。三度の食事は、きのう小林君を牢屋に入れた、あのおしゃべりの部下の男が、はこんでくれましたが、そのたびに、じょうだんをいってからかうので、小林君のほうでも、相手になってものをいうようになり、だんだん心やすくなっていくのでした。

夕方、六時ごろになりますと、やっぱり同じ男が、夕ごはんのお盆を持って、鉄ごうしの外へやってきました。

「さあ、ぼうや、ごちそうだ。ゆっくりたべるがいい」

男は持っているかぎで、鉄ごうしの戸を開き、お盆を中に入れると、またすぐ戸をしめて、かぎをかけてしまいました。

「ハハハハハ、へんな顔しているね。たいくつかい。童話の本でもあるといいんだが、ここには、あいにく、そんなものがおいてないんでね。まあ、ごちそうだけで、がまんするんだね」

男はあいかわらず、おしゃべりです。

小林君がゆうべ牢屋をぬけだしたとも知らないで、いばっている男の顔を見るたびに、おかしくてしかたがありませんでした。それに、ゆうべ、この男は五人の部下の中で、いちばん大きないびきをかいて正体もなくねむっていたのです。それを思いだすと、小林君はふきだしそうになるのでした。

でも、賊は小林君が明智探偵の少年助手だなんて、夢にも知らず、宮瀬不二夫君だとばかり思いこんでいるものですから、うっかり笑顔なんかできません。こわくてしかたがないというようなふうをして、おどおどしていなければならないのです。

「ねえ、おじさん」

小林君は、おずおずと男に声をかけました。

けさから、きこうきこうと思いながら、あまりなれなれしく見えてもいけないと思って、今までがまんしていたのですが、もうよい時分と、それをいいだすつもりなのです。

「え、なんだい。何かほしいものでもあるのかい。それならえんりょなくいうがいいぜ。おまえは、だいじなお客さまだから、なんでもいうままにしてやれって、首領のいいつけだからね」

男は、にやにや笑いながら、ひげむじゃの顔を鉄ごうしにくっつけるようにして、いうのです。

「あのね、おじさん、首領って、いったいだれなの？　どんな人なの？」

小林君は、なにげなくたずねました。

「こわいおじさんさ。ハハハハハ、じつをいうとね、おれたちも、首領がどんな人だか、よくは知らないのだよ。一度も顔を見たことがないんだからね。

だが、いい首領だ。おこるとこわいけれど、仕事をすれば、ちゃんとそれだけのことはしてくださるんだからね。それでなけりゃ、こんな穴ぐらずまいなんか、一日だってがまんできるもんじゃないよ」

小林君が、たった一日で見やぶってしまった首領の正体を、この男はまだ知らないようすです。悪人でも、人の手下になっているようなやつは、力は強くても、頭のはたらきがにぶいのでしょう。

「あのね、おじさん、この地下室の入り口は一つしかないんだろう」

小林君は、だんだん大胆になって、また別のことをたずねてみました。

「うん、一つしかない。おまえのつれられてきた入り口一つきりだよ」

「そこには番人がいるんだろうね」

「ハハハハハ、こいつへんなことをききだしたな。おまえ、牢やぶ《ヽヽヽ》りをして、逃げだすつもりかい。ハハハハハ、だめだめ、むろん番人がいるよ。地下室の入り口には、昼でも夜でも、こわいおじさんが大きな目をむいてがんばっているんだ。おまえが逃げだそうとでもしたら、その番人にひどいめにあうぜ。そんなつまらないことは考えるんじゃない。だいいち、逃げだそうといったって、その鉄ごうしが、おまえなんかの力でやぶれるものかね。ハハハハハ」

男は何も知らないで、さもおかしそうに笑いました。

小林君は、ゆうべこの鉄ごうしを開いて、ちゃんとぬけだしているのです。明智先生の発明された万能かぎを持っているので、どんな錠まえだってやすやすと開くことができるのです。それを知らないで男が安心しきって笑っているのを見ると、こちらこそ、ふきだしたくなるのでした。

「おじさん、首領っていう人、いつでも、ここにいるのかい。ときどき外へ出かけることもあるの？」

小林君は、こんどは、さもなにげないふうで、いちばんききたいことをたずねました。

「そりゃお出かけになるさ。首領はここに一日いることなんて、めったにないんだよ。いろいろな仕事があってね、とてもいそがしいからだなんだ。今夜もだいじな用件があって、あるところへ出かけるんだよ」

「やっぱり、あんな覆面のまま出かけるのかい」

「ハハハハハ、おまえ、いろんなことをきくんだねえ。いくら夜だって、覆面のまま外へ出ては、かえって人にあやしまれるじゃないか。むろん、あたりまえの身なりにかえて出かけるんだよ」

「じゃ、そのとき、おじさんたち、首領の顔が見られるじゃないか。どうして、首領の顔を知らないなんていうの？」

「ところが、見られないんだよ。首領は魔法使いなんだ。おれたちのちっとも知らないうちに、どこかへ出かけたと思うと、いつのまにか、また、ちゃんと帰っているんだ。首領は変装の名人でね、いつもまるでちがった身なりをして出かけるということだが、おれたちは、その姿を一度も見たことがないんだ」

「へんだねえ、じゃ、どっかに秘密の出入り口があるんじゃないの？　首領は、そこからこっそり出入りしているんじゃないの？」

小林君は、その秘密の出入り口もちゃんと知っているのに、わざとそしらぬふりをして、ききかえしました。

「うん、おれたちも、そうじゃないかと思っているんだ。だが、それがどこにあるのか、すこしもわからないのだ。どう考えても、首領は魔法使いだよ。おれたちはまた、首領のそういうふしぎな力に、すっかりまいっているんだがね」

男は相手を子どもとあなどって、ひごろおもっていることを、なにもかも、うちあけてしまうのでした。

「じゃ、首領は今夜は、るすなんだね」

小林君は何よりも、それがたしかめたいのです。

「うん、るすだ、お帰りは夜中になるだろう。いつもそうだからね」

小林君はそれを聞いて「うまいぞ」と思いました。暗号文を取りかえすのには、首領のるすのときを待つほかはないが、それには二、三日牢屋ずまいをしなければなるまいとかくごしていたのに、その機会がこんなに早くやってこようとは、なんというしあわせでしょう。いよいよ今夜逃げだせるのかと思うと、もう、うれしくてしかたがありません。

男は、なおもいろいろじょうだんをいって、小林君をからかっていましたが、小林君がだまりこんでしまったので、つまらなそうに、おしゃべりをやめて、どこかへ立ちさってしまいました。

「さあ、いよいよ今夜は大仕事だぞ、うんとおなかをこしらえておかなくっちゃ」

小林君は男のはこんでくれた夕ごはんを、おいしそうにたべはじめました。なかなかごちそうです。大きなチキンのフライに、トマトがどっさりついていて、ごはんがお皿に山もり、それに紅茶までそえてあるのです。小林君は、そのごちそうを、またたくまにすっかりたいらげてしまいました。

「首領の帰りは夜中だといっていたから、たぶん十二時ごろなんだろう。それまでに仕事をすまさなければならない。しかし、あまり早くても、部下のやつらが、そのへんを、うろうろしているだろうから、十時半ごろまで待つことにしよう」

小林君はそう考えて、腕時計を見ますと、まだ七時まえでした、三時間半も待たなければならないのです。

ああ、そのあいだの待ちどおしさ。何度時計を見ても、針がおなじところにあるような気がするのです。

でも、やっと、その長い長い三時間半がすぎさって、十時半がきました。

「さあ、いよいよはじめるんだ。小林！　しっかりやるんだぞ。へまをやって明智先生のお名前をけがすんじゃないぞ」

小林君は、われとわが名を呼びかけて、心をはげますのでした。

牢屋の鉄ごうしの戸を開くのは、もうゆうべ経験ずみですから、わけはありません。例の針金をまげたような形の万能かぎを取りだして、錠まえをはずし、なんなく、牢の外へ出ました。

それから、うすぐらい廊下を耳をすまして、足音をしのばせながら、首領の部屋のほうへたどっていきました。

そのとちゅうには、例の部下たちの寝室があるのですから、その前はことに気をつけて、通らなければなりません。ぬき足さし足、その寝室のドアに近づいていきますと、中では部下のやつらが、何か大声に話しあって笑っているのが、もれ聞こえてきました。

このぶんならだいじょうぶと、胸をなでおろして、そのドアの前を通りすぎ、いよいよ首領の部屋へはいっていきました。

それからの秘密の通路は、前にしるしたとおりですから、ここにはくりかえしませんが、小林君はやはり、ゆうべとそっくりの順序で、地上の建物の、あの美しい女首領の寝室へしのびこみました。

思ったとおり、その寝室はからっぽでした。あのりっぱなベッドの上には、まっ白な絹のきれがかぶせてあって、しわ一つよっていませんし、部屋ぜんたいがきちんとかたづいていて、ただ、ほのかに香水のにおいがただよっているばかりです。

小林君はその部屋にはいると、わき目もふらず、つかつかと、例の鏡台の前に近づき、その上にのせてあるたくさんの化粧品のびんの中から、ゆうべ女首領が手に取ったあのクリームのつぼをさがしだして、そのふたを開くと、いっぱいつまっている白いクリームの中へ、いきなり、指をつっこみました。

おやおや、小林君は気でもちがったのでしょうか。真夜中、賊の寝室にしのびこんで、男のくせにお化粧をするつもりなのでしょうか。

いや、そうではありません。ごらんなさい。小林君は、クリームの中から、何か小さなパラフィン紙の包みをつまみだしたではありませんか。

そのパラフィン紙をていねいに開きますと、中から、一枚の古びた日本紙が出てきました。

「あ、これだ——」

小林君は、うれしさに顔を赤くしました。その日本紙の切れっぱしこそ、だいじなだいじな宮瀬家の暗号文だったのです。一千万円の大金塊のかくし場所をしるした暗号文だったのです。

ああ、なんという奇抜なかくし場所でしょう。あのたいせつな暗号を、化粧品のつぼの中へ、むぞうさにつっこんでおくなんて、じつにうまい思いつきではありませんか。

小林君はポケットから手帳を出して、暗号文をだいじそうにその中にはさみ、それから、手帳の紙を一枚やぶって、それに鉛筆で何か手紙のようなものを書き、手帳は内ポケットへ、手紙の紙は外のポケットへ入れました。

そして、クリームの表面をもとのように平らにして、ふたをしめ、もとの場所において、そのままカーテンのうしろの、暗い小部屋へもどりました。

読者諸君もごぞんじのとおり、この小部屋には、賊の首領の覆面と、ルパシカという洋服がかけてあるのです。小林君は何を思ったのか、それを一まとめにして小脇にかかえ、そのまま、あのマンホールのような板をあげて、鉄ばしごをくだりました。

鉄ばしごをおりきると、例の大きな西洋だんすの中ですが、小林君は、そのたんすからはいだして、その前でみょうなことをはじめました。

首領の寝台のつぎの間から持ちだしてきた、ルパシカとズボンとを、洋服の上に着はじめたのです。それを着てしまうと、こんどはビロードの覆面を、頭からすっぽりとかぶりましたが、すると、今までかわいらしい少年であった小林君が、たちまち、あのおそろしい首領の姿にかわってしまいました。

小林君は年にしては背の高いほうでしたし、賊の首領は女のことですから、ふつうの男よりも背がひくかったので、ルパシカもズボンも、だぶだぶしてこまるというようなこともなく、うまいぐあいに、身についています。

これが、小林君の妙案だったのです。こうして首領に変装して、番人の前を大手をふって通りすぎようという、思いつきなのです。

覆面の怪物になりますと、手には、さっき手帳をちぎった紙を持って、そのまま首領の部屋を出ました。そして、うすぐらい廊下を、地下室の出口のほうへ、のこのこと歩きだしたのです。

出口がどこにあるか、はっきりわからないものですから、廊下をぐるぐるまわっているうちに、むこうからひとりの部下のやつがやってくるのに出あいましたが、小林君は平気な顔で、そりかえって歩いていきますと、部下のやつは、小林君を首領がいつのまにか帰ってきたものと思いこんで、ぺこぺことおじぎをするのでした。

「うまいうまい、これならだいじょうぶだぞ」

小林君はすっかり得意になって、いよいよ肩をいからせながら、のしのしと歩いていきました。

まもなく、地下室の出口が見つかりました。そこには厚い板戸がしめてあって、その前の小部屋に、ひとりの大男がイスにかけて見張り番をしています。いかにも強そうなやつです。

しかし、小林君は平気で、その男の前へ近づいていきました。そして、だまってつっ立ったまま、男の鼻の先に、手帳の紙のたたんだのをさしだし、「外出するから戸を開け」という身ぶりをしてみせました。

番人はるすだと思っていた首領が、とつぜんあらわれたので、ちょっとびっくりしたように見えましたが、いつもどこから帰ってくるかわからない首領のことですから、べつに深くうたがうようすもなく、ぺこぺこおじぎをしながら、厚い板戸をギーッと開いてくれました。

小林君は、しめたと思いながら、そのまま、ゆうゆうと外のくらやみへ出て、そこにあるコンクリートの階段を、地上へとのぼっていきます。

番人は、そのあとを見送って、板戸をしめると、もとのイスにもどって、いま手わたされた紙きれを開いてみました。首領の命令書だとばかり思いこんでいたのです。

ところが、その紙きれを、うすぐらい電灯のそばに近づけて、読みくだしたかと思うと、番人は、「アッ」というおどろきのさけび声をたてました。目をまんまるにみひらいて、口をぽかんとあけて、何がなんだかわからないという顔つきです。

その紙きれには、つぎのような痛快な文句がしたためてありました。

暗号文はもらって帰ります。そして、正しい持ち主に返します。いろいろごちそうしてくださってありがとう。では、さようなら。

明智探偵助手 小林芳《よし》雄《お》

大捕り物

まんまと賊をあざむき、首領をびっくりさせるような手紙までのこして、地下室をぬけだした小林少年は、何よりもまず、その地下室の上には、どんな建物が建っているのか、また、そこはなんという町なのかということを、たしかめなければなりませんでした。

なぜといって、小林君が賊のために、この地下室へつれられてきたときには、長イスの中にとじこめられていて、まったく外を見ることができなかったからです。

地下室の階段をかけあがって、あたりを見まわしますと、そこはコンクリートの塀にかこまれた庭の中で、地下の真上にあたるところには、古い木造の洋館が建っていました。

コンクリートの塀にそって走っていきますと、まもなく門のところに出ました。正面の門のとびらはぴったりしまっていましたが、そのわきのくぐり戸があいていたので、小林君は、難なく門の外に出ることができました。

外に出て、門灯の光で、門の柱を見あげますと、そこに出ている表札には「目黒《めぐろ》区上《かみ》目黒六丁目一〇〇、今井《いまい》きよ」という女の名前が書いてありました。

今井きよというのは、あの美しい女首領の偽名にちがいありません。こんなやさしそうな名前で世間の目をごまかして、地下室では、覆面をして男になりすまし、おおぜいの手下を自由に追い使っているのです。

じつにうまく考えたものです。あの美しい女の人が大どろぼうだなんて、だれだって夢にも思わないでしょうからね。

でも、小林君は、そんなことを、考えているひまもありません。ぐずぐずしていれば、賊の手下が追っかけてくるのですから、ただ表札の町名番地と名前とを、すばやく暗記して、そのままかけだしました。

少し行きますと、道のわきに、まっくらな原っぱみたいなところがありましたので、小林君はそこへかけこんで、くらやみの中で、変装の覆面を取り、ルパシカをぬいで、もとの詰襟《つめえり》服の少年姿になりました。

そして、覆面とルパシカとは小さくまるめて、小脇にかかえ、にぎやかな表通りのほうへ急ぎました。

「なんにしても、早くこのことを、明智先生にお知らせしなければならない。先生きっと心配していらっしゃるだろうからなあ。ああ、ちょうどいい。あすこに公衆電話があるから、帰るまえに電話でお知らせしておこう」

小林君はとっさに思いついて、その町かどにあった公衆電話へとびこみました。

「ああ、小林君か。どこからかけているんだ。え、うまく逃げだしたって？　暗号も手に入れた？　それはえらい。さすがにきみだ。きみなら、きっとうまくやるだろうと思ったが、しかし心配していたよ。よかった。よかった」

電話のむこうから、明智先生の声があわただしく聞こえてきました。

小林君は賊の首領が女であること、今井きよという名前で上目黒の洋館に住んでいることなどを、てみじかに知らせたあとで、女首領にあてて、手紙をのこしてきたことをいいますと、明智探偵は心配そうな声で、

「きみ、その手紙に自分の名を書きやしなかったかい」

とたずねました。

「ええ、書きました。明智探偵の助手の小林って書きました。あいつらが、ぼくを不二夫君と思いこんでいるので、びっくりさせてやろうと思ったのです」

「しまった。そいつはまずかったね。きみにも似あわない、つまらないまねをしたじゃ

ないか」

「どうしてですか」

小林君は不服らしく聞きかえしました。

「どうしてって、わかりきっているじゃないか。きみがぼくの助手とわかれば、賊は用心をするにきまっている。逃げだしてしまうかもしれない。せっかくかくれ家がわかったのに、逃がしてしまっちゃ、なんにもならないじゃないか」

小林君はそれを聞いて、ハッとしました。

いかにも大失策でした。暗号を取りもどしたことだって、賊に知らせる必要は少しもなかったのです。ただこっそり逃げだしさえすればよかったのです。なんだか賊にいばってやりたいような気がして、手紙なんか書いたのは、たいへんな失敗でした。

「先生、ぼく、うっかりしていました。どうしたらいいでしょう」

小林君は、先生に申しわけない気持ちがいっぱいで、もう泣きだしそうな声になっていました。

「その女首領は、きみが逃げだすときには、まだ帰ってなかったんだね」

「ええ、そうです」

「じゃ、まだ、まにあうかもしれない。ぼくはこれからすぐ、警視庁へ電話をかけて、中村《なかむら》君に犯人逮捕の手はずをしてもらっておくから、きみは急いで帰ってくれたまえ」

中村君というのは、警視庁の捜査係長で、明智探偵とは、ごく親しいあいだがらなのです。

小林君は先生にしかられて、がっかりしてしまいましたが、でも、自分の不注意ですから、しかたがありません。二度とこんな失敗はくりかえさないようにしようと、かたく心にちかって、公衆電話を出ました。

もう十一時半でしたが、大通りにはまだ人通りがあり、タクシーも通っていましたので、それを呼びとめて、明智探偵事務所へ急ぎました。

「先生、とんだ失策をしてしまって、申しわけありません」

小林君は明智先生の書斎にはいると、まっさきにおわびをしました。

「なあに、そんなにあやまることはないよ。たとえ賊に逃げられたとしても、きみは暗号を手に入れたという大てがらをたてているんだからね。さっきは、ぼくのいい方が、少し強すぎたようだね。気にしないでもいいんだよ」

やっぱりいつものやさしい先生でした。小林君は先生のにこにこ顔を見て、ほっとしましたが、そんなにやさしくいわれますと、いよいよ自分の失策がはずかしくなるのでした。

「これが暗号です。化粧台のクリームのつぼの中にかくしてあったのです」

小林君は内ポケットの手帳の中から、暗号の紙きれを出して、先生に手渡し、それを手に入れた順序を報告しました。

「うん、よくやったね。たった一晩で、秘密の通路を見つけだし、賊の正体を見やぶり、クリームつぼのかくし場所まで気がつくなんて、きみでなければできない芸当だよ。ありがとう、ありがとう」

明智探偵は小林君の肩に両手をのせて、さも親しげにお礼をいうのでした。小林君はそれを聞いて、なんだか目の奥が熱くなるような気がしました。そして、心のなかで、この先生のためなら、命をすてたってかまわないと思うのでした。

「暗号の研究は、あとでゆっくりすることにしよう」

明智探偵は、暗号文の紙を書斎の秘密の金庫の中にしまいました。

「きみが、暗号を取りもどしたことは、いま宮瀬さんに電話で報告しておいたよ。宮瀬さんもたいへん喜んでおられた。すぐに部下のものをつれて、中村警部に電話したが、夜中だけれども、そういう大事件ならば、すぐに部下のものをつれて、賊の逮捕にむかうからということだった。ちょうど、ここは上目黒への通り道だから、中村君たちはここへ立ちよることになっている」

「じゃ、ぼくがご案内しましょうか」

「うん、そうしてくれたまえ。むろん、ぼくもいっしょに行くよ。だが、賊が逃げだしたあとでなければいいがなあ」

そうしているところへ、表に自動車のとまる音がして、中村捜査係長の一行が到着しました。係長のほかに七名の刑事が、二台の自動車に乗ってやってきたのです。ものものしい捕り物陣です。

明智探偵と小林少年とは、前のほうの自動車に乗って、案内役をつとめることになり、二台の自動車は、そのまま深夜の町を、上目黒めざして、おそろしいスピードで走りだしました。

挑戦状

上目黒につきますと、一同は賊のすみかの一町《ちょう》ほどてまえで自動車をおり、くらい町を、はなればなれになって、例の洋館へと近づいていきました。

あらかじめ、自動車の中でうちあわせをして、中村捜査係長と明智探偵とは表玄関から、小林少年は五名の刑事の案内をして、地下室から賊のすみかにふみこむことになり、のこりの二名の刑事は、洋館の表門と裏門に見張り番をつとめる手はずになっていました。

小林君は刑事たちのさきに立って、用心しながら、例の階段から地下室へおりていきましたが、入り口の大戸はあけっぱなしになっていて、どこへいったのか、番人の姿も見えません。

「へんだな」と思いながら、だんだん奥へはいっていき、五人の部下の寝室の前までたどりつきました。すると、その部屋のドアもあけっぱなしになっていて、ベッドはみなからっぽなのです。なんだか引っ越しでもしたあとのように、がらんとした感じです。

「だれもいないようですね」

刑事のひとりが、小林君をせめるようにささやきました。

「ええ、逃げてしまったのかもしれません。でも、とにかく首領の部屋までいってみましょう。首領は外出していたのだから、ひょっとしたら、まだ帰っていないかもしれません。そうすれば、待ちかまえていて、とらえることができるのですから」

小林君は、刑事たちをなだめるようにささやきかえして、いよいよ例の秘密の通路のある部屋へはいっていきました。

まっくらなぬけ穴の鉄ごうしを、小林君を先頭に、五人の刑事がそろそろよじのぼって、やがて、例のマンホールのような穴から、地上の建物にぬけだしました。

いよいよ首領の寝室です。さかいの厚いカーテンを細目にあけて、そっとのぞいて見ますと、アッ、いる！　いる！　あの美しい女首領は、なにも知らないで、ベッドの上にねむっているではありませんか。

するとちょうどそのとき、むこうがわのドアが静かにあいて、だれかが首領の寝室へしのびこんでくるのが見えました。

「おやっ!」と思って見つめていますと、ドアがすっかりあいて、そこにあらわれたのは、ほかでもない、明智探偵と中村係長の姿でした。

ふたりは部屋にはいると、すぐベッドの女の人を見つけて、ハッとしたように立ちどまりましたが、とっさに「これが女首領だな」とさとったようすで、おたがいに目であいずをして、つかつかとベッドのほうへ進みよりました。

それと見た小林君は、もうかくれているときでないと思いましたので、やにわにカーテンを開いて、部屋の中にとびこんでいきました。

つまり、むこうの入り口からはいった中村係長と明智探偵、こちらのカーテンからとびだしていった小林君と五人の刑事とが、両方からベッドに近づいていったのです。

さすがの女賊も、もう運のつきです。両方の出口をふさがれてしまったうえに、こちらは総勢八人、相手はかよわい女ひとりなのですから、どうしたってのがれることはできません。

係長が目くばせしますと、ひとりの刑事が、いきおいこんでベッドにつき進んでいきました。女はまだ身動きもしません。起きているのかねむっているのか、目をふさいだままです。

刑事はいきなり女賊にくみついていきました。そして、ねまき姿の女をだきあげたか

と思うと、

「おや」

といって、いきなりそれを床の上へほうりだしてしまいました。

女賊はカタンというみょうな音をたてて、そこに横たわったまま、まるで死人のように身動きもしません。

「人形です。これはろう人形です」

人々は刑事の声に、おどろいて、女の形をしたものに近づいて、その顔をのぞきこみました。

それは生きた人間ではなくて、女首領のねまきを着せられたろう人形でした。そのさいくがあまりよくできているので、だれも人形とは気づかなかったのです。

やっぱり、賊は小林君の手紙によって、何もかもさとってしまったのです。そして、明智探偵がここへくることを察して、こんな人形を身がわりに寝かせておき、名探偵をアッといわせるつもりだったのです。なんというすばやい、悪がしこいやつでしょう。

「おや、人形が、なんだか紙きれをにぎっていますよ」

刑事が人形の手にはさんであった、一枚の紙を取って、明智探偵に手渡しました。それは女首領から明智にあてた手紙だったのです。小林君がしたように、女賊もまけないで、置き手紙をのこしていったのです。

それは、つぎのようなうすきみの悪い挑戦状でした。

明智さん
こんどはわたしのまけです。あなたはいい少年助手をお持ちですね。わたしは一時この家をすてて立ちのきますが、けっして、宮瀬家の金塊をあきらめるわけではありません。かならず手に入れてお目にかけます。わたしには最後の手段がのこっているのです。それがどんな手段だか、ひとつ、あなたの知恵であててごらんなさいませんか。

暗号文

その翌朝、明智探偵は、あずかっていた不二夫君をつれて、宮瀬家をたずねました。主人の宮瀬鉱造氏は、暗号文の半分が手にはいったという知らせを受けていましたので、待ちかねていて、明智を応接室に通しました。

明智は小林君が不二夫少年の身がわりとなって、賊のすみかにつれられていってからのちのできごとを、くわしく報告しました。

「そういうわけで、小林が不二夫君のかえ玉だということも、賊のほうへわかってしまいましたので、いつまでもわたしの家におあずかりしておくのもなんですから、きょうは不二夫君をおつれしてきたのです。

これからは、警察のほうで、じゅうぶん不二夫君のことも気をつけてくれるはずです。とうぶん、お宅の付近に刑事の見張りをつけるということでした」

「いや、いろいろお手数でした。不二夫のことはわたしのほうでも、書生の人数をまして、気をつけることにします。で、暗号はお持ちくださいましたでしょうか」

宮瀬氏は、何よりも暗号の半分が気にかかるのでした。

「持ってきました。これです」

明智は、ポケットからその紙きれを取りだして、テーブルの上におきました。

宮瀬氏は、急いでそれを手に取り、二、三度読みかえしましたが、さっぱり、わけがわからないらしく、小首をかしげて、

「どうも、わかりませんなあ、これはいったい、なんのことでしょう」

と、明智の顔を見るのでした。

「わたしもまだよくはわかりません。ひとつそれを、あなたの指輪の中にはめてある半分の暗号とつづけてここへ書いてみましょう」

明智はそういって、テーブルの上の白紙に、筆でつぎのような形に暗号文をかきとり

ました。

ぎざぎざの線からまえの部分が、宮瀬氏の指輪の中にかくしてある半分、ぎざぎざからあとの部分が、こんど小林君が取りもどした半分です。

「やっぱりわかりませんなあ。いったいどう読むのでしょう」

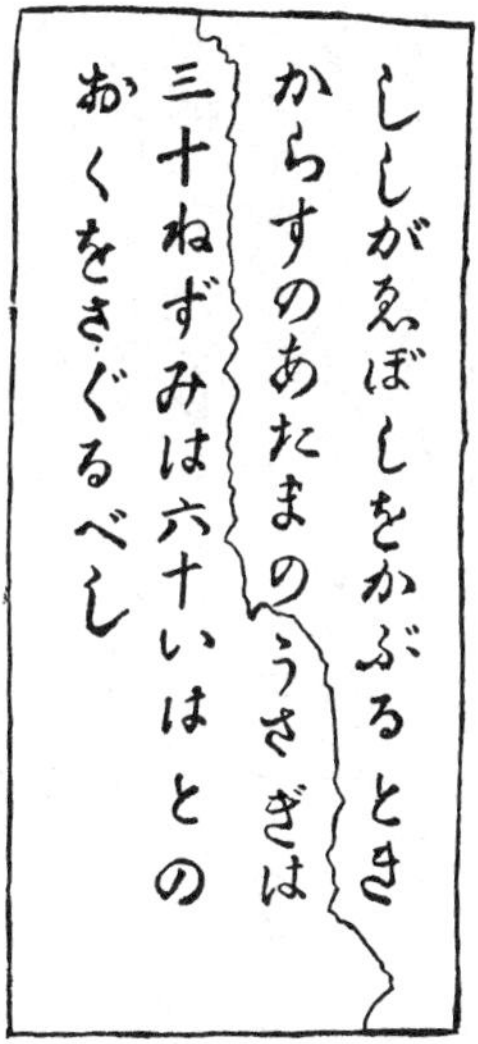
ししがゑぼしをかぶるとき
からすのあたまのうさぎは
三十ねずみは六十いはとの
おくをさぐるべし

宮瀬氏が、それをのぞきこんで、いぶかしげにいいました。

「たぶん、このはじめのほうは、このあいだもいったように『獅子が烏帽子をかぶる時、カラスの頭の』でしょうね。そのあとは、『ウサギは三十ネズミは六十岩戸の奥をさぐるべし』とでも読むのでしょう。

つづけて読めば、獅子が烏帽子をかぶる時、カラスの頭のウサギは三十、ネズミは六

十、岩戸の奥をさぐるべし、となります」
「なんだか動物園へでもいったようですね。それに、カラスの頭のウサギっていうのは、いったいどんな動物でしょう。ウサギの胴にカラスの首がついている化けものでもいるのでしょうか」

「なんだか、魔術師の呪文みたいな感じがしますね。しかし、これを何度も何度もくりかえして読んでいると、少しずつ意味がわかってくるようです。

まず、いちばんおしまいの『岩戸の奥』というのは、どこかに、岩が戸のように入り口をふさいでいるほら穴かなんかが、あるのではないでしょうか。そのほら穴の奥をさがせ、という意味じゃないでしょうか」

「なるほど、そうでしょうね。しかし、この動物どもは、さっぱりわかりませんなあ。ウサギが三十ぴきに、ネズミが六十ぴきなんて」

「いや、それもよく考えれば、わかるのです。ウサギとネズミには特別の意味があるのですよ。ウサギという字は、ちがう字で書くと『卯《う》』でしょう。それからネズミは『子《ね》』でしょう。つまり両方とも十二支のうちの一つなのです。

十二支というのは、子、丑《うし》、寅《とら》、卯、辰《たつ》、巳《み》、午《うま》、未《ひつじ》、申《さる》、酉《とり》、戌《いぬ》、亥《い》の十二で、午の年とか酉の年とかいうあの呼び方なのです」

「うん、なるほど、そうですね。すると……」

「すると、この二つの動物は、方角をしめしているのじゃないかと思うのです」

「アッ、そうだ。いかにもおっしゃるとおり、これは方角です」

宮瀬氏は何か大発見でもしたように、うれしそうな顔になって、明智の顔を見るのでした。

「ウサギ（卯）は東でしょう。ネズミ（子）は北でしょう。すると、これは東のほうへ三十、北のほうへ六十ということになります」

読者諸君の家に古い磁石がありましたら、その目もりをごらんになるとわかります。古い磁石には、東西南北のほかに、十二支の名で方角が書いてあるはずです。それを見ますと、東は卯、西は酉、南は午、北は子となっています。

「では、この三十と六十は長さのことですね」

「そうです。昔のことですから、むろんメートルではなく、尺《しゃく》か間《けん》ですが、間にすると、六十間は百メートル以上ですから、これは少し遠すぎるような気がします。やはり尺でしょう。つまり卯の方角の東のほうへ三十尺（九・一メートル）へだたり、そこからまた子の方角の北のほうへ六十尺（十八・二メートル）へだたったところに、この岩の戸があるという意味じゃないかと思います」

明智が、わけのわからない暗号をすらすらととといていきますので、宮瀬氏はすっかり感心してしまいました。

「それじゃ、このまえのほうの獅子やカラスはどういう意味でしょうか。これもあなたはおわかりになっているのですか」

「ええ、だいたい見当がついています」

明智は、にこにこして答えました。

「これは、少しめんどうなのです。ただ考えたのではわかりません。ぼくはこの意味をたしかめるために、登山家の名簿をくって、ほうぼうの有名な登山家に電話をかけたり、手紙をだしたりして、知恵をかりたのですよ」

宮瀬氏は登山家と聞いても、なんのことか少しもわかりませんでした。登山家が『烏帽子をかぶった獅子』や『カラスの頭』を知っているとでもいうのでしょうか。

烏帽子をかぶる獅子

宮瀬氏は、明智がこの暗号をどんなふうにといてみせるかと、待ちどおしくてたまらないように、じっと探偵の顔を見つめていました。

名探偵は、いつものように、にこにこして説明をはじめます。

「ここには動物では獅子とカラスとがあります。それから烏帽子です。この三つのものが何を意味しているかということを、ぼくはいろいろと考えてみました。

暗号のあとのほうには、さっきもいったように、東へ三十尺だとか北へ六十尺だとか、方角が書いてあるのですから、この獅子やカラスは、何かその方角のもとになる場所をしめすものにちがいないのです。

ぼくは、たぶんその場所は、山の中だろうと思いました。山の中で、獅子だとか、カラスだとかいうようなものが何かないかと考えてみました。むろん、生きた獅子は日本の山にはいませんし、カラスにしても、生きたカラスでは、ほうぼうへ飛んでいきますから、目じるしにはなりません。ほんとうの獅子やほんとうのカラスではないのです。

いろいろ考えているうちに、ぼくは、ふとこんなことを思いつきました。

山の中を流れている深い谷川の両がわなどには、よく大きな岩が、そびえているものです。そして、そういう大きな岩には、土地の人が、いろいろな名をつけていますが、この暗号の烏帽子や獅子は、その大岩の名前ではないかと考えたのです。烏帽子岩とか獅子岩とかいう名はよく聞くじゃありませんか。

きっとその山の中には、烏帽子のような形をした大岩や、獅子の頭のような形をした大岩があるのだろうと思います。

そう考えてきますと、このカラスの頭というのも、やっぱりカラスの頭に似た形をした岩の名かもしれません。カラス岩なんてあまり聞いたことがありませんが、でも、日本中をさがせば、どこかにないとはかぎりません。

つまり、どこかの山の中に、烏帽子岩と獅子岩とカラス岩とが、一つところにかたまっているような場所をさがせばいいのです。烏帽子岩とか獅子岩とかが、ただ一つだけある場所は、ほうぼうにあるでしょうが、烏帽子と獅子とカラスと三つひとかたまりになっているような山が、二つも三つもあろうとは考えられません。

ですから、この三つの岩のあるところを見つけさえすれば、あなたのご先祖が金塊をかくされた山の名がわかるわけです」

明智がここまで説明しますと、宮瀬氏は感じいったように、しきりにうなずいてみせて、

「なるほど、なるほど、いかにもあなたのおっしゃるとおりかもしれません。おもしろくなってきましたね。で、それから」

と、さきをうながすのでした。

「そこでぼくは、山岳会員の名簿をくって、有名な登山家十人ほどに、そういう岩のある山をごぞんじないかと、電話や手紙で問いあわせてみたのです」

「うん、すると」

宮瀬氏はイスをガタンといわせて、前にのりだしました。

「ところが、ふしぎなことに、そういう三つの岩のかたまっているような山を、だれも知らないのですよ」

「それじゃ、だめだったのですか」

「いや、山の中にはありませんでしたが、ひとりの登山家が、そういう名の三つの岩のある島を知っているといって、教えてくれたのです。その人は山登りばかりでなく、ひじょうな旅行家で、日本のすみからすみまで知っている人です」

「島ですって？」

「そうです。ところで、宮瀬さん、金塊をかくされた、あなたのおじいさんが東京のかたということはわかっていますが、それよりもっとまえのご先祖はどこのかたですか、もしや三重県のかたではありませんか」

　明智がたずねますと、宮瀬氏はびっくりしたような顔をして、答えました。

「ええ、そうですよ。わたしの先祖は三重県の南のほうから出ているのですよ。どうしてそれがわかりました」

「それじゃ、いよいよあの島にちがいない。三重県の南のほうの海に、岩屋島《いわやしま》（仮名）という小さな島があって、その島には烏帽子岩、獅子岩、カラス岩という三つの大きな岩があるのだそうです。

　大神宮さまのある宇治山田市《うじやまだし》などよりも、ずっと南のほうに、長島《ながしま》という町があるのですが、そこから船で二里（約八キロ）ばかりの荒海の中に、その岩屋島があるのです。まわり一里あまりの、人も住んでいない小さな島だそうです。

岩の多い島で、遠くからながめると、ちょうど鬼の面を上むきにして、海にうかべたような形をしているので、その近所の人は、鬼ガ島と呼んでいるそうです。そして、その島には、むかし鬼がすんでいたんだといって、こわがって、漁師などでも、船を近づけないようにしているということです。

あなたのおじいさんは、ご先祖のすんでいた三重県に、そういう人の近づかない島のあることをごぞんじだったので、東京から船で、そこへ金塊をはこんで、かくされたのではないでしょうか。山の中だなんて思わせておいて、じつは海の島の中にかくされたのではないでしょうか」

「なるほど、先祖の土地へ宝ものをかくすというのは、ありそうなことですね」

「あなたはごぞんじなくても、あなたのおとうさんなどは、ときどきは故郷へ行かれたこともあるでしょうし、岩屋島にそういう三つの岩のあることも知っておられたかもしれません。ですから、おじいさんは、この暗号は、ほかの者にはわからなくても、あなたのご一家のかたにはよくわかるだろうと、お考えになったのではないでしょうか」

「ああ、そうです。そうにちがいありません。明智さん、ありがとう。このむずかしい暗号が、そんなにやすやすと、とけようとは、夢にも思いませんでした。とにかく、わたしは、きゅうにその島へいってみたくなりました。もし、おさしつかえなければ、明智さん、あなたもいっしょに行ってくださいませんか」

宮瀬氏は何十年というあいだ、だれにもとけなかったなぞが、明智探偵のおかげで、みごとにとけたものですから、もう大よろこびです。

「ええ、ぼくもごいっしょに行きたいと思います。岩屋島にかくしてあることは、だいたいわかったとしても、まだ暗号がすっかりとけているわけではありませんからね。やはり、島へ行ってしらべてみなければ、ほんとうのことはわからないのです」

宮瀬氏はそれを聞いて、やっと気づいたように、まゆをしかめました。

「おお、そうでした。わたしは、それをおききしたいと思っていたのです。獅子と烏帽子とカラスが岩の名だということはわかりましたが、その獅子岩が烏帽子をかぶるということは、いったいなんのことでしょう。それに、三つの岩はわかっていても、そのどこから、東へ三十尺（九・一メートル）はかるのだか、まるで見当がつかないじゃありませんか」

「そうですよ。そこがぼくにもまだ、よくわからないのです。獅子が烏帽子をかぶった時に、カラス岩の頭から、東のほうへ三十尺はかるというのでしょうが、その獅子が烏帽子をかぶるというわけが、ぼくにもわかりません。どうしても島へ行って、三つの岩を見なければ、わからないのです」

さすがの名探偵も、烏帽子をかぶった獅子というのが、どんなものだか、まるで見当がつきませんでした。

ああ、烏帽子をかぶった獅子、なんだか漫画にでもありそうな形ではありませんか。

しかし、このとっぴな組みあわせには、なんとなくきみの悪いようなところがあります。

大きな獅子が、烏帽子をかぶって、荒海の中の無人島にじっとうずくまっていることを考えると、なんだかゾウッとするではありませんか。

鬼ガ島

そして、いよいよふたりは岩屋島へ出かけることに話がきまりましたが、宮瀬氏は、気がかりらしくこんなことをいいました。

「わたしたちのるすちゅうに、賊のやつがまた、不二夫をひどいめにあわすことはないでしょうか。

小林君が身がわりになって、暗号をぬすみだしたり、警察が賊のすみかをおそったりしたのですから、賊は、そのしかえしをしようと、待ちかまえているにちがいありません。そこへ、わたしたちが旅行してしまったら、あいつらは、また不二夫をどうかするのじゃないでしょうか」

「そうですね。そういうことが起こらないとはいえませんね。どうでしょう。不二夫君も岩屋島へつれていってあげては。そして、ぼくも小林をつれていくことにしたら、お友だちもあるわけですし」

と、明智がうまいことを思いつきました。

そこで、宮瀬氏は不二夫君を応接室によび入れて、そのことを話して聞かせますと、不二夫君はすっかり喜んでしまいました。

「ええ、ぼくだいじょうぶです。小林君といっしょに、きっとおとうさんの手助けをします。鬼ヶ島探検隊っていうんでしょう。ぼく、そういう旅行はだいすきですよ」

「ハハハ……、鬼ヶ島探検隊はよかったねえ。すると、おまえと小林君とが、桃太郎っていうわけかい、ハハハ……、よし、それじゃ、つれていってあげるとしよう」

宮瀬氏も上きげんで、不二夫君をつれていくことにきめました。不二夫君はずっと学校を休んでいたのに、またつづけて休まなければなりませんが、賊にさらわれることを思えば、学校を休むくらい、しかたがないわけです。

そうして、鬼ヶ島探検隊員は、明智と宮瀬氏と小林少年と不二夫君の四人づれということになったのです。

出発は、その翌日の夜ときまりました。

明智と宮瀬氏は登山服にゲートルをつけ、ステッキを持ち、小林少年と不二夫君は、詰襟の服に、やはり、ゲートルをまいて、四人ともリュックサックを背おい、わざと品《しな》川駅《がわ》から、人目につかぬように、汽車に乗りこみました。

汽車の中でねむって、そのあくる日の昼ごろには、三重県の南のはしの長島町についていました。

それは海岸の漁師町でした。町じゅうに、磯くさいにおいがただよって、近くの海岸から、ドドンドドンという波の音が聞こえていました。

四人が町をあるいていきますと、リュックサック姿がめずらしいのか、まっくろな顔をした漁師の子どもたちが、あとからゾロゾロついてくるのです。

それから、町にたった一軒の、いなかめいた宿屋にはいって、昼の食事をしたのですが、明智探偵は、その宿の主人を呼んで、いろいろ岩屋島のことをたずねてみました。

「はあ、あの島は鬼ヶ島と申しまして、ここの名所になっております。お客さんがたは、よく船で見物においでになります」

「その鬼ヶ島に、烏帽子岩と、獅子岩と、カラス岩という三つの大きな岩があるそうだね」

「ええ、ございます。みょうな岩でね、一つは烏帽子にそっくりだし、もう一つは獅子の頭にそっくりだし、それから、カラス岩と申しますのは、まるでカラスがくちばしを開いて、カアカアと鳴いているようなかっこうをしております。いかがでございます。船をやとって、見物なされては。ぼっちゃんがたは、きっとお喜びでございますよ」

「それじゃ、ひとつ船をやとってください。ことによったら、島へあがってしばらく遊ぶかもしれないから、晩がたまでかかるつもりで、来てくれるようにいってください」

明智がいいますと、主人はびっくりしたように、目をまるくしました。

「え、島へおあがりなさる？　それはおやめになったほうがようございましょう。獅子岩やカラス岩は船からでもよく見えます。おあがりになったところで、岩ばっかりの島で、べつに見るものもありませんし、それに漁師たちはあの島へ船をつけることを、いやがりますので……」

と、しきりにとめるのです。

「漁師がいやがるというのは、何かわけがあるのですか」

「なあに、つまらない迷信でございますがね。あの島には、むかし鬼が住んでいたので、その鬼のたましいが今でも島の中にのこっていて、あの島へあがったものは、おそろしいめにあうというのでございます。ハハハ……、このへんの漁師なんて、まるで子どもみたいなもので、それをすっかりほんきにしているものですから……」

そういうわけで、船をやとうのは、なかなかめんどうでしたが、きまりの船賃の三倍のお礼をするからといって、やっとひとりの年よりの漁師をしょうちさせて、その漁師の持っている発動機のついた和船で、岩屋島へわたしてもらうことになりました。

海岸に石をつみかさねた小さな桟橋のようなものがあって、四人はそこから船に乗りました。

船のまん中のしきりに、むしろがしいてあって、四人がそこへすわるといっぱいになってしまうような、小さな船でしたが、でも船のうしろのほうに、ちゃんと発動機がついていて、漁師のじいさんはろをこぐのではなくて、まるで自動車の運転手のように、その発動機を運転するのでした。

ポンポンポンポンとはげしい音をたてて、船はみるみる海岸をはなれていきました。風のない静かな日でしたが、それでも、波がないわけではなく、船がブランコに乗ったように、気持ちよくゆれるのです。

うしろを見ますと、長島の町が、だんだん小さくなっていきます。そして前のほうは、見わたすかぎり、はてしもない大海原です。

はるかむこうの水平線が、右のはしから左のはしへ、グウッと弓のように、丸くなって見えています。その水平線を見わたしていますと、地球がまるいものだということが、はっきりわかるような気がします。

「やあ、すてきだなあ。鎌倉《かまくら》の海なんかよりずっといいや。あ、見たまえ、小林君、あんな遠くを汽船が走っている、まるでおもちゃみたいだねえ」

「不二夫君、ほら、下を見てごらん。底まで見えるようだよ。ぼく、こんなきれいな海、見たことがないよ。あら、なんだか大きな魚がおよいでいった。サメかしら」

不二夫君と小林少年とは、長い汽車の旅で、すっかりなかよしになっていました。ふたりは船べりにもたれて、青々としたきれいな水に、手を入れて、手の先から白い波が立つのを、おもしろがってながめるのでした。

二十分ほども走りますと、船は一つの岬をまわって、すっかり入り海の外へ出てしまいました。

「あ、あれだ、あれだ、ねえ、きみ、あの島が鬼ガ島なんだろう」

不二夫君がまっさきに見つけて、漁師のじいさんにたずねました。

「そうじゃ、ぼっちゃん。あれが鬼ガ島だよ」

「やあ、そっくりだね。鬼の面を海にうかしたようだって、ほんとうだね。あれが角、あれが鼻、あれが口、あ、口からきばが出てらあ」

不二夫君は、むちゅうになってさけぶのでした。

「なるほど鬼の面だね。こりゃふしぎだ」

宮瀬氏も、手をひたいにあてて、はるかの島をながめながら、感じいったようにいいました。

いかにも、それはきみょうな、ものすごい形の島でした。島の上には少し青い森も見えますが、大部分は、かどばった灰色の岩でできていて、その岩がさまざまの形をして、にょきにょきとそばだっていますので、全体がなんとなく鬼の面のように見えるのです。鬼の面を空にむけて、海にうかべたように見えるのです。

「やあ、波がひどくなってきた」

不二夫君が、船の中に立って、ふらふらしながらさけびました。入り海を出たものですから、にわかに波が高くなったのです。見れば、岩屋島のまわりにも、まっ白な波が、鬼の面をかみくだこうとでもするように、たえまなく、おそいかかっています。

船は、波がくるたびに、へさきをあげたりさげたりしながら、ポンポンポンと発動機の音をたてて、勇ましく進んでいきます。船が進むにつれて、鬼の面の岩屋島は、みるみる形を大きくしながら、こちらへ近づいてくるのです。

「きみ、獅子岩って、どれなの」

不二夫君がたずねますと、漁師は、もう百メートルほどに近づいた島の上を指さして、答えました。

「獅子岩はまだじゃが、烏帽子岩が見える。ほら、あの鬼の角みたいな、たけの高い岩が、烏帽子岩じゃ」

いわれてみますと、いかにも、その岩は烏帽子という昔の冠とそっくりの形をしています。

「それから、烏帽子岩のとなりに立っている、みじかいほうの角が、カラス岩。のう、カラスがくちばしを、あーんと開いているじゃろうが」

なるほど、その岩は、カラスの頭の形をしています。くちばしのようにつき出た岩が、二つにわかれて、さもカラスが鳴いているように見えるのです。

船と島とのあいだは、五十メートル、三十メートル、二十メートルとせばまっていきます。それにつれて、おそろしい岩のかたまりが、おっかぶさるように、目の前に近づいてきました。

「お客さん、やっぱり、この島へあがりなさるのかね」

漁師のじいさんは、明智探偵と宮瀬氏の顔を見くらべながら、なるべくならば、このまま帰ってもらいたいものだ、といわぬばかりに、声をかけました。

「むろん、あがるよ。そのために来たんじゃないか」

明智が答えました。

「悪いことはいわぬ。やめたらどうですかね。何年というもの、この島へは、ひとりもあがった者はないのだからね。この島には鬼のたましいがこもっておりますのじゃ。ぼっちゃんなぞつれてあがっては、どんなことが起こるかもわからんでのう」

漁師は島へつくのを一分でもおくらせたいらしく、船の速力をぐっとひくめて、まじめな顔で意見をするのでした。

「なあに、だいじょうぶだよ。この子どもたちは、からだは小さいけれど、さもったまは大きいのだからね。化けものなんかにびくびくしやしないよ。とにかく、約束したとおり、島へつけてくれたまえ」

明智がきびしい調子でいいますと、じいさんはしかたなく、船を島の岸に進めました。岸といっても、砂浜なんかがあるわけでなく、トンネルみたいな岩の穴の下をくぐって、岩でかこまれた池のような、小さな湾の中へはいりますと、一方に、岩が段々になっているところがあって、船はその前につきました。

「ぼくたちは、この島でしばらく遊ぶつもりだから、きみはここで待っていてくれてもいいし、ここにいるのがいやだったら、一度かえって、二時間ほどしてから、ぼくたちを、むかえに来てくれてもいい、どちらともいいようにしたまえ」

明智がいいますと、漁師のじいさんは、

「それじゃ、一度かえって、あとからおむかえに来ますでのう。こんなとこに、ひとりぼっちでおられるもんじゃない」

と、つぶやきながら、大急ぎで、船のむきをかえて、もと来たほうへ帰っていきました。年よりのくせに鬼のたましいとやらが、よくよくこわいのでしょう。

「あのじいさん、おくびょうものだね。今にもそのへんから、化けものでも出るように、びくびくしていたよ」

不二夫君が、おかしそうにいいました。

「ぼくたちは鬼ガ島退治の桃太郎なんだから、鬼が出てくれたほうがおもしろいと思っているのにねえ」

小林君も、あいづちをうつのでした。

それから、四人の探検隊は岩の段々をのぼって、いよいよ鬼ガ島に上陸しました。岩の切り岸をのぼると平地に出ました。そこは岩ではなくて土になっていて、森のように、木がはえしげっていましたが、一行は、何年という長いあいだ、人の通ったあともない、森の中の落ち葉をふんで、ぐんぐん、烏帽子岩の方角へ進んでいきました。

森を出はなれますと、そのむこうは、ごつごつした岩ばかりです。小林少年と不二夫君は、手を引きあって、その岩のあいだをかけだしていきましたが、壁のようになった岩の切れめのところで、びっくりしたように、立ちどまってしまいました。

「あ、あれだ、あれが獅子岩だ」

「そうだね、神社においてある石の獅子とそっくりだね」

それは五メートルほどもある、獅子の顔でした。さかだったたてがみのようなものもあります。耳らしいものもあります。目のところが大きくくぼんで、その下に、ガッとひらいた口があります。

ふつうの岩が何千年というあいだ、雨風にさらされて、いつのまにかこんな形になったのでしょうが、それにしても、なんというふしぎな岩でしょう。ほんとうに獅子の顔です。まるで生きているようです。そばへよったら、その大きな口で、がぶっと食いつきそうに見えるではありませんか。

さて、読者諸君、四人の探検隊は、いよいよ目的の場所についたのです。むこうには烏帽子岩とカラス岩とがそびえています。ここには獅子岩がおそろしい首をもたげています。一目で三つの岩が見えるのです。

しかし、いったいこの三つの岩のどこから、「東へ三十尺」はかるのでしょう。どの岩もあまり大きくて、そのもとになるところが、どこなのか、まるでけんとうもつかぬではありませんか。明智探偵は、このなぞをどんなふうにとくのでしょう。

とけたなぞ

四人はしばらくのあいだ、三つの岩のみごとさに、金塊のことなどすっかりわすれてしまって、ただ見とれているばかりでしたが、やがて、宮瀬氏がやっと暗号のことを思いだして、明智に話しかけました。

「見たところ、烏帽子岩と獅子岩とは五十メートルもはなれているようですが、この獅子がどうして、あの烏帽子をかぶることができるのでしょう。暗号には『獅子が烏帽子をかぶる時』とありますが、大地震でも起こらないかぎり、この二つの岩がかさなりあうことなんて、思いもおよばないじゃありませんか。明智さん。あの暗号をどうお考えになります」

「ぼくも今それを考えていたところです。あの暗号は、この獅子岩がほんとうにあの烏帽子岩をかぶるという意味じゃなく、何かもっと別のことだと思うのです。もう少ししらべてみましょう」

さすがの明智探偵にも、それだけがまだわからないのでした。

それから、四人はごつごつした岩の道を歩いて、獅子岩、烏帽子岩、カラス岩の順に、一つずつそばへよってしらべてまわりました。近よって見ますと、三つとも見あげるような大岩で、なんだかおそろしくなるようでしたが、不二夫君は大喜びで、小林少年をさそって、岩の上へよじのぼって、下にいるふたりのおとなに「ばんざあい」などとさけんでみせたりするのでした。

明智探偵はそれらの岩を、一つ一つたんねんにしらべているようすでしたが、べつにこれという発見もないらしく、四人はまた、もとの獅子岩のそばへもどってきました。

島へ上陸したのは午後三時ごろでしたが、岩を見まわっているうちに、いつのまにか時間がたって、もう五時をすぎていました。太陽は西のほうの海面に近づいて、だんだん形が大きくなり、赤い色にそまっていくのでした。

不二夫少年は、またしても獅子岩の上によじのぼって、ひとりではしゃいでいましたが、とつぜん大きな声でさけびました。

「やあ、すてきすてき、獅子の形があんなにのびちゃった。小林君、ごらん、獅子の頭がもう少しでむこうの烏帽子岩にとどきそうだよ。ぼくの影もあんなに長くなっちゃった。ほらほら……」

さけびながら、不二夫君は獅子岩の上で手をふってみせましたが、その手の影が、ずうっとむこうの岩のはだにうつって、ひらひらと動いているのです。

不二夫君のいうとおり、獅子岩の影は、今にも烏帽子岩にとどきそうになっています。下に立っている三人は、不二夫君に教えられてその影をじっと見つめていましたが、やがて、明智探偵がハッと何ごとかを気づいて、うれしそうな声で宮瀬氏に話しかけました。

「宮瀬さん、わかりました。暗号のなぞがとけたのです。不二夫君のおかげですよ。今の不二夫君のことばで、すっかりなぞがとけたのです」

「エッ、不二夫のことばで？　わたしにはさっぱりわかりませんが……」

宮瀬氏はびっくりしたように、名探偵の顔を見つめました。

「ごらんなさい。不二夫君に教えられて気がついたのですが、獅子岩の影があんなにのびて、今にも烏帽子岩に、とどきそうになっているじゃありませんか。もう少し太陽がさがれば、影はもっとのびて、ちょうど獅子の頭が烏帽子岩の下のほうにうつるでしょう。すると、獅子が烏帽子をかぶるわけじゃありませんか。暗号の意味は、獅子の頭の影が、烏帽子岩にうつって、ちょうど、烏帽子をかぶったように見える時ということだったのですよ」

「ああ、なるほど、そうだ、そうだ、そうにちがいありません。やっぱりその場へ来てみなければわからないものですね。まさか影とは気がつかなかった。

不二夫、おまえは、たいへんなてがらをたてたんだよ。おまえがなにげなくいったことばから、明智先生が暗号をといてくださったのだよ」

宮瀬氏はうれしまぎれに、岩の上の不二夫君に、大声に呼びかけるのでした。

「もう少しです。もう少し待てば、獅子が烏帽子をかぶった形になります。ちょうどそのときに、あのカラス岩の頭の影がどのへんにさしているか、それを見さだめなければなりません。その頭の影の頂上から、東へ三十尺はかり、それから北へ六十尺はかればいいのです。そこに戸のようになった岩があるわけです」

いっているうちに、太陽はみるみる西の水平線にちかづいて、獅子岩の影は、だんだんのびていきます。

「さあ、みんな、あの烏帽子岩の前へ行って、獅子が烏帽子をかぶるのを見ていてください。ぼくはカラス岩のむこうへ行って、カラスの頭の影がどこにさすか見さだめます」

明智のさしずで、宮瀬氏と不二夫君と小林少年の三人は、烏帽子岩のほうへかけだしました。明智はただひとり、カラス岩のむこうへ走っていきます。

しばらくすると、烏帽子岩の前から小林少年のかんだかい声がひびきました。

「先生、今です。ちょうど、獅子が烏帽子をかぶった形になりました」

すると、カラス岩のずっとむこうから、明智の声が答えました。

「ようし、それじゃあ、みんなこっちへ来てくださあい」

三人が大急ぎでかけつけますと、明智はカラス岩の頭の影をふんで、にこにこ笑いながら立っていました。

「さあ、小林君、きみのリュックサックから、巻尺をだしたまえ。いま、ぼくの立っているところから、東へ三十尺はかるのだ」

小林君が手ばやく巻尺を取りだしますと、明智は、その巻尺のはしを、くつでふんで動かないようにして、それから、時計のくさりについている磁石を見ながら、右手を上げて、東の方角をさししめしました。

小林君は、その指のさししめす方角へ、巻尺をのばして歩いていき、ちょうど、三十尺（九・一メートル）のところで立ちどまりました。

「ここが三十尺です」

「よし。それじゃ、そこに動かないで立っているんだよ」

明智がそういって、はしをふんでいた足をのけますと、小林君は巻尺のハンドルをまわして、もとのように巻きおさめました。

明智は大急ぎで小林君の立っているところへ行き、また巻尺のはしをふんで、こんどは、北の方角をさししめします。すると、小林君は巻尺をのばしながら北へ北へと歩いていきましたが、そのへんも、やはり、でこぼこになった岩ばかりの道で、それが急な坂になって、谷のようなくぼ地へくだっているのです。

「ここがちょうど六十尺です」

やがて、そのくぼ地の底から、小林君の声が聞こえてきました。

「何かあるかい？」

明智がたずねますと、

「ええ、みょうなほら穴みたいなものがあります」

という答えです。

そこで、三人は急いで、小林君の立っているところへ行ってみましたが、いかにも、その谷底のようになった一方の岩はだに、大きなほら穴の口があいているのです。

明智をさきに立てて、一同がそのほら穴の中へはいってみますと、五メートルほどで行きどまりになっていることがわかりました。

あさい穴ですけれど、それでも、奥のほうはよく日がささないので、うすぐらくなっていて、目がなれるまでは、何があるのかよくわかりませんでした。

明智はそのほら穴の中を、あちこちとしらべていましたが、やがて、何か発見したら

しく、

「あ、これだ、これだ、宮瀬さん、岩の戸を見つけましたよ」

とさけびました。

みなは、ハッとして、いきなりそこへかけよりました。

「ごらんなさい。この大きな岩がふたのようになって、穴の奥へ行く道をふさいでいるのです。ちょっと見たのではわからないけれど、この岩はここへはめこんであるのですよ。たしかに穴をかくすために、岩でふたをしたのです。暗号にある『岩戸』というのは、この岩のことにちがいありません」

「なるほど、そうらしいですね。すると、この岩の奥に深い穴があるのでしょうか」

「たぶんそうだと思います。ひとりではとても動かせませんが、みんなで力を合わせたら、この岩を取りのけることができるかもしれません。ひとつやってみようじゃありませんか」

そこで、四人は力を合わせて、エンヤエンヤとその大岩をゆり動かしはじめました。

あやしい人影

十分ほどもかかって、やっと大岩を取りのけてみますと、あんのじょう、その奥に深いほら穴があることがわかりました。明智探偵はリュックサックから懐中電灯を取りだして、穴の中をてらしてみましたが、人間ひとりやっと通れるほどのせまい穴が、ずっと奥のほうまでつづいていて、行きどまりを見とどけることはできませんでした。

「おそろしく深い穴ですよ。むろん人間がほった穴じゃない。岩の中の石灰分がとけて、自然にできた穴ですよ。それだけに、奥がどんなふうになっているか、けんとうもつかないわけです。

小林君、きみのリュックサックにろうそくが入れてあったね。そいつをだして火をつけてくれたまえ。穴の中に悪いガスがたまっているといけないから、ろうそくを先に立ててはいってみることにしよう。酸素がすくなくなれば火が消えるわけだからね。地の底の深い穴を探検するときは、かならず、ろうそくを持ってはいるものだよ」

明智はふたりの少年のために説明しながら、小林君の火をつけたろうそくを受けとって、さきに立って、まっくらな穴の中へふみこんでいきました。二番めには小林君が、先生からわたされた懐中電灯を持って、そのつぎに不二夫君、いちばんうしろが宮瀬氏という順で、おずおず明智のあとにつづきました。

穴はうねうねとまがって、だんだんくだり坂になりながら、どこまでもつづいていましたが、やがて二十メートルほども進んだところ、道が二つに分かれているところへ出ました。

明智は三人をそこへ待たせておいて、両方の穴の奥のほうをしらべて帰ってきましたが、こまったような顔をして宮瀬氏にいうのでした。

「このままはいっていくのは、危険ですよ。このほら穴は枝道がいくつもあって、迷路のようになっているのです。あまり奥へ進んで、帰れなくなってはたいへんです。それに、もう日も暮れるでしょうし、だいいちみんな、おなかがすいてきたでしょう。一度、宿へ帰って、あしたゆっくり出なおしてくるほうがいいでしょう。こんどはおべんとうなんかも、じゅうぶん用意してくるんですね」

「ええ、わたしもそのほうがいいと思います。それにあの漁師のじいさんも、海岸で待ちかねているでしょうからね。

しかし、わたしの先祖は、じつに用心ぶかいかくし方をしたものですね。岩の戸を開けば、すぐにも金塊が手にはいるのかと思ったら、まだその奥があるんですからね。しかもそれが地の底の迷路というのでは、これからがたいへんですよ」

宮瀬氏は、先祖の用心ぶかさに感じいったようにいいました。

「そうでしょう。そのころにしても百万両に近い大金ですからね。ご先祖が、用心のうえにも用心なさったのも、むりはありませんよ」

明智は、宝さがしがむずかしくなったのを、かえって喜ぶようなおももちで答えました。

それから、また四人がかりで、大岩をもとのところへもどして、穴の入り口がわからないようにしておいて、そのまま、島の船つき場へ引きかえしましたが、漁師のじいさんは、もうちゃんと、そこに待ちかまえて、ぶじに一同を長島の町に送りとどけました。

さて、そのあくる朝です。四人は宿屋でぐっすりねむって、ひじょうな元気で目をさましました。きょうこそ、いよいよ大金塊を手に入れることができるのかと思うと、宮瀬氏はもちろん、明智探偵も、ふたりの少年も、心がおどるような気持ちです。

土地の人のこわがる鬼ガ島へ、二日もつづけて遊びに行くのを、みょうにうたがわれてはいけませんので、宿屋へは、あの島でめずらしい鉱物を見つけたから、それを採集に行くのだといって、きのうの漁師のじいさんを、むりにたのんでもらって、午前九時ごろ、長島町の海岸を出発しました。

きょうは、にぎりめしだとか、パンだとか、うんとおべんとうを用意して、みんなのリュックサックにつめてあるのです。地の底の迷路の中で、道にまよっても、二日くらいはだいじょうぶおなかがすかないように、できるだけ食糧品を仕入れたのです。それに、みんなの水筒にはお湯がいっぱいはいっています。

島につきますと、夕方、またむかえにくるようにといって、じいさんを帰し、四人は大急ぎできのうのほら穴にたどりつきました。大岩を取りのけて、東京からリュックサックに入れて持ってきた、長い細引《ほそび》きのはしを、ほら穴の入り口の岩かどにくくりつけ、その細引きをつたって中へはいることにしました。まんいち迷路にまよったときの用心です。

きのうのように、明智がろうそくを持って先に立ち、小林君と不二夫少年とは懐中電灯を照らし、宮瀬氏は登山用のピッケルをにぎりしめて、あたりに気をくばり、用心しながらほら穴の中へはいっていきました。

そのとき、四人がもう少し注意ぶかく、島ぜんたいをしらべておけばよかったのです。そうすれば、あんなおそろしいめにあわなくてすんだかもしれません。

でも、岩屋島はまったく無人島と思いこんでいたものですから、さすがの明智探偵も、ついゆだんをして、そこまでは気がつかなかったのです。

ごらんなさい。何も知らないで四人がほら穴へはいっていくのを、あのカラス岩の岩かげから、そっとのぞいているやつがあるではありませんか。

せびろの洋服を着てゲートルをつけて、鳥打ち帽をまぶかくかぶって、顔をかくすようにして、じっとほら穴の入り口を見つめています。

むろんこのへんの人ではありません。都会から来た旅人です。その男は、いったいどこからこの島へ上陸したのでしょう。もし、けさ、長島町から島へわたったのだとすれば、せまい町のことですから、漁師のじいさんが知っているはずです。ところが、じいさんはそんな客があったということを、一度もしゃべらなかったではありませんか。

なんにしても、あやしい人物です。この島のどこかに、人知れずそんな人物が住んでいたのでしょうか。それとも、もしかしたら、土地の人がこわがっている、あの鬼のたましいとやらが、人間の姿にばけて、島をあらしにやってきた四人のものに、あだをしようとしているのではないでしょうか。

四人の探検隊の行くてには、何かしら、おそろしい運命が待ちうけているような気がします。

地の底で、大金塊を見つけるまえに、思いもよらぬ大事件が起こるのではないでしょうか。

「妖怪博士」というお話をお読みになった読者諸君は、よく覚えておいでじょう。あのお話では、小林少年はじめ、少年探偵団の団員たちが、奥多摩《おくたま》の鍾乳洞《しょうにゅうどう》の迷路にまよって、大コウモリの怪物のために、身の毛もよだつようなおそろしいめにあいました。岩屋島のほら穴が、なんとなくあの鍾乳洞の迷路を思いださせるではありませんか。

地の底のまい子

ほら穴の入り口から五、六メートルのあいだは、ひじょうに道がせまくて、四人は腹ばいになって、やっとくぐりぬけましたが、そこを出はなれますと、ちょっと広くなったところがあって、道が二つに分かれていました。

「まず右のほうへはいってみよう。こちらのほうが広いようだから」

明智はそういって、右のほうのほら穴へぐんぐんはいっていきました。そのへんはもう、はわなくてもじゅうぶん立って歩けるのです。

しばらく行きますと、また枝道に出くわしましたが、明智はやはり右の道をとって進みました。行っても行っても、ほら穴はくねくねとまがりながら、はてしもなくつづいていました。五、六メートルごとに枝道があるうえに急な坂になって、地の底へ地の底へとくだっていくかと思うと、またのぼり道になっているというふうで、五、六十メートルも進みますと、いま自分たちがどのへんにいるんだか、まるでけんとうもつかなくなってしまいました。

「おそろしく深い穴ですね。いったいどこに行きどまりがあるのでしょう。この島の地の下ぜんたいが、こんなほら穴になっているのじゃないでしょうか。

それにしても、わたしの先祖は、じつにむずかしい場所へ宝ものをかくしたもんですね。これほどにしなくてもよさそうに思われますが」

宮瀬氏が、あきれはてたようにつぶやきました。

「いや、なにしろ、ばくだいな宝ものですからね。ご先祖がここまで用心ぶかくなさったのも、もっともですよ。一生働きづめに働いても、ふつうのものには、とても手にはいらないほどの大きな金額です。それをさがすのに、これぐらいの苦労をするのはあたりまえですよ」

明智は笑いながら、そんなことをいって、みんなをはげますのでした。

それから、また、すこし行きますと、肩にすれすれであった両がわの岩が見えなくなって、地の底の広っぱのようなところへ出ました。懐中電灯で照らしてみても、むこうがわの岩がはっきり見えないほど、がらんとした大きなほら穴なのです。

明智はやはり右のほうへ、岩の壁をつたうようにして、進んでいきましたが、しばらくすると、とつぜん、いちばんあとから歩いていた宮瀬氏が、アッとおそろしいさけび声をたてました。すると、その声が四方の岩壁にこだまして、あちらからも、こちらからも、アッ、アッ、アッと、同じさけび声が、つづけざまに聞こえてきました。

「どうなさったのです。宮瀬さんですか」

いちばんさきの明智が大きな声でたずねますと、その声もやはりこだまになって、同じことばが、やみの中から、つづけざまに聞こえてきました。

小林少年は「妖怪博士」の事件で、経験がありますから、べつにおどろきませんでしたが、不二夫君は、こだまというものをはじめて聞いたものですから、きみ悪さに、まっさおになってふるえあがってしまいました。

広いほら穴のほうぼうに、あやしいやつがかくれていて、人のまねをしているのではないかと思うと、こわくてしかたがないのです。それにしても、不二夫君のおとうさまは、いったいどうなすったのでしょう。なぜ、あんなおそろしいさけび声をおたてになったのでしょう。不二夫君は大急ぎで、懐中電灯でおとうさまのほうを照らしてみました。

宮瀬氏は、もうよほど小さくなった、例の細引きの玉を、両手で持って、地面にはっている細引きを、しきりと引っぱっているのです。すると、引くにつれて、細引きはいくらでもこちらへもどってきて、まもなく、すっかり宮瀬氏の手もとに、たぐりよせられてしまいました。

岩かどにむすびつけてあったのがとけたのでしょうか。それとも、どこかとちゅうで切れたのでしょうか。たぐりよせられた細引きの分量があまり多くないのを見ますと、どうやらとちゅうで切れてしまったらしいのです。

さあ、たいへんです。たった一つの道しるべのひもがなくなったのです。悪くすると、四人はもう入り口へも出られないかもしれません。地の底の迷路の中を、まい子のように、いつまでもぐるぐる歩きまわっていなければならないかもしれません。

四人はそこに立ちどまったまま、しばらくだれも口をきくものもありませんでした。何かしら行く手におそろしい運命が待ちかまえているような気がして、ひどくきみ悪く思われたのです。

しばらくして、明智が、しずかに口を切りました。

「こういうときにあわてていけない。これからどうすればいいか、ゆっくり考えるのです。むろん、われわれはこれより奥へはいることは、一時中止しなければなりません。どうにかして、その細引きの切れた場所までもどるのです。どこで切れているかをさがすのです。それさえ見つければ、そこにのこっている細引きをつたって、入り口へ出ることができるのですからね。

さあ、みんなで地面をさがしながら、もと来た道を帰りましょう。小林君も不二夫君も、よく地面を見て歩くんだよ」

それから、四人は心おぼえの道を、もとのほうへもどりながら、熱心に地面をさがしました。みんな腰をかがめて、地面に顔を近づけて、何か小さい落としものでもさがすようなかっこうです。

宮瀬氏は不二夫君の持っていた懐中電灯を取って、さきに立って進みます。つづいて、ろうそくを持つ明智探偵、少しはなれて、小林少年と不二夫君とが手をつないで、小林君の懐中電灯で地面を照らしながら、ゆっくり歩いていきました。

広いほら穴から、もとのせまい道にはいって、だんだん進んでいきましたが、みな仲間のことはわすれて、むちゅうになって地面ばかり見つめて歩いているものですから、いつのまにか、ふたりの少年は、宮瀬氏と明智探偵から、ひどくはなれてしまいました。

「おや、おとうさんや明智先生はどこだろう。へんだね、むこうのほうがまっくらになってしまったぜ」

不二夫君がびっくりしたようにさけびました。見ると、さいぜんまで、むこうのほうにちらちらしていた、宮瀬氏の懐中電灯も、明智探偵のろうそくも、いつのまにか見えなくなって、前もうしろも、ただ墨を流したようなやみばかりなのです。

「おとうさあん！」

不二夫君は、今にも泣きだしそうな声で、さけびました。すると、その声がワーンというような音をたてて、ほら穴のむこうのほうへひびいていきましたが、耳をすましますと、どこか遠くのほうから、

「おうい、不二夫！　どこにいるんだあ。早くこちらへおいで！」

という宮瀬氏の声が、かすかに聞こえてきました。

「あ、あっちのほうだ」

ふたりはその声の聞こえてきた方角へ、大急ぎでかけだしました。ところが、行っても、行っても、懐中電灯の光も、ろうそくの光も見えないのです。

むちゅうになって走っているうちに、いくつも枝道になったところを通りすぎましたが、あわてているので、つい反対のほうへ、反対のほうへとまがってきたのかもしれません。

「おとうさあん！」

「明智せんせえい！」

ふたりは声をそろえて、呼ばわりました。しかし、もうどこからも返事がないのです。帰ってくるのは、自分たちの声のこだまばかりです。

「へんだね、道をとりちがえたのかしら。うしろへもどってみようか」

「うん、そうしよう」

ふたりはもう声の調子がかわっていました。なんだか口の中がひどくかわいてしまって、胸がおそろしい早さで波うっています。このままおとなたちにあえなかったら、どうしようかと思うと、おそろしさに気もくるいそうです。

ふたりは手を取りあったまま、また、うしろのほうへかけだしました。しかし、いくら行っても、光は見えないのです。いくらさけんでも、宮瀬氏の声も、明智探偵の声も聞こえてはこないのです。

あわてればあわてるほど、みょうな枝道へはいりこんでしまって、しまいには、どちらが前なのか、どちらがあとなのか、けんとうもつかなくなってしまいました。

「おとうさあん！」

「せんせえい！」

のどがいたくなるほどさけんでは走り、またさけんでは走っていましたが、そのうちに、小林君は岩かどにつまずいて、アッと思うまに、地面にたおれてしまいました。そのいきおいに、手を引きあっていた不二夫君も、小林君にかさなるようにたおれました。

「だいじょうぶかい。けがしなかった?」

上になった不二夫君が、まず起きあがって、小林君を助けおこしながら、心配そうにたずねました。

「うん、だいじょうぶ、少し、ひざをすりむいたくらいのもんだよ」

小林君はいたさをこらえて、やっと立ちあがりましたが、さて前へ進もうとしますと、急にめくらにでもなってしまったように、道が少しも見えないのです。今まで道を照らしていた懐中電灯の光が消えてしまっているのです。

おやっ、と思いながら、たおれてもしっかりにぎりしめていた、懐中電灯をふり動かしてみましたが、どうしたのか少しも光が出ないのです。スイッチをカチカチやったり、ねじをしめつけたりしてみても、どうしてもつかないのです。

「懐中電灯をおっことしちゃったの?」

不二夫君の声が、心ぼそそうにたずねました。

「いや、ちゃんと持っているんだけど、つかないんだよ。今、岩かどにぶつけたから、豆電球がだめになったのかもしれない」

小林君も泣きだしそうなようすです。

「かしてごらん、ぼくがやってみるから」

不二夫君はそういって、手さぐりで、懐中電灯を受けとって、いろいろやってみましたが、やっぱりだめでした。まだ電池がつきるはずがありませんから、電球のなかの線が切れたのにちがいありません。

「ああ、いいことがある。ぼくのリュックサックの中に、まだろうそくがはいっているんだよ」

小林君はそれを思いだして、すくわれたようにさけびました。

そして、あわててろうそくを取りだし、マッチをすって火をつけました。すると、赤ちゃけた光が、ちろちろとまたたきながら、両がわのおそろしい岩はだを照らしだすのでした。

ろうそくの光で、小林少年と不二夫君の顔が、やみの中にボウッと浮きあがりましたが、赤い光があごの下のほうを照らしているので、なんだか見たこともないようなきみの悪い顔に見えるのでした。

「きみ、おばけみたいな顔だよ」

「きみだって、そうだよ」

ふたりはそんなことをいって、むりに笑おうとしましたが、笑っている下から、ゾウッとおそろしさがこみあげてくるのでした。

二少年はとうとう、地の底のはても知れぬ迷路の中で、まい子になってしまいました。宮瀬氏と明智探偵のほうでも、きっとふたりをさがしているのでしょうが、うまく出あうことができるでしょうか。もしかしたら、四人が出あわないさきに、何かしら、もっともっとおそろしいことが起こるのではないでしょうか。

水が！　水が！

ふたりは、もう、どちらへ進んでいいのだか、さっぱり、けんとうがつかなくなってしまいましたが、じっと立ちどまっていては、なお、おそろしい気がしますので、手を引きあって、ともかく歩きだすことにしました。

そして、「せんせえい」「おとうさあん」と声をかぎりにさけびながら、無我夢中で、枝道から枝道へとさまよい歩きました。

しかし、歩いても歩いても、入り口には出られないのです。入り口とは反対の奥のほうへ奥のほうへと歩いていたのかもしれません。それとも、迷路のことですから、同じ道をいくたびとなく、ぐるぐるまわり歩いていたのかもしれません。

そのうちに、はじめは走るようにしていたふたりの足が、だんだんのろくなってきました。ことに不二夫君のほうは、ひどくつかれているらしく、なんどとなく岩かどにつまずいて、ふらふらところびそうになるのです。

「きみ、こんなにむやみに歩いていたって、なんにもなりゃしないよ。すこし休んで、よく考えてみようじゃないか」

さすがに年上の小林君は、そこへ気がついて、不二夫君を引きとめました。

見まわしますと、ちょうどそこは、小部屋のように広くなった場所で、一方のすみに出っぱった岩がありましたので、ふたりは、地面にろうそくを立てておいて、その岩の上に、肩をならべて腰かけました。

「ぼく、すっかりのどがかわいちゃった。そして、おなかもぺこぺこなんだよ。ここでおべんとうをたべようじゃないか。こんなときにはあわてたってしかたがない。おちつかなくっちゃだめだよ」

小林君は明智探偵の口まねをして、わざとなんでもないという顔をして、年下の不二夫君の気分を引きたてようとしました。

「ぼく、おなかなんかすかないや。それより、早くおとうさんにあいたいなあ」

不二夫君は、おそろしさに、おべんとうどころではないのでした。

「なあに、おちついて考えれば、うまく出口が見つかるかもしれないよ。びくびくすることはないよ。さあ、きみもたべたまえ。ほら穴の中で、べんとうをたべるなんておもしろいじゃないか。あとでみんなに話したら、きっとぼくたちの勇気におどろくよ」

小林君は、そんなことをいいながら、水筒の水をのみ、リュックサックから竹の皮づつみを取りだして、大きなにぎりめしを、おいしそうにたべはじめました。

さすがは明智探偵の名助手といわれるだけあって、小林君の大胆不敵には感心のほかありません。人は、ひじょうに苦しいめや、おそろしいめにあったとき、ほんとうのねうちがわかるものです。小林君のえらさが、地の底のくらやみの中で、はっきりあらわれてきました。

不二夫君も小林少年にはげまされて、少しずつ元気をとりもどしました。そして、小林君がおいしそうに、にぎりめしをたべているのを見ると、なんだか、にわかにおなかがすいてきましたので、不二夫君もまねをして、リュックサックから、竹の皮づつみを取りだす気になりました。

ふたりは、その岩の上に腰かけたまま、たちまちおべんとうをたいらげてしまいました。

そして、水筒の水をおいしそうに、ゴクゴクと飲むのでした。

ところが、ちょうどふたりが水筒の水を飲んでいるときに、なんだかみょうな音が聞こえてきました。ゴボゴボと泉がわき出すような音です。水筒の水の音ではありません。もっとずっと大きな音で、遠くから聞こえてくるのです。

「きみ、あれ聞こえる？　なんだろう。へんな音だね」

ふたりは顔を見あわせて、耳をすましました。

すると、ゴボゴボという音はだんだん大きくなって、しまいにドーッという地ひびきさえくわわってきました。

「地震じゃないかしら？」

「いや、地震なら、ぼくたちのからだがゆれるはずだよ。地震じゃないよ」

「それじゃ、なんだろう。あ、だんだんひどくなってくる。ぼくこわい！」

不二夫君は、思わず小林少年にしがみつきました。

するとそのとき、地ひびきの音が、とつぜんかみなりのようなすさまじい音にかわったかと思うと、そのほら穴の両方の入り口から、ドドドドドと、まっ黒な怪物がころがりこんできました。いや、怪物ではありません。それは水だったのです。おそろしい分量の水が、ドッと一時にほら穴の中へおしよせてきたのです。ろうそくのぼんやりした光では、それがなんだかべらぼうに大きな、黒い怪物のように見えたのです。

しかし、それが目に見えたのも一瞬間でした。アッと思うまに、ひとかたまりの黒い怪物は、たちまちくずれて、サアッとほら穴じゅうにひろがり、地面に立ててあったろうそくの火を消してしまいました。そして腰かけていたふたりの足へ、はげしいいきおいで、おそいかかってきたのです。

何を考えるひまもなく、ふたりは岩の上にとびあがって、身をさけましたが、水はあとからあとからおそろしい物音をたてて、ほら穴の中へ流れこんでくるらしく、岩にぶっつかる音が、だんだん上のほうへのぼってくるような気がします。

ろうそくの火が消えてしまったので、まったくのやみです。やみの中に水のドドドド、ドドドドと流れこむ音と、つめたいしぶきが、足や手や顔にまで、はねかかるのが感じられるだけです。

ふたりは岩の上に立って、いつのまにか、しっかりだきあっていました。あまりのおそろしさに、ものをいうどころではありません。ただ両手に力をこめて、おたがいのからだを強く強くだきしめて、生きたここちもなく立ちつくすばかりでした。

水はぐんぐんいきおいをまして、みるみる水面を高めてきました。そして、一段高い岩の上に立っているふたりの足のところまで、おしよせてきました。

もう足が水の中につかっています。その氷のようにつめたい感じが、くつ下を通して、一インチずつ一インチずつ、上へ上へとのぼってくるのです。

そして、今はもう、ふたりのひざのあたりまで、水面が高くなってきました。その早さはおどろくばかりです。

「不二夫君、わかったよ。わかったよ。これは海の水なんだ。海が満ち潮になって、岩のすきまから流れこんできたのだよ」

そんな中でも、小林君は頭をはたらかせていたのです。そして、このおびただしい水が、どこからはいってきたかということを、さとったのです。

小林君の考えたとおり、それは海の水でした。海には潮の満《み》ち干《ひ》ということがあって、満ち潮のときには、水面がずっと高くなるのです。その高くなった海の水が、どこか遠くの岩のすきまから、ドッと流れこんできたのです。

こんなにはげしく流れこんでくるのですから、ここはほら穴の中でも海面よりはずっと低い場所にちがいありません。低いといっても、いったいどのくらい低いのでしょう。もし二メートル、三メートルも低いのだとしますと、いまに、水は、このほら穴の天井まで、いっぱいになってしまうはずです。

今はまだ、ひざまでしかありませんけれど、やがてその水面が、ももから腰、腰から腹、腹から胸と、だんだん高くなって、しまいには立っているわけにいかず、この墨のようなくらやみの中で、ふたりは泳がなければならなくなるのではありますまいか。

でも、いくら泳いでも、このほら穴をぬけだすことはできません。両方の人り口は、水面よりはずっと低いところにあるのですし、たとえそこまでもぐってみたところで、とても水のない場所までおよぎつづけることはできません。

ああ、ふたりはいったいどうなるのでしょう。このおそろしいやみのほら穴の中で、おぼれ死んでしまう運命なのでしょうか。わたしたちは、あの勇敢な小林君や、かわいらしい不二夫君に、もう二度とあうことはできないのでしょうか。

生か死か

聞こえるものは、ゴウゴウとうずまきかえす水の音ばかり。もうふたりは身動きすることさえできず、おたがいのからだをひしとだきあって、そこに立ちすくんでいるほかはありませんでした。

足の先におしよせた水が、たちまちのうちに、ひざの高さになり、やがて、パンツをぬらして腰のほうへのぼってくるのです。

もうそのころには、両方の穴からあふれ出る水の音は聞こえなくなっていましたが、そのほうがかえってぶきみです。音がしなくなったのは、水かさがまして、水面が流れこむ水よりも高くなったためで、けっして水がとまったのではありません。

やみの中の水面は、音もなく、刻一刻高くなって、だきあっているふたりにはいのぼってきました。腰はもうすっかり、水につかり、それからおなかがつめたくなり、はては、胸のへんまでも、ジャブジャブとまっ黒な水がのぼってきたのです。

からだがふらふらして、もう立っていることもできません。

「きみ、泳げる？」

小林少年が、のどのつまったような声で、不二夫君にたずねました。

「うん、泳げるけど……だって、この穴の天井まで、水がいっぱいになったらどうするの？　ぼくたち息ができなくなるじゃないか」

それはもっともな心配でした。この小部屋のような場所は、天井の岩もかなり高いようでしたが、いくら高くても、もしそこが、外の海面よりも低いとすると、その穴は水でいっぱいになってしまうかもしれません。そうすれば、ふたりは息もできなくなって、おぼれ死ぬほかはないのです。

「不二夫君、明智先生はね、いつもぼくにこういって教えてくださるんだよ。もし、いのちがあぶないというようなめにあったら、たとえ助かるみこみがないと思っても、最後の一秒までがんばらなけりゃならないって。けっしてあきらめてしまわないで、なんでもいいから、少しでも助かるように、できるだけの力をふりしぼって、はたらくんだって。

そのことを、運命と戦うっていうんだよ。戦わないで、まけてしまっちゃ、だめなんだよ。だからね、きみ、失望しちゃいけないよ。最後までがんばるんだ、さあ、泳ごう。泳いで、泳いで、この水のやつと根くらべをしてやろうじゃないか」

さすが明智探偵の名助手といわれるだけあって、小林君は、けなげな決心をして、自分より小さい不二夫君をはげますのでした。

不二夫君も、この力づよいことばに、少し元気をとりもどしました。そして、ふたりは手をつないだまま、まっくらなつめたい水の中で、立ち泳ぎをはじめました。

ただ浮いてさえいればいいのですから、べつにつかれるようなことはありませんでしたが、ただでさえ寒い地の底で水の中につかっているのですから、そのつめたさはひととおりではありません。さいわい春のおわりのあたたかい気候でしたから、海の水もそれほどつめたくはなかったのですが、もしこれが冬のさなかのできごとでしたら、ふたりは、たちまちこごえ死にをしてしまったにちがいありません。

「不二夫君、しっかりしたまえ。下腹に力を入れておちついているんだよ。こうして泳いでいるうちには海が引き潮になるよ。そうすれば、水が流れこまなくなるし、ここにたまった水も、岩のすきまから外へ流れだしてしまうにきまっているからね。ぼくらはただ、がんばっていればいいんだよ」

小林君はやみの中で、しきりに不二夫君をはげましました。

「ぼく、めくらになったんじゃないかしら。ほんとうに、なんにも見えないんだもの。きみは何か見える?」

不二夫君は泳ぎながら、心ぼそそうにたずねました。

「ぼくだって、見えないよ。めくらって、こんなもんだろうね」

ほんとうに、目というものがなくなってしまったのも同じことでした。ただ声が聞こえるのと、水のつめたさと、にぎりあっている、おたがいの手ざわりがあるばかりなのです。

みなさん、ちょっと目をつむって、このふたりのありさまを考えてごらんなさい。こんなさびしい、心ぼそい、おそろしい心持ちがまたとあるものでしょうか。

しばらくして、不二夫君が泣きだしそうな声でいいました。

「ねえ、まだ水がふえているんだろうか」

「うん、まだ引き潮にはならないだろうね。ぼく、もぐって、しらべてみようか」

小林君はあくまで元気でした。

「よしてよ、手をはなしちゃいやだよ」

不二夫君は、このやみの中で、一度手をはなしたら、それっきり、小林君とはぐれてしまうような気がしたのです。

「だいじょうぶだよ。ちょっともぐってみるよ」

小林君は、そういったかと思うと、にぎりあっていた手をはなして、ぐうんと水の底へしずんでいきました。

不二夫君は、その水音を聞いて、もう気が気ではありません。名を呼んだところで、水の中の小林君に聞こえるはずはありませんから、呼びたいのを、じっとがまんして、耳をすまして待っていました。わずか三、四十秒のあいだでしたが、それが不二夫君には、とても長く感じられたのです。

すると、ややしてから、ガバガバと水が動いて、ブルッと手で顔の水をふく音が聞こえました。そして、小林君の声がさけびました。

「わあ、深い。とてもふかいよ。だいじょうぶ二メートル以上あるよ。まだぐんぐん水が流れこんでいる」

「え、まだ流れこんでいる？」

不二夫君はがっかりしてしまいました。いや、がっかりしたばかりではありません。さっきのことが、また心配になりはじめたのです。このほら穴の天井まで、水でいっぱいになって、息ができなくなるのではないかという、あのおそろしい考えが、ひしひしとよみがえってきたのです。

不二夫君が、そのことをいおうかいうまいかと、ためらっていますと、またしても、小林君が、びっくりするようなさけび声をたてました。

「あ、へんだな。ねえ、不二夫君、水が流れはじめたよ。ぼくらはどっかへ流されているんだよ。わからない？　ほら、ぐんぐん流れているじゃないか」

そういわれて、気をつけてみますと、いかにも、急に水が動きだしていることがわかりました。

「あ、ほんとだ、それじゃ、いよいよ引き潮になったのかしら」

不二夫君も、大きな声でさけびました。

「そうじゃないよ。今ぼくがもぐって、しらべてきたばかりだもの。まだ水はおそろしいいきおいで流れこんでいるんだよ。へんだなあ。いったいどうしたんだろう」

さすがの小林君も、この奇妙な水の動き方を、どう考えてよいのか、すこしもわかりませんでした。

なんとなく、うすきみが悪いのです。またしても、何か思いもよらぬおそろしいことが起こるのではないかと、心臓がドキドキするばかりです。

水の動き方はだんだんはげしくなってきました。たしかに一方にむかって流れているのです。おそろしいいきおいで流れているのです。ふたりはまた手を取りあって、流されまいと、ぎゃくに泳いでみましたが、だめでした。急流のような早い流れにさからうことはできません。

それは流れているというよりも、どこかへ吸いよせられているような感じでした。ほら穴の中の水が、四方から、ある一ヵ所にむかって、うずまきのようになって、吸いよせられているのです。

いったいこれはどうしたというのでしょう。何物が、こんなおそろしい力で、水を吸いよせているのでしょう。ふたりの少年は、べらぼうに大きなまっ黒な怪物を想像しないではいられませんでした。その怪物が大きな口を開いて、ほら穴の中の水を、ひとのみにしようとしている姿を思いうかべて、ほんとうにふるえあがってしまいました。

大宝窟

流れるといっても、わずか五メートル四方ぐらいのほら穴の中ですから、そこを一方にむかって流れていけば、たちまち岩の壁につきあたるはずです。

ところが、ふしぎなことに、ふたりはくらやみの中を、ぐんぐんとおし流されているのに、どうしたわけか、少しも岩にぶつからないのです。ほら穴がきゅうに広くなるはずはありませんし、じつにみょうなことが起こったものです。

ふたりはむがむちゅうでもがいていましたが、すると、手足が水の中で、何かかたいものにさわっているのに気がつきました。

小林君は、思わず水の中でよつんばいになって、それから、力をこめて立ちあがってみました。すると、これはどうでしょう。水の深さは、もものへんまでしかないことがわかりました。ちゃんと立っていられるのです。

「不二夫君、浅いよ。浅いよ。だいじょうぶだから立ってごらん。立てるんだから」

その声にはげまされて、不二夫君も立ちあがりました。水はぐんぐん一方に流れていますけれど、足をさらわれるほどではありません。

立ったひょうしに、思わずそのへんを手さぐりしますと、両がわとも、手のとどくところに、岩の壁があることがわかりました。

「あ、わかった。これは抜け穴なんだよ。こんな高いところに、岩のさけめができていたんだ。そこへ水が流れこんでいるんだよ」

小林君がさけびました。

「そうだ。じゃ、ぼくらはたすかったんだね」

不二夫君も、うれしそうな声をたてました。

ほら穴の天井に近いところに、思いもよらぬ抜け穴があって、ほら穴にあふれた水が、そこへ流れていたのです。水は、ふたりの少年をおぼれ死にさせないで、かえって、そのいのちをすくったのです。

しかし、まだ安心はできません。もしこの抜け穴が、すぐ行きどまりになっているとすれば、やっぱり、そのうちには、水でいっぱいになってしまうかもしれないからです。

「あ、そうだ。こういうときの用意に、ぼくはマッチをだいじにとっておいたんだ、ねえ、不二夫君、ぼくはマッチをぬらさないように、ドロップのあきかんに入れて、腹巻きの中へしまっておいたのだよ」

小林少年は、じまんそうにいって、ぬれた腹巻きからあきかんを取りだし、ポンと音をさせてそのふたを開きました。

シュッという音といっしょに、たちまち、目の前が昼のように明かるくなりました。

やみになれた目には一本のマッチの光が、おそろしく明かるく感じられたのです。いそいで、あたりを見まわしますと、そのぬけ穴は、むこうのほうほどせまくなってはいますが、行きどまりではないことがわかりました。

「きみ、あっちへ行ってみよう」

小林君は、もえきったマッチをすてて、穴の奥へ進んでいきます。不二夫君も、そのあとにしたがいました。

五メートルも、水の中をジャブジャブ進みますと、穴はずっとせまくなって、腰をかがめてやっと通れるほどでしたが、そのせまいところを、手さぐりで、また二メートルもはいっていきますと、とつぜん両がわの岩がなくなって、広い場所に出ました。

小林少年はそこで立ちどまって、もう一度マッチをすってみましたが、さいぜんのほら穴の倍もある、広い洞窟であることがわかりました。

「不二夫君、ぼくらは助かったよ。いくら海の水がおしよせたって、この広いほら穴をいっぱいにすることはできないからね」

見れば、水はやっと足首をかくすくらいに浅くなって、流れかたもずっとおそくなっているのです。

「やっぱり、泳いでいてよかったねえ。きみがはげましてくれたからだよ」

不二夫君はうれしさに、ギュッと小林少年の手をにぎりしめるのでした。

そして、ふたりは広い洞窟の中を見まわしていましたが、小林君のかざしていたマッチが、いま消えようとするとき、不二夫君が、びっくりするような声でさけびました。

「あ、なんだかあるよ。きみ、あすこにへんなものがあるよ」

「え、どこに？」

ききかえしたときには、もうマッチが消えていましたので、小林君は、また一本新しくマッチをすって、不二夫君の指さすほうをてらして見ました。

遠いので、よくわかりませんが、どうも岩ではなさそうです。なんだか四角なものが、うじゃうじゃとかたまっているのです。

ふたりはいそいで、そのみょうなものに近づいていきました。とちゅうでまたマッチが消えたので、小林君は、もう一度それをすらなければなりませんでした。

まぢかに近よって、マッチの光でよく見ますと、それは、やっぱり岩ではなくて、何十何百ともしれぬ木の箱が、山のように積みあげてあることがわかりました。

みかん箱を平べったくしたような形の、じょうぶそうな木の箱で、板の合わせめには、黒い鉄板が帯のようにうちつけてあります。

「あ、これ、昔の千両箱じゃない？」

不二夫君が、とんきょうな声でさけびました。

「うん、そうだ。千両箱とそっくりだ。あ、これだよ！　これだよ！　きみの先祖がかくしておいた金のかたまりっていうのは、これなんだよ」

小林君も、思いもよらぬ大発見に、われをわすれてさけびました。

ほんとうをいいますと、その箱は昔の千両箱よりもずっと大きく作ってあったのですが、ふたりの少年は、そこまでは気がつかないのです。

それから、ふたりは何本もマッチをすって、むちゅうになって、このおびただしい箱の山を見まわしていましたが、やがて、またしても、不二夫君がとんきょうなさけび声をたてました。

「きみ、見たまえ。ここだよ。ほら、箱がやぶけて、ほら、こんなに、ぴかぴか光ったものが……」

小林君がマッチを近づけてみますと、一方のすみの箱のふたに、さけめができて、そのすきまから、中のものが、きらきらと見えているのでした。

「あ、小判だ。昔の金貨だよ」

小林君は、そのせまいすきまから、やっと指を入れて、四、五枚の小判を取りだしました。そして、またマッチをすって、ふたりが顔をくっつけるようにして、それをながめました。

「きれいだねえ。金だから、ちっともさびないんだね」

「そうだよ。明治維新っていえば、今から七十何年も昔のことだろう。こんなにたくさんの金が、七十年のあいだ、だれにも知られないで、ここにかくしてあったんだねえ」

「この箱の中に、小判が何枚はいっているんだろう。千両箱だから、千枚かしら」

「もっと多いよ。見たまえ、こんなにいっぱいつまっているんだもの、二千枚だっては
いるよ。それから、小判ばかりじゃなくて、ほかの箱には、きっと、もっと大きい形の
ものはいっているんだよ。金の棒やかたまりもはいっているんだよ」

「いったい、この箱いくつあるんだろう」

「かぞえてみようか」

ふたりの少年は、もうむちゅうになって、また、何本もマッチをすって、箱の数をかぞえはじめましたが、めちゃくちゃにつみかさねてあるのですから、とてもほんとうの数はわかりません。

「よそう。こんなことしていたら、マッチがなくなってしまうよ。それよりぼくらは、このほら穴を出ることを考えなけりゃいけないんだ。いくら金貨を見つけても、外に出られなかったら、なんにもなりゃしない」

小林君は、ふとそれに気づいて、マッチをすることをやめてしまいました。ほんとうにそうです。せっかく宝ものを見つけても、宝ものといっしょに、うえ死にをしてしまうのでは、なんのかいもありません。

「そうだね。おとうさんや明智さん、どこにいるんだろうなあ」

不二夫君も、がっかりしたような声で、さびしそうにいいました。

また、もとの墨を流したようなくらやみでした。ふたりはそのやみの中に、立ちすくんだまま、もう口をきく元気もなく、だまりこんでいました。「もしこの地の底の迷路から、いつまでも出ることができないとしたら……」それを考えますと、金貨を見つけた喜びも、どこかへふっとんでしまうのです。

ところが、ふたりがそうして、だまりこんで立ちつくしていたときに、とつぜんどこからか、チラッとまるでいなびかりのような強い光が、むこうの岩壁をてらしたのです。

ふたりは、ハッとして、思わずからだをすりよせ、手をにぎりあいました。あまりの不意うちに、ものをいうこともできないほど、びっくりしたのです。

すると、またしても、ちらちらと、青白い光りものが、岩壁をつたって走りました。

「アッ。わかった。あれは懐中電灯の光だよ」

小林少年が、不二夫君の手をぐっと引きよせて、ささやきました。

「あ、そうだ。懐中電灯だ。じゃ、もしかしたら……」

不二夫君も胸をわくわくさせながら、ささやきかえしました。

それはふたりが考えたとおり懐中電灯の光だったのです。その広いほら穴のむこうがわの入り口から、何者かが懐中電灯をてらしながら、近づいてきたのです。

不二夫君は、とっさに、その懐中電灯の主が、おとうさまの宮瀬氏と明智探偵ではないかと考えました。小林少年も同じ思いです。「おりもおり、ちょうど、宝ものを見つけたところへ、ふたりのおとなが来あわせるなんて、なんというしあわせだろう」と、うれしさに胸をドキドキさせて、そのほうへかけだそうとしました。

覆面の首領

ところが、今、かけだそうと身がまえした二少年の耳に、みょうな声が聞こえてきました。まったく思いもよらぬ、聞きなれない声なのです。

「へへへへへへ、うまくいったね。四人のやつら、今ごろは道にまよって、べそをかいているだろうぜ」

「そうよ。運の悪いやつらだ。宝ものが、こんな手ぢかなところに、かくしてあるとは知らないで、別の穴へまよいこんでしまったんだからね。さすがの名探偵も、こんどこそは運のつきだろうぜ。道しるべのひもを切られてしまっちゃ、とてもあの穴を出られっこはないんだからね。フフフフフフ、ざまあ見るがいい」

「だが、こんなにうまくいこうとは思わなかったね。やつらのあとをつけて、このほら穴へしのびこんで、ひょいと別の枝道へはいってみると、たちまち千両箱の山にぶつかったんだからねえ。神さまが、おれたちのほうに味方していてくださるんだね」

「ハハハハハハハ、神さまでなくって、この岩屋島に住んでいる鬼のご利益かもしれない。なんにしても首領の運のつよいのにはおどろくよ」

そんなことを、ガヤガヤしゃべりながら、近づいてきたのは、ひとりやふたりではなくて、どうやら四、五人のあらくれ男らしいのです。

二少年はこの会話を聞いて、ハッと身をすくめました。味方とばかり思っていたのが、そうではなくて、おそろしい敵とわかったからです。

話のようすでは、大金塊を横どりしようとして、四人の探検隊のあとをつけてきたらしく、道しるべのひもを切ったのも、こいつらのしわざだったのです。四人がちがう枝道へまよいこんでいるあいだに、こいつらは悪運つよくも、正しい道をさがしあてて、とっくに宝ものを見つけていたのです。そして千両箱を外へはこびだすために、人数をそろえてもどってきたのにちがいありません。

なんにしても、こいつらに見つかってはたいへんです。明智探偵のなかまと知れたら、どんなひどいめにあわされるか、知れたものではないからです。

小林少年は、ものをもいわず、不二夫君の手をひっぱって、もとのせまい穴へ逃げこみました。そのせまい穴には海の水が流れこんでいて、奥へ行くほど深くなるのですが、そんなことにかまってはいられません。ふたりは、またしても、ひざのへんまであるつめたい水の中へ、はいっていかなければなりませんでした。

そして、その穴の奥から、そっとのぞいて見ますと、あらくれ男たちは、もう千両箱の山の前にひとかたまりになっていて、これから、それをはこびだそうとしているところでした。

かぞえてみれば、男たちは五人づれであることがわかりましたが、みな、力の強そうなおそろしい顔つきの大男の中に、ひとりだけ少し小がらな、みょうなまっ黒な服装をした人物がまじっていました。どうやらそれが悪者どもの首領らしいのです。

やがて、ひとりの男が身動きするひょうしに、その男の手にしていた懐中電灯が、首領らしい小男の顔をてらしました。

すると、その光の中へ、人間の顔ではなくて、なんともえたいの知れないみょうなものがあらわれたのです。まっ黒な化け物です。目と口のところだけが、三つの穴のように白くなって、そのほかは、耳も鼻もなにもないまっ黒な顔をしているのです。

小林君はそれを見て、ギョッとしましたが、しばらくすると、その小男が、お化けよりも、もっとおそろしいやつであることがわかってきました。

そいつは、まっ黒な顔ではなくて、黒布で覆面していたのです。黒布の目と口のところだけがくりぬいてあったのです。

読者諸君も、もうおわかりでしょう。それは女だったのです。このお話のはじめのほうで、小林君を地下室にとじこめた悪者たちの女首領だったのです。ロシア人の着るルパシカに似た黒服といい、覆面のかっこうといい、あの地下室の女首領とそっくりだったのです。

ああ、なんという執念ぶかい悪者でしょう。大金塊のかくし場所をしるした暗号がぬすみだせなかったものですから、こんどは手をかえて、はるばる東京から、四人の探検隊のあとをつけてきたのです。そして、明智探偵がかくし場所を見つけるのを待ちかまえていて、大金塊を横どりしようとたくらんだのです。

小林君はそれと気づくと、賊のあまりの執念ぶかさにゾウッとしないではいられませんでした。なんだかおそろしい夢でもみているようで、目の前のできごとが、ほんとうとは思えないほどでした。

「よっこらしょっと、こりゃあ重いや。あの船では、これだけの箱を、とても一どきには、運べませんね」

ひとりの男が、千両箱を肩にかついで、首領に話しかけました。

「うん、まあ三分の一だろうね。船で、例のところまで運んでおいて、また引きかえしてくるんだ。なにしろ一千万円なんだからね。どんなに骨おったって、骨おりがいがあるというものだ。おまえたちもみんな、きょうから大金持ちになれるんだぜ」

覆面の首領が男の声で、部下の男たちをはげましました。首領が女だということは、部下のものは、まだ知らないようです。その秘密を知っているのは、広い世界で、小林少年たったひとりなのかもしれません。

「フフフフフ、おれたちが、みんな百万長者か。なんだか夢みたいだね」

「夢ならばさめてくれるな。ウフ、世の中がおもしろくなってきたぞ。ねえ、首領、おれたちはずいぶん悪いことも働いてきたが、こんなでかい仕事は、あとにもさきにもはじめてですね」

「おいおい、喜んでいないで、早く運ぶんだ。これをすっかりかたづけてしまうまでは、安心ができない。どんなじゃまがはいらぬともかぎらないからね」

むだ口をききながら、男たちは一つずつ千両箱をかついで、ほら穴を出ていきました。覆面の首領は、懐中電灯を持って部下のものを見はるようにしながら、いちばんうしろから歩いていきます。

やがて、賊の話し声や足音も聞こえなくなり、懐中電灯の光も消えてしまうと、ほら穴の中は、またもとの、めくらになったかと思うような暗さでした。

話のようすでは、悪者たちは、岩屋島のどこかへ船をつけて、こっそり上陸したものにちがいありません。今の千両箱をその船へ運んで、また引きかえしてくるのでしょう。そうして、ほら穴と船とのあいだを、なんども行ったり来たりして、積めるだけ積みこもうというのでしょう。

小林少年は、賊が立ち去るのを見すまして、不二夫君に、ことのしさいを話して聞かせました。そして、手を引きあって、かくれ場所を出ましたが、苦心に苦心をかさねて、やっと目的の宝ものを見つけたと思ったら、たちまち賊のために横どりされてしまうなんて、じつになんともいえないくやしさでした。

といって、相手はおおぜいなのですから、ふたりの子どもの力では、どう手むかうことができましょう。ああ、こんなときに明智先生がいてくださったら、と思うと、小林君も不二夫君も残念でたまりません。どうしてこんなに運が悪いのかと、泣きだしたくなるほどでした。

「でも、ここにじっとしていたってしかたがないよ。あいつらのあとをつけて、ようすを見てやろうじゃないか。そうすれば、何かいい知恵がうかぶかもしれないよ」

「うん、そうしよう。さっきの話では、ほら穴の入り口は、じき近くにあるらしいね」

ふたりはそんなことをささやきあって、マッチをすって、方角を見さだめておいて、用心ぶかく、賊のあとを追いました。

ほら穴は、右や左にまがりながら、進むにしたがってせまくなり、しまいには立って歩けないほどになりましたが、そのせまいところをはうようにして、ぬけだしますと、少し広い道になり、どこからか、かすかに光がさして、あたりが、ほの明かるくなっているのに気づきました。

「あ、きみ、もう入り口が近いんだよ。ほら穴の入り口から光がさしているんだよ」

外はまだ、昼間なのですから、これからさきへはうっかり進めません。もし賊に見つかったら、それこそどんなめにあうかもしれないからです。

「きみ、見たまえ、ここで道が二つに分かれている。ここが最初の枝道なんだよ。ぼくたちは、あっちのほうの広いほうの道へはいっていったものだから、あんなめにあったんだよ。あのときもし、こちらのせまい道を進んでいたら、賊よりもさきに、ぼくたちが金貨を発見したんだぜ。残念なことをしたなあ」

「あ、そうだ。それじゃ、ぼくたちは、ぐるっとひとまわりして、もとにもどったんだね」

ふたりは、そこの岩の形に見おぼえがありました。考えてみれば、この枝道を右へ行くか左へ行くかの、ほんのちょっとしたちがいから、とんでもないことになってしまったのでした。

「もう少し入り口のほうへ行ってみようよ」

不二夫君はそういって、うすい光のさしてくるほうへ歩きはじめました。小林君もそのあとにつづきます。地上の明かるい世界がなつかしくてたまらなかったのです。

ところが、そうしてふたりが五、六歩歩いたときでした。とつぜんうしろのくらやみから、パッと青白い光がさしてきました。みょうな光が両がわの岩にちらちらと動くのを見て、ふたりはびっくりして、うしろをふりむきました。

するとまっくらなほら穴の奥のほうから、怪物の目のように、ぎらぎら光ったものが、こちらへ近づいてくるではありませんか。懐中電灯なのです。何者かが懐中電灯を照らして、広いほうの枝道の中から出てくるのです。

二少年は、それを見ますと、ギョッとしてそこに立ちすくんだまま、もう身動きもできなくなってしまいました。

賊の部下にちがいありません。あの覆面の首領はぬかりなく、こんなところに見張り番をのこしておいたのでしょう。それも知らず、のこのこと近くまで出てきたのは、じつに不覚でした。もうかくれる場所も逃げる道もありません。

ああ、ふたりは、とうとう悪者のためにつかまってしまうのでしょうか。やっと水の難をのがれたと思ったら、またしてもこんなおそろしいめにあうなんて、なんという運の悪さでしょう。それにしても、神さまは正しいものを見すてて、悪人の味方についておしまいなすったのでしょうか。そんなことがあっていいものでしょうか。それでは小林君や不二夫少年が、あんまりかわいそうではありませんか。

最後の勝利

二少年は、たがいに身をすりよせて、手をにぎりあって、胸をドキドキさせながら、立ちすくんでいました。まるでへびにみこまれたかえるのように、逃げだす力さえなくなってしまったのです。そういえば、くらやみの中に光っている懐中電灯は、とほうもなく大きな毒蛇《どくじゃ》の目のようにさえ感じられるのでした。

そのぎらぎら光る大蛇の目は、刻一刻こちらへ近づいてきました。ああ、もう運のきです。とうとうつかまってしまったのです。

小林君も不二夫君も、いよいよ覚悟をきめました。そして、口をきくかわりに、にぎりあっていた手に、ぎゅっと力をこめて、最後のわかれをつげるのでした。

すると、そのとき、じつに思いもよらぬことが起こりました。

「おお、不二夫、不二夫じゃないか」

「あ、やっぱりそうだ。小林君だね」

とつぜん、ぎらぎら光る大蛇の目のうしろから、そんなさけび声が聞こえてきたのです。

意外も意外、ふたりの少年にとっては、たましいもしびれるほどうれしい意外でした。それは賊ではなかったのです。賊どころか、味方も味方、さがしてさがしぬいていた明智探偵と宮瀬氏だったのです。

二少年の口から、なんともいえない喜びのさけび声がほとばしりました。そして、小林君は明智先生の胸をめがけて、不二夫君はおとうさまの宮瀬氏の胸をめがけて、おそろしいいきおいで飛びついていきました。

先生と弟子と、父と子とは、そのくらやみの中で、ひしとだきあったまま、しばらくは口をきくこともできませんでした。やがて、はげしいすすり泣きの声が聞こえてきました。不二夫君が、あまりのうれしさに、とうとう泣きだしてしまったのです。

あとで聞きますと、明智探偵と宮瀬氏は、二少年のゆくえをさがして、長いあいだ、地底の迷路をさまよったあげく、知らず知らずほら穴の入り口にたどりついたのですが、するとちょうどそこへ、小林君たちも来あわせていたというわけでした。なんという幸運でしょう。やっぱり神さまは正しいものをお見すてにはならなかったのです。悪いやつは、いつかはほろび、正しい者は、いつかは、しあわせにめぐりあうのです。

しかし、うれしさにむちゅうになっている場合ではありません。いつ賊がもどってくるかもしれないからです。小林君はそこへ気がつきましたので、明智探偵と宮瀬氏に、てみじかに、ことのしだいを語りました。

それを聞いたふたりのおどろきは申すまでもありません。

「ああ、また、きみたちにてがらをたてられてしまったねえ。金貨が見つかったというのも、そんなおそろしい水ぜめにあいながら、少しもくじけなかった、きみたちの勇気のたまものだよ。えらかったねえ。ことに不二夫君は、よくがまんしましたねえ」

明智が、年下の不二夫君をほめれば、宮瀬氏は、それもまったく小林君のおかげです、小林君は不二夫のいのちの親ですと、明智探偵の名助手をほめたたえるのでした。

「でも、その金貨は賊が横どりしようとしているのです。船でどっかへはこぼうとしているのです。先生、どうかして、あいつらをとらえるわけにはいかないでしょうか」

小林君は何よりも、それが気がかりでした。

「それならば安心したまえ。ぼくは今、うまいことを考えついたんだ。たとえ相手が何人いようとも、きっととらえてみせるよ。宮瀬さん、ご先祖の小判一枚だって、賊の手に渡すようなことはしませんから、ご安心ください。さあ、それじゃ、賊がもどってこないうちに、急いで外へ出よう」

明智探偵は何か考えがあるらしく、たのもしげにいって、さきに立ってほら穴の入り口へと進むのでした。

それから、四人はせまい入り口をはいだして、なつかしい太陽のかがやく地上の世界へ、もどりました。もう夕方です。考えてみれば、おひるまえから六、七時間の長いあいだ、地底のくらやみをさまよっていたわけです。

明智探偵は、しばらくあたりを見まわしていましたが、ほら穴の入り口から二十メートルほどのところに、大きな岩が立っているのを見つけて、一同をつれてその岩かげに身をかくしました。

そして、四人のものは、賊が千両箱をはこびだすために、もどってくるのを、待ちかまえていたのです。

岩かどから、そっとのぞいていますと、それとも知らぬ賊の一団は、覆面の首領を先頭に、どこからか姿をあらわし、岩穴の中へはいって行くのが見えました。

明智探偵は、賊の最後のひとりがその中へ消えるのを見とどけて「さあ、今だ」と、人々をうながし、大急ぎでほら穴の入り口へかけつけました。

読者諸君は、四人が最初その場所を発見したとき、ほら穴の入り口が大きな岩でふさいであったことをご記憶でしょう。あの大岩はそのまま入り口のそばにころがっていたのですが、明智探偵は、いきなりそれに近づいて、大岩に両手をかけ、

「さあ、みんな、力を合わせておしてください。もとのように穴をふたしてしまうんです」

と、ささやき声でさしずしました。

ひとりやふたりの力では、とても動かないのですが、四人がいっしょうけんめいにおしたものですから、さすがの大岩もやっと動きだし、まもなく、ほら穴の入り口をぴったりとふさいでしまうことができました。

ああ、なんというまい考えでしょう。これでいっさいすんでしまったのです。賊と格闘したり、なわでしばったり、そんなめんどうな手数をかけないで、大岩一つで、五人のものを完全にとりこにしてしまったのです。さすがに名探偵ではありませんか。

「小林君、わかるかい。これは理科の問題だよ。こうしておけば、中からはどうしても、この岩をおしのけることができないのだ。なぜかというとね、穴の入り口のところは、立って歩けないほどせまいので、中からこの岩をおすにしても、たったひとりしか手をかけることができないからだよ。いくら力の強いやつでも、ひとりでこの岩を動かすなんて、思いもよらんことだからね」

明智探偵が説明しました。なるほど、穴の外では、四人が力を合わせることができたので、さしもの大岩も動いたのですが、せまい穴の中からでは、いくらおおぜいいても、岩をおすことのできるのはひとりだけですから、とても動かせるものではありません。

「こうしておいて、ぼくたちは賊の船で長島の町へ帰るんだよ。そして賊の捕縛は、町の警察へお願いするんだ。なあに、見張り番なんかのこしておくことはないよ。たとえこの岩が動かせたとしても、船がなくては、どうすることもできやしない。まさか、あの遠くの海岸まで泳ぐわけにもいくまいからね」

何から何まで、じつにうまくできていました。四人は、例の漁師のじいさんの小船を待つまでもなく、賊の船をうばって町へ帰ることができるのです。しかも、そうすれば、賊はこの島から一歩も逃げだせなくなるのですからね。

賊の船はわけもなく見つけることができました。四人の探検隊が上陸したのと反対がわの、島の切り岸に、一そうのりっぱなランチがつないであったのです。まっ白にぬった、窓の多い客室がついていて、へさきには美しいローマ字で「カモメマル」としるしてありました。

船の中に賊の部下がのこっているかもしれないと、用心しながら近づいてみますと、客室も機関室も、まったくからっぽで、人っ子ひとりいないことがわかりました。賊は一刻も早く千両箱を積みこもうと、総動員でほら穴へ出かけていたのです。

四人は美しい「カモメマル」に乗りこみました。明智探偵が機関をしらべて、すぐさま運転をはじめました。名探偵はそういう技術も、ちゃんとこころえていたのです。

ランチは岸をはなれ、青海原《あおうなばら》を、はるかの長島町にむかって、すばらしい速力で走りだしました。

晴れわたった青空のかなたに、まっかにもえた夕やけ雲が、たなびいています。そよそよと吹く潮風、音楽のようにこころよい機関のひびき、白波を二つにわけて、矢のようにに走る「カモメマル」のへさきには、小林、宮瀬の二少年が、肩をくみあって、はるかの海岸をながめながら、立っていました。声をあわせて唱歌を歌ったり、口笛を吹いたり、そのほおは夕焼け雲に照りはえて、つやつやと希望の色にかがやいていました。

＊　＊　＊

覆面の首領をはじめ、五人の賊が、その日のうちに、長島町の警察署の手で捕縛せられたことは申すまでもありません。そして、覆面の首領が美しい女であることもたしかめられたのですが、しらべてみますと、この女賊は、数年のあいだ、東京、大阪をまたにかけて、数かぎりない悪事をはたらいていたことがわかりました。

日本全国の新聞が、この大事件を社会面いっぱいに書きたてました。無人島の地底にうずまっていた時価一千万円の大金塊、これに希代《きたい》の女賊がからみ、名探偵明智小五郎とかれんな二少年の冒険談がつけくわわっているのですから、新聞記事としては、じつに申しぶんのない大事件でした。

宮瀬氏が手に入れた金貨と金のかたまりを、ことごとく大蔵省におさめたことはいうまでもありませんが、金指環《ゆびわ》一つでさえ、政府に売り渡さなければならないこの非常時に、一どきに一千万円という大金塊が、国の金庫へおさまったのですから、政府の感謝、国民の喜びはことばにつくせぬほどでした。大蔵大臣は、わざわざ宮瀬氏を官邸に呼んで、ていちょうな感謝の意を表したほどでありました。

宮瀬氏は、金塊と引きかえに、政府からさげわたされた、ばくだいなお金も、けっして自分のものにしようとはせず、その一部を陸海軍に献金したうえ、のこりのお金で、学校を建てたり、病院を建てたりして、あくまで世間のためにつくす考えでした。

名探偵明智小五郎は、この事件によって、いっそう、その名声を高めましたが、宮瀬氏のひょうばんは明智探偵以上でした。一千万円の大金塊が、それほどお国のためになったのです。

しかし、そのふたりのおとなのりっぱな行ないよりも、もっともっと世間の人を喜ばせたのは、小林君と不二夫君の、手に汗にぎる冒険談でした。大金塊を見つけたのも、賊をとらえたのも、つまりは二少年のいのちがけの冒険のおかげなのですから、その評判は、たいしたもので、小林、宮瀬二少年の名は、日本全国津々浦々にまでひびきわたったのでした。

怪人二十面相

1931年10月11日〜12月10日

はしがき

　そのころ、東京じゅうの町という町、家という家では、二人以上の人が顔をあわせさえすれば、まるでお天気のあいさつでもするように、怪人「二十面相」のうわさをしていました。

「二十面相」というのは、毎日毎日、新聞記事をにぎわしている、ふしぎな盗賊のあだ名です。その賊は二十のまったくちがった顔を持っているといわれていました。つまり、変装がとびきりじょうずなのです。

　どんなに明るい場所で、どんなに近よってながめても、すこしも変装とはわからない、まるでちがった人に見えるのだそうです。老人にも若者にも、富豪にもこじきにも、学者にも無頼漢にも、いや、女にさえも、まったくその人になりきってしまうことができるといいます。

では、その賊のほんとうの年はいくつで、どんな顔をしているのかというと、それは、だれひとり見たことがありません。二十種もの顔を持っているけれど、そのうちの、どれがほんとうの顔なのだか、だれも知らない。いや、賊自身でも、ほんとうの顔をわすれてしまっているのかもしれません。それほど、たえずちがった顔、ちがったすがたで、人の前にあらわれるのです。

そういう変装の天才みたいな賊だものですから、警察でもこまってしまいました。いったい、どの顔を目あてに捜索したらいいのか、まるで見当がつかないからです。

ただ、せめてものしあわせは、この盗賊は、宝石だとか、美術品だとか、美しくてめずらしくて、ひじょうに高価な品物をぬすむばかりで、現金にはあまり興味を持たないようですし、それに、人をきずつけたり殺したりする、ざんこくなふるまいは、一度もしたことがありません。血がきらいなのです。

しかし、いくら血がきらいだからといって、悪いことをするやつのことですから、じぶんの身があぶないとなれば、それをのがれるためには、なにをするかわかったものではありません。東京じゅうの人が、「二十面相」のうわさばかりしているというのも、じつは、こわくてしかたがないからです。

ことに、日本にいくつという貴重な品物を持っている富豪などは、ふるえあがってこわがっていました。いままでのようすで見ますと、いくら警察へたのんでも、ふせぎようのない、おそろしい賊なのですから。

この「二十面相」には、一つのみょうなくせがありました。なにかこれという貴重な品物をねらいますと、かならず前もって、いついく日にはそれをちょうだいに参上するという、予告状を送ることです。賊ながらも、不公平なたたかいはしたくないと心がけているのかもしれません。それともまた、いくら用心しても、ちゃんと取ってみせるぞ、おれの腕まえは、こんなものだと、ほこりたいのかもしれません。いずれにしても、大胆不敵、傍若無人《ぼうじゃくぶじん》の怪盗といわねばなりません。

このお話は、そういう出没自在、神変ふかしぎの怪賊と、日本一の名探偵、明智小五郎《あけちこごろう》との、力と力、知恵と知恵、火花をちらす、一騎うちの大闘争の物語です。

大探偵明智小五郎には、小林芳雄《こばやしよしお》という少年助手があります。このかわいらしい小探偵の、りすのようにびんしょうな活動も、なかなかの見ものでありましょう。

さて、まえおきはこのくらいにして、いよいよ物語にうつることにします。

鉄のわな

麻布《あざぶ》の、とあるやしき町に、百メートル四方もあるような大邸宅があります。

四メートルぐらいもありそうな、高い高いコンクリートべいが、ずうっと、目もはるかにつづいています。いかめしい鉄のとびらの門をはいると、大きなそてつが、どっかりと植わっていて、そのしげった葉のむこうに、りっぱな玄関が見えています。いく間《ま》ともしれぬ、広い日本建てと、黄色い化粧れんがをはりつめた、二階建ての大きな洋館とが、かぎの手にならんでいて、そのうらには、公園のように、広くて美しいお庭があるのです。

これは、実業界の大立て者、羽柴壮太郎《はしばそうたろう》氏の邸宅です。

羽柴家には、いま、ひじょうなよろこびと、ひじょうな恐怖とが、おりまざるようにして、おそいかかっていました。

よろこびというのは、いまから十年以前に家出をした、長男の壮一《そういち》君が、南洋ボルネオ島から、おとうさんにおわびをするために、日本へ帰ってくることでした。

壮一君は生来の冒険児で、中学校を卒業すると、学友と二人で、南洋の新天地に渡航し、なにか壮快な事業をおこしたいとねがったのですが、父の壮太郎氏は、がんとしてそれをゆるさなかったので、とうとう、むだんで家をとびだし、小さな帆船《はんせん》に便乗して、南洋にわたったのでした。

それから十年間、壮一君からはまったくなんのたよりもなく、ゆくえさえわからなかったのですが、つい三ヵ月ほどまえ、とつぜん、ボルネオ島のサンダカンから手紙をよこして、やっと一人まえの男になったから、おとうさまにおわびに帰りたい、といってきたのです。

壮一君は現在では、サンダカン付近に大きなゴム植林をいとなんでいて、手紙には、そのゴム林の写真と、壮一君の最近の写真とが、同封してありました。もう三十さいです。鼻下に気どったひげをはやして、りっぱなおとなになっていました。

おとうさまも、おかあさまも、妹の早苗《さなえ》さんも、まだ小学生の弟の壮二《そうじ》君も、大よろこびでした。下関《しものせき》で船をおりて、飛行機で帰ってくるというので、その日が待ちどおしくてしかたがありません。

さて、一方、羽柴家をおそった、ひじょうな恐怖といいますのは、ほかならぬ「二十面相」の、おそろしい予告状です。予告状の文面は、

「余がいかなる人物であるかは、貴下も新聞紙上にてご承知であろう。

貴下は、かつてロマノフ王家の宝冠をかざりし大金剛石《だいこんごうせき》六個を、貴家の家宝として、珍蔵せられると確聞する。

余はこのたび、右《みぎ》六個の金剛石を、貴下より無償にてゆずりうける決心をした。近日中にちょうだいに参上するつもりである。正確な日時は、おってご通知する。

ずいぶんご用心なさるがよかろう」

というので、おわりに「二十面相」と署名してありました。

そのダイヤモンドというのは、ロシアの帝政没落ののち、ある白系《はっけい》ロシア人が旧ロマノフ家の宝冠を手にいれて、かざりの宝石だけをとりはずし、それを、中国商人に売りわたしたのが、まわりまわって、日本の羽柴氏に買いとられたもので、価《あたい》にして二十万円という、貴重な宝物でした。その六個の宝石は、げんに、壮太郎氏の書斎の金庫のなかにおさまっているのですが、怪盗はそのありかまで、ちゃんと知りぬいているような文面です。

その予告状をうけとると、主人の壮太郎氏は、さすがに顔色もかえませんでしたが、夫人をはじめ、おじょうさんも、めし使いなどまでが、ふるえあがってしまいました。

ことに羽柴家の支配人近藤《こんどう》老人は、主家の一大事とばかりに、さわぎたてて、警察へ出頭して、保護をねがうやら、あたらしく、猛犬を買いいれるやら、あらゆる手段をめぐらして、賊の襲来にそなえました。

羽柴家の門長屋《もんながや》には、おまわりさんの一家が住んでおりましたが、近藤支配人は、そのおまわりさんにたのんで、非番の友だちを交代に呼んでもらい、いつも邸内には、二、三人のおまわりさんが、がんばっていてくれるようにはからいました。

そのうえ同家には、三人のくっきょうな書生がおります。おまわりさんと、書生と、猛犬と、このげんじゅうな防備のなかへ、いくら「二十面相」の怪賊にもせよ、しのびこむなんて、思いもよらぬことでしょう。

それにしても、待たれるのは、長男壮一君の帰宅でした。徒手空拳《としゅくうけん》、南洋の島へおしわたって、今日の成功をおさめたほどの快男児ですから、この人さえ帰ってくれたら、家内のものは、どんなに心じょうぶだかしれません。

さて、その壮一君が、羽田《はねだ》空港へつくという日の早朝のことです。

あかあかと秋の朝日がさしている、羽柴家の土蔵のなかから、一人の少年が、すがたをあらわしました。小学生の壮二君です。

まだ朝食の用意もできない早朝ですから、邸内はひっそりとしずまりかえっていました。早起きのすずめだけが、いせいよく、庭木の枝や、土蔵の屋根でさえずっています。

その早朝、壮二君がタオルのねまきすがたで、しかも両手には、なにかおそろしげな、鉄製の器械のようなものをだいて、土蔵の石段を庭へおりてきたのです。いったい、どうしたというのでしょう。おどろいたのは、すずめばかりではありません。

壮二君はゆうべ、おそろしい夢をみました。「二十面相」の賊が、どこからか洋館の二階の書斎へしのびいり、宝物をうばいさった夢です。

賊は、おとうさまの居間にかけてあるお能の面のように、ぶきみに青ざめた、無表情な顔をしていました。そいつが宝物をぬすむと、いきなり二階のまどをひらいて、まっくらな庭へとびおりたのです。「わっ」といって目がさめると、それはさいわいにも夢でした。しかし、なんだか夢と同じことがおこりそうな気がしてしかたがありません。

「二十面相のやつは、きっと、あのまどから、とびおりるにちがいない。そして、庭をよこぎってにげるにちがいない」

壮二君は、そんなふうに信じこんでしまいました。

「あのまどの下には花だんがある。花だんがふみあらされるだろうなあ」

そこまで空想したとき、壮二君の頭に、ひょいと奇妙な考えがうかびました。

「うん、そうだ。こいつは名案だ。あの花だんのなかへわなをしかけておいてやろう。もし、ぼくの思っているとおりのことがおこるとしたら、賊は、あの花だんをよこぎるにちがいない。そこに、わなをしかけておけば、賊のやつ、うまくかかるかもしれないぞ」

壮二君が思いついたわなというのは、去年でしたか、おとうさまのお友だちで、山林を経営している人が、鉄のわなを作らせたいといって、アメリカ製の見本を持ってきたことがあって、それがそのまま土蔵にしまってあるのを、よくおぼえていたからです。

壮二君は、その思いつきにむちゅうになってしまいました。広い庭のなかに、一つぐらいわなをしかけておいたところで、はたして賊がそれにかかるかどうか、うたがわしい話ですが、そんなことを考える余裕はありません。ただもう、むしょうにわなをしかけてみたくなったのです。そこで、いつにない早起きをして、そっと土蔵にしのびこんで、大きな鉄の道具を、えっちらおっちら持ちだしたというわけなのです。

壮二君は、いつか一度経験した、ねずみとりをかけたときの、なんだかわくわくするような、ゆかいな気持ちを思いだしました。しかし、こんどは、あいてがねずみではなくて人間なのです。しかも「二十面相」という希代《きたい》の怪賊なのです。わくわくする気持ちは、ねずみのばあいの、十倍も二十倍も大きいものでした。

鉄わなを花だんのまんなかまではこぶと、大きなのこぎり目のついた二つのわくを、力いっぱいぐっとひらいて、うまくすえつけたうえ、わなと見えないように、そのへんのかれ草をあつめて、おおいかくしました。

もし賊がこのなかへ足をふみいれたら、ねずみとりと同じぐあいに、たちまちパチンと両方ののこぎり目があわさって、まるでまっ黒な、でっかい猛獣の歯のように、賊の足くびに、くいいってしまうのです。家の人がわなにかかってはたいへんですが、花だんのまんなかですから、賊でもなければ、めったにそんなところへふみこむ者はありません。

「これでよしと。でも、うまくいくかしら。まんいち、賊がこいつに足くびをはさまれて、動けなくなったら、さぞゆかいだろうなあ。どうかうまくいってくれますように」

壮二君は、神さまにおいのりするようなかっこうをして、それから、にやにやわらいながら、家のなかへはいっていきました。

じつに子どもらしい思いつきでした。しかし少年の直感というものは、けっしてばかにできません。壮二君のしかけたわなが、のちにいたって、どんな重大な役目をはたすことになるか、読者諸君は、このわなのことを、よく記憶しておいていただきたいのです。

人か魔か

その午後には、羽柴一家総動員をして、帰朝の壮一君を、羽田空港に出むかえました。

飛行機からおりたった壮一君は、予期にたがわず、じつにさっそうたるすがたでした。こげ茶色の薄外套《がいとう》をこわきにして、同じ色のダブルボタンのせびろを、きちんときこなし、おり目のただしいズボンが、すうっと長く見えて、映画のなかの西洋人みたいな感じがしました。

同じこげ茶色のソフト帽の下に、ぼうしの色とあまりちがわない、日にやけた赤銅《しゃくどう》色《いろ》の、でも美しい顔が、にこにこわらっていました。こい一文字のまゆ、よく光る大きな目、わらうたびに見える、よくそろったまっ白な歯、それから、上くちびるの細くかりこんだ口ひげが、なんともいえぬなつかしさでした。写真とそっくりです。いや、写真よりいちだんとりっぱででした。

みんなと握手をかわすと、壮一君は、おとうさま・おかあさまにはさまれて、自動車にのりました。壮二君は、おねえさまや近藤老人といっしょに、あとの自動車でしたが、車が走るあいだも、うしろのまどからすいて見えるおにいさまのすがたを、じっと見つめていますと、なんだか、うれしさがこみあげてくるようでした。

帰宅して、一同が、壮一君をとりかこんで、なにかと話しているうちに、もう夕方でした。食堂には、おかあさまの心づくしの晩さんが用意されました。

あたらしいテーブルクロスでおおった、大きな食卓の上には、美しい秋のもり花がかざられ、めいめいの席には、銀のナイフやフォークが、きらきらと光っていました。きょうは、いつもとちがって、ちゃんと正式におりたたんだナプキンが出ていました。

食事中は、むろん壮一君が談話の中心でした。めずらしい南洋の話がつぎからつぎと語られました。そのあいだには、家出以前の、少年時代の思い出話も、さかんにとびだしました。

「壮二君、きみはその時分、まだあんよができるようになったばかりでね、ぼくの勉強部屋へ侵入して、つくえの上をひっかきまわしたりしたものだよ。いつかはインキつぼをひっくりかえして、その手で顔をなすったもんだから、黒んぼうみたいになってね、大さわぎをしたことがあるよ。ねえ、おかあさま」

おかあさまは、そんなことがあったかしらと、よく思いだせませんでしたけれど、ただうれしさに、目になみだをうかべて、にこにことうなずいていらっしゃいました。

ところがです、読者諸君、こうした一家のよろこびは、あるおそろしいできごとのために、じつにとつぜん、まるでバイオリンの糸が切れでもしたように、ぷっつりとたち切られてしまいました。

なんという心なしの悪魔でしょう。親子兄弟十年ぶりの再会、一生に一度というめでたい席上へ、そのしあわせを呪うかのように、あいつのぶきみなすがたが、もうろうと立ちあらわれたのでありました。

思い出話のさいちゅうへ、書生が一通の電報を持ってはいってきました。いくら話にむちゅうになっていても、電報とあっては、ひらいて見ないわけにはいきません。

壮太郎氏は、すこし顔をしかめて、その電報を読みましたが、すると、どうしたことか、にわかにむっつりとだまりこんでしまったのです。

「おとうさま、なにかご心配なことでも」

壮一君が、目ばやくそれを見つけてたずねました。

「うん、こまったものがとびこんできた。おまえたちに心配させたくないが、こういうものがくるようでは、今夜は、よほど用心しないといけない」

そういって、お見せになった電報には、

「コンヤシヨウ一二ジ　オヤクソクノモノウケトリニイク　二〇」

とありました。二〇というのは、「二十面相」の略語にちがいありません。「シヨウ一二ジ」は、正十二時で、午前零時かっきりに、ぬすみだすぞという、確信にみちた文意です。

「この二〇というのは、もしや、二十面相の賊のことではありませんか」

壮一君がはっとしたように、おとうさまを見つめていいました。

「そうだよ。おまえよく知っているね」

「下関上陸いらい、たびたびそのうわさをききました。飛行機のなかで新聞も読みました。とうとう、うちをねらったのですね。しかし、あいつはなにをほしがっているのです」

「わしは、おまえがいなくなってから、旧ロシア皇帝の宝冠をかざっていたダイヤモンドを、手にいれたのだよ。賊はそれをぬすんでみせるというのだ」

そうして、壮太郎氏は、「二十面相」の賊について、またその予告状について、くわしく話してきかせました。

「しかし、今夜はおまえがいてくれるので、心じょうぶだ。ひとつ、おまえと二人で、宝石の前で、寝ずの番でもするかな」

「ええ、それがよろしいでしょう。ぼくは腕力にかけては自信があります。帰宅そうそうお役にたてばうれしいと思います」

たちまち、邸内にげんじゅうな警戒がしかれました。青くなった近藤支配人のさしずで、午後八時というのに、もう表門をはじめ、あらゆる出入口がぴったりとしめられ、内がわから錠がおろされました。

「今夜だけは、どんなお客さまでも、おことわりするのだぞ」

老人がめし使いたちに厳命しました。

夜を徹して、三人の非番警官と、三人の書生と、自動車運転手とが、手わけをして、各出入口をかため、あるいは邸内を巡視する手はずでした。

羽柴夫人と早苗さんと壮二君とは、早くから寝室にひきこもるようにいいつけられました。

おおぜいの女中たちは、女中部屋にあつまって、おびえたようにぼそぼそとささやきあっています。

壮太郎氏と壮一君は、洋館の二階の書斎にろうじょうすることになりました。書斎のテーブルには、サンドイッチとぶどう酒を用意させて、徹夜のかくごです。

書斎のドアやまどにはみな、外がわからあかぬように、かぎやかけ金がかけられました。ほんとうにありのはいいるすきまもないわけです。

さて、書斎にこしをおろすと、壮太郎氏が苦笑しながらいいました。

「すこし用心がおおげさすぎたかもしれないね」

「いや、あいつにかかっては、どんな用心だって、おおげさすぎることはありますまい。

ぼくはさっきから、新聞のとじこみで、『二十面相』の事件を、すっかり研究してみましたが、読めば読むほど、おそろしいやつです」

壮一君は真剣な顔で、さも不安らしく答えました。

「では、おまえは、これほどげんじゅうな防備をしても、まだ、賊がやってくるかもしれないというのかね」

「ええ、おくびょうのようですけれど、なんだかそんな気がするのです」

「だが、いったいどこから？　……賊が宝石を手にいれるためには、まず、高いへいをのりこえなければならない。それから、おおぜいの書生なんかの目をかすめて、たとえここまできたとしても、ドアをうちやぶらなくてはならない。そして、わたしたち二人とたたかわなければならない。しかも、それでおしまいじゃないのだ。宝石は、ダイヤルの文字のくみあわせを知らなくては、ひらくことのできない金庫のなかにはいっているのだよ。いくら二十面相が魔法使いだって、この四重五重の関門を、どうしてくぐりぬけられるものか。ははは……」

壮太郎氏は大きな声でわらうのでした。でも、そのわらい声には、なにかしら空虚な、からいばりみたいなひびきがまじっていました。

「しかし、おとうさま、新聞記事で見ますと、あいつはいくども、まったく不可能としか考えられないようなことを、やすやすとなしとげているじゃありませんか。金庫に入れてあるから、だいじょうぶだと安心していると、その金庫のせなかに、ぽっかりと大あながあいて、なかの品物は、なにもかもなくなっているという実例もあります。それからまた、五人のくっきょうな男が、見はりをしていても、いつのまにか、ねむり薬をのまされて、かんじんのときには、みんなぐっすりねこんでいたという例もあります。

あいつは、その時とばあいによって、どんな手段でも考えだす知恵を持っているのです」

「おいおい壮一、おまえ、なんだか、賊を賛美してるような口調だね」

壮太郎氏は、あきれたように、わが子の顔をながめました。

「いいえ、賛美じゃありません。でも、あいつは研究すればするほど、おそろしいやつです。あいつの武器は腕力ではありません。知恵です。知恵の使いかたによっては、ほとんど、この世にできないことはないですからね」

父と子が、そんな議論をしているあいだに、夜はじょじょにふけていき、すこし風がたってきたとみえて、さあっとふきすぎる黒い風に、まどのガラスがコトコトと音をたてました。

「いや、おまえがあんまり賊を買いかぶっているもんだから、どうやらわしも、すこし心配になってきたぞ。ひとつ宝石をたしかめておこう。金庫のうらにあなでもあいていては、たいへんだからね」

　壮太郎氏はわらいながら立ちあがって、部屋のすみの小型金庫に近づき、ダイヤルをまわし、とびらをひらいて、小さな赤銅製の小ばこをとりだしました。そして、さもだいじそうに小ばこをかかえて、もとのいすにもどると、それを壮一君とのあいだの丸テーブルの上におきました。

「ぼくは、はじめて拝見するわけですね」

　壮一君が、問題の宝石に好奇心を感じたらしく、目を光らせていいます。

「うん、おまえには、はじめてだったね。さあ、これが、かつてロシア皇帝の頭にかがやいたことのあるダイヤだよ」

　小ばこのふたがひらかれますと、目もくらむようなにじの色がひらめきました。だいずほどもある、じつにみごとな金剛石が六個、黒ビロードの台座の上に、かがやいていたのです。

　壮一君が、じゅうぶん鑑賞するのを待って、小ばこのふたがとじられました。

「このはこは、ここへおくことにしよう。金庫なんかよりは、おまえとわしと、四つの目でにらんでいるほうが、たしかだからね」

「ええ、そのほうがいいでしょう」

　二人はもう、話すこともなくなって、小ばこをのせたテーブルをなかに、じっと、顔を見あわせていました。

ときどき、思いだしたように、風がまどのガラス戸を、コトコトいわせてふきすぎます。どこか遠くのほうから、はげしくなきたてるいぬの声がきこえてきます。

「いく時だね」

「十一時四十三分です。あと、十七分……」

壮一君が腕時計を見て答えると、それっきり、二人はまた、だまりこんでしまいました。見ると、さすが豪胆な壮太郎氏の顔も、いくらか青ざめて、ひたいにはうっすりあせがにじみだしています。壮一君も、ひざの上に、にぎりこぶしをかためて、歯をくいしばるようにしています。

二人の息づかいや、腕時計の秒をきざむ音までがきこえるほど、部屋のなかはしずまりかえっていました。

「もう何分だね」

「あと十分です」

するとそのとき、なにか小さな白いものが、じゅうたんの上をコトコト走っていくのが、二人の目のすみにうつりました。おやっ、はつかねずみかしら。

壮太郎氏は思わずぎょっとして、うしろのつくえの下をのぞきました。白いものは、どうやらつくえの下へかくれたらしく見えたからです。

「なあんだ、ピンポンの玉じゃないか。だが、こんなものが、どうしてころがってきたんだろう」

つくえの下からそれをひろいとって、ふしぎそうにながめました。

「おかしいですね。壮二君が、そのへんのたなの上におきわすれておいたのが、なにかのはずみで落ちたのじゃありませんか」

「そうかもしれない……。だが時間は？」

壮太郎氏の時間をたずねる回数が、だんだんひんぱんになってくるのです。

「あと四分です」

二人は目と目を見あわせました。秒をきざむ音がこわいようでした。

三分、二分、一分、じりじりと、その時がせまってきます。二十面相はもうへいをのりこえたかもしれません。いまごろは廊下を歩いているかもしれません……。いや、もうドアの外にきて、じっと耳をすましているかもしれません。

ああ、いまにも、おそろしい音をたてて、ドアが破壊されるのではないでしょうか。

「おとうさま、どうかなすったのですか」

「いや、いや、なんでもない。わしは二十面相なんかにまけやしない」

そうはいうものの、壮太郎氏は、もうまっさおになって、両手でひたいをおさえているのです。

三十秒、二十秒、十秒と、二人の心臓の鼓動をあわせて、息づまるようなおそろしい秒時が、すぎさっていきました。

「おい、時間は？」

壮太郎氏の、うめくような声がたずねます。

「十二時一分すぎです」

「なに、一分すぎた？　……あははは……、どうだ壮一、二十面相の予告状も、あてにならんじゃないか。宝石はここにちゃんとあるぞ。なんの異状もないぞ」

壮太郎氏は、勝ちほこった気持ちで、大声にわらいました。しかし壮一君はにっこりともしません。

「ぼくは信じられません。宝石には、はたして異状がないでしょうか。二十面相は違約なんかする男でしょうか」

「なにをいっているんだ。宝石は目の前にあるじゃないか」

「でも、それははこです」

「すると、おまえは、はこだけがあって、なかみのダイヤモンドがどうかしたとでもいうのか」

「たしかめてみたいのです。たしかめるまでは安心できません」

壮太郎氏は思わず立ちあがって、赤銅の小ばこを、両手でおさえつけました。壮一君も立ちあがりました。二人の目が、ほとんど一分のあいだ、なにか異様ににらみあったまま動きませんでした。

「じゃ、あけてみよう。そんなばかなことがあるはずはない」

パチンと小ばこのふたがひらかれたのです。

と、同時に壮太郎氏の口から、

「あっ」

というさけび声が、ほとばしりました。

ないのです。黒ビロードの台座の上は、まったくからっぽなのです。由緒ふかい二十万円の金剛石は、まるで蒸発でもしたように消えうせていたのでした。

魔法使い

しばらくのあいだ、二人ともだまりこくって、青ざめた顔を見あわせるばかりでしたが、やっとして、壮太郎氏は、さもいまいましそうに、

「ふしぎだ」

とつぶやきました。

「ふしぎですね」

壮一君も、おうむがえしに同じことをつぶやきました。しかし、みょうなことに、壮

一君は、いっこうおどろいたり、心配したりしているようすがありません。くちびるのすみに、なんだかうすわらいのかげさえ見えます。

「戸じまりに異状はないし、それに、だれかがはいってくれば、このわしの目にうつらぬはずはない。まさか、賊は幽霊のように、ドアのかぎあなから出はいりしたわけではなかろうからね」

「そうですとも、いくら二十面相でも、幽霊にばけることはできますまい」

「すると、この部屋にいて、ダイヤモンドに手をふれることができたものは、わしとおまえのほかにはないのだ」

壮太郎氏は、なにかうたがわしげな表情で、じっとわが子の顔を見つめました。

「そうです。あなたかぼくのほかにはありません」

壮一君のうすわらいがだんだんはっきりして、にこにことわらいはじめたのです。

「おい、壮一、おまえなにをわらっているのだ。なにがおかしいのだ」

壮太郎氏はハッとしたように、顔色をかえてどなりました。

「ぼくは賊の手なみに感心しているのですよ。かれはやっぱりえらいですなあ。ちゃんと約束をまもったじゃありませんか。十重二十重《とえはたえ》の警戒を、もののみごとに突破したじゃありませんか」

「これ、よさんか。おまえはまた賊をほめあげている。つまり、賊に出しぬかれたわしの顔がおかしいとでもいうのか」

「そうですよ。あなたがそうして、うろたえているようすが、じつにゆかいなんですよ」

　ああ、これが子たるものの父にたいすることばでしょうか。壮太郎氏はおこるよりも、あっけにとられてしまいました。そして、今、目の前ににやにやわらっている青年が、じぶんのむすこではなく、なにかしら、えたいのしれない人間に見えてきました。

「壮一、そこを動くんじゃないぞ」

　壮太郎氏は、こわい顔をしてむすこをにらみつけながら、よびりんをおすために、部屋の一方のかべに近づこうとしました。

「羽柴さん、あなたこそ動いてはいけませんね」

　おどろいたことには、子が父を羽柴さんとよびました。そして、ポケットから小型のピストルをとりだすと、その手をひくくわきにあてて、じっとおとうさまにねらいをさだめたではありませんか。顔はやっぱりにやにやとわらっているのです。

　壮太郎氏は、ピストルを見ると、立ちすくんだまま、動けなくなりました。

「人をよんではいけません。声をおたてになれば、ぼくは、かまわず引き金をひきますよ」

「きさまはいったいなにものだ。もしや……」

「ははは……、やっとおわかりになったようですね。ご安心なさい。ぼくは、あなたのむすこの壮一君じゃありません。おさっしのとおり、あなたがたが二十面相とよんでいる盗賊です」

壮太郎氏はおばけでも見るように、相手の顔を見つめました。どうしても、とけないなぞがあったからです。では、あのボルネオ島からの手紙はだれが書いたのだ。あの写真はだれの写真なのだ。

「ははは……、二十面相は童話のなかの魔法使いです。だれにもできないことを、実行してみせるのです。羽柴さん、ダイヤモンドをちょうだいしたお礼に、種明かしをしましょうか」

怪青年は身の危険を知らぬように、おちつきはらって説明しました。

「ぼくは、壮一君のゆくえ不明になっていることをさぐりだしました。同君の家出以前の写真も手にいれました。そして、十年のあいだに、壮一君がどんな顔にかわるかということを想像して、まあ、こんな顔をつくりあげたのです」

かれはそういって、じぶんのほおをピタピタとたたいてみせました。

「ですから、あの写真は、ほかでもない、このぼくの写真なのです。手紙もぼくが書きました。そして、ボルネオ島にいるぼくの友だちに、あの手紙と写真を送って、そこからあなたあてに郵送させたわけですよ。お気のどくですが、壮一君はいまだにゆくえ不明なのです。ボルネオ島なんかにいやしないのです。あれはすっかり、はじめからおしまいまで、この二十面相のしくんだおしばいですよ」

羽柴一家の人々は、おとうさまもおかあさまも、なつかしい長男が帰ったというよろこびにとりのぼせて、そこにこんなおそろしいからくりがあろうとは、まったく思いもおよばなかったのでした。

「ぼくは忍術使いです」

二十面相は、さも、とくいらしくつづけました。

「わかりますか。ほら、さっきのピンポンの玉です。あれが忍術の種なんです。あれはぼくがポケットからじゅうたんの上にほうりだしたのですよ。あなたは、すこしのあいだ玉に気をとられていました。つくえの下をのぞきこんだりしました。そのすきに宝ばこのなかから、ダイヤモンドをとりだすのは、なんのぞうさもないことでした。ははは……、では、さようなら」

賊はピストルをかまえながら、あとじさりをしていって、左手で、かぎあなにはめたままになっていたかぎをまわし、さっとドアをひらくと、廊下へとびだしました。

廊下には、庭にめんしてまどがあります。賊はそのかけ金をはずして、ガラス戸をひらき、ひらりとまどわくにまたがったかと思うと、

「これ、壮二君のおもちゃにあげてください。ぼくは人殺しなんてしませんよ」

といいながら、ピストルを部屋のなかへ投げこんで、そのまますがたを消してしまいました。二階から庭へとびおりたのです。

壮太郎氏は、またしても出しぬかれました。

ピストルはおもちゃだったのです。さいぜんから、おもちゃのピストルにおびえて、人をよぶこともできなかったのです。

しかし、読者諸君はご記憶でしょう。賊のとびおりたまどというのは、少年壮二君が夢にみたあのまどです。その下には壮二君がしかけておいた鉄のわなが、のこぎりのような口をひらいて、えものをまちかまえているはずです。夢は正夢でした。すると、もしかしたら、あのわなもなにかの役にたつのではありますまいか。

ああ、もしかしたら！

池のなか

賊がピストルを投げだして、外へとびおりたのを見ると、壮太郎氏はすぐさま、まどのところへかけつけ、暗い庭を見おろしました。

暗いといっても、庭には、ところどころに、公園の常夜灯のような電灯がついているので、人のすがたが見えぬほどではありません。

賊はとびおりたひょうしに、一度たおれたようすですが、すぐむくむくとおきあがって、ひじょうないきおいでかけだしました。

ところが、あんのじょう、かれは、例の花だんへとびこんだのです。そして、二、三歩花だんのなかを走ったかと思うと、たちまち、ガチャンというはげしい金属の音がして、賊の黒いかげは、もんどりうってたおれました。

「だれかいないか。賊だ。賊だ。庭へまわれ」

壮太郎氏が大声にどなりました。

もし、わながなかったら、すばやい賊は、とっくににげさっていたことでしょう。壮二君の子どもらしい思いつきが、ぐうぜん功を奏したのです。賊が、わなをはずそうともがいているあいだに、四方から人々がかけつけました。せびろ服のおまわりさんたち、書生たち、それから運転手、総勢七人です。

壮太郎氏もいそいで階段をおり、近藤老人とともに、階下のまどから、電灯を庭にむけて、とりものの手だすけをしました。

ただ、みょうに思われたのは、せっかく買いいれた猛犬のジョンが、このさわぎにすがたをあらわさないことでした。もし、ジョンが加勢してくれたら、まんいちにも、賊をとりにがすようなことはなかったでしょうに。

二十面相が、やっとわなをはずして、おきあがったときには、手に手に懐中電灯を持った追っ手の人たちが、もう十メートルのまぢかにせまっていました。それも一方からではなくて、右からも、左からも、正面からもです。

賊は黒い風のように走りました。いや、弾丸のようにといったほうがいいかもしれません。追っ手の円陣の一方を突破して、庭のおくへと走りこみました。

庭は公園のように広いのです。築山《つきやま》があり、池があり、森のような木立ちがあります。暗さは暗し、七人の追っ手でも、けっして、じゅうぶんとはいえません。ああ、こんなとき、ジョンさえいてくれたら……。

しかし、追っ手は必死でした。ことに三人のおまわりさんは、とりものにかけては、腕におぼえの人々です。賊が築山の上のしげみのなかへかけあがったと見ると、平地を走って、築山のむこうがわへ先まわりをしました。あとからの追っ手と、はさみうちにしようというわけです。

こうしておけば、賊はへいの外へにげだすわけにはいきません。それに、庭をとりまいたコンクリートべいは、高さ四メートルもあって、はしごでも持ちださないかぎり、のりこえるすべはないのです。

「あっ、ここだっ、賊はここにいるぞ」

書生の一人が、築山の上のしげみのなかでさけびました。

懐中電灯の丸い光が、四方からそこへ集中されます。しげみは昼のように明るくなりました。

その光のなかを、賊はせなかをまるくして、築山の右手の森のような木立ちへと、まりのようにかけおります。

「にがすなっ、山をおりたぞ」

そして、大木の木立ちのなかを、懐中電灯がちろちろと、美しく走るのです。

庭がひじょうに広く、樹木や岩石が多いのと、賊の逃走がたくみなために、あいてのせなかを目の前に見ながら、どうしてもとらえることができません。

そうしているうちに、電話の急報によって、近くの警察署から、数名の警官がかけつけ、ただちにへいの外をかためました。賊はいよいよふくろのねずみです。

邸内では、それからまたしばらくのあいだ、おそろしい鬼ごっこがつづきましたが、そのうちに、追っ手たちは、ふと賊のすがたを見うしなってしまいました。

賊はすぐ前を走っていたのです。大きな木の幹をぬうようにして、ちらちらと見えたりかくれたりしていたのです。それがとつぜん、消えうせてしまったのです。木立ちを一本一本、枝の上までてらして見ましたけれど、どこにも賊のすがたはないのです。

へい外には警官の見はりがあります。建物のほうは、洋館はもちろん、日本ざしきも雨戸がひらかれ、家じゅうの電灯があかあかと庭をてらしているうえに、壮太郎氏・近藤老人・壮二君をはじめ、女中たちまでが、縁がわに出て庭のとりものをながめているのですから、そちらへにげるわけにもいきません。

賊は庭園のどこかに、身をひそめているにちがいないのです。それでいて、七人ものが、いくらさがしても、そのすがたを発見することができないのです。二十面相はまたしても、忍術を使ったのではないでしょうか。

けっきょく、夜のあけるのを待って、さがしなおすほかはないと一決しました。表門と裏門とへい外の見はりさえげんじゅうにしておけば、賊はふくろのねずみですから、朝まで待ってもだいじょうぶだというのです。

そこで、追っ手の人々は、邸外の警官隊をたすけるために、庭をひきあげたのですが、ただ一人、松野《まつの》という自動車の運転手だけが、まだ庭のおくにのこっていました。

森のような木立ちにかこまれて、大きな池があります。松野運転手は人々におくれて、その池の岸をあるいていたとき、ふとみょうなものに気づいたのです。

懐中電灯にてらしだされた池の水ぎわには、落ち葉がいっぱいういていましたが、その落ち葉のあいだから、一本の竹ぎれが、すこしばかり首を出して、ゆらゆらと動いているのです。風のせいではありません。波もないのに、竹ぎれだけが、みょうに動揺しているのです。

松野の頭に、あるひじょうにとっぴな考えがうかびました。みんなをよびかえそうかしらと思ったほどです。しかし、それほどの確信はありません。あんまり信じがたいことなのです。

かれは電灯をてらしたまま、池の岸にしゃがみました。そして、おそろしいうたがいをはらすために、みょうなことをはじめたのです。

ポケットをさぐって、鼻紙をとりだすと、それを細くさいて、そっと池のなかの竹ぎれの上に持っていきました。

すると、ふしぎなことがおこったのです。うすい紙きれが、竹のつつの先で、ふわふわと上下に動きはじめたではありませんか。紙がそんなふうに動くからには、竹のつつから、空気が出たりはいったりしているにちがいありません。

まさかそんなことがと、松野は、じぶんの想像を信じる気になれないのです。でも、このたしかな証拠をどうしましょう。命のない竹ぎれが、呼吸をするはずはないではありませんか。

冬ならば、ちょっと考えられないことです。しかしそれは、まえにも申しましたとおり、秋の十月、それほど寒い気候ではありません。ことに二十面相の怪物は、みずから魔術師と称しているほど、とっぴな冒険がすきなのです。

松野はそのとき、みんなをよべばよかったのです。でも、かれは手がらをひとりじめにしたかったのでしょう。他人の力をかりないで、そのうたがいをはらしてみようと思いました。

かれは電灯を地面におくと、いきなり両手をのばして、竹ぎれをつかみ、ぐいぐいと引きあげました。

竹ぎれは三十センチほどの長さでした。たぶん壮二君がお庭であそんでいて、そのへんにすてておいたものでしょう。

引っぱると、竹はなんなくずるずるとのびてきました。しかし、竹ばかりではなかったのです。竹の先には池のどろでまっ黒になった人間の手が、しがみついていたではありませんか。いや、手ばかりではありません。手のつぎには、びしょぬれになった、海ぼうずのような人のすがたが、にゅうっとあらわれたではありませんか。

樹上の怪人

それから、池の岸で、どんなことがおこったかは、しばらく読者諸君のご想像にまかせます。

五、六分ののちには、以前の松野運転手が、なにごともなかったように、同じ池の岸に立っておりました。すこし息づかいがはげしいようです。そのほかにはかわったところも見えません。

かれは、いそいでおもやのほうへあるきはじめました。どうしたのでしょう。すこしびっこをひいています。でも、びっこをひきながら、ぐんぐん庭をよこぎって、表門までやってきました。

表門には、二人の書生が、木刀のようなものを持って、ものものしく見はり番をつとめています。

松野はその前までいくと、なにかくるしそうにひたいに手をあてて、

「ぼくは寒けがしてしようがない。熱があるようだ。すこし休ませてもらうよ」

と、力のない声でいうのです。

「ああ、松野君か、いいとも、休みたまえ。ここはぼくたちがひきうけるから」

書生の一人が元気よく答えました。

松野運転手は、あいさつをして、玄関わきのガレージのなかへすがたを消しました。そのガレージのうらがわに、かれの部屋があるのです。

それから朝までは、べつだんのこともなくすぎさりました。表門も裏門も、だれも通過したものはありません。

へい外の見はりをしていたおまわりさんたちも、賊らしい人かげには出あいませんでした。

七時には、警視庁からおおぜいの係官がきて、邸内のとりしらべをはじめました。そして、とりしらべがすむまで、家の者はいっさい外出を禁じられたのですが、学生だけ

はしかたがありません。門脇《かどわき》女学校三年生の早苗さんと、高千穂《たかちほ》小学校五年生の壮二君とは、時間がくると、いつものように、自動車でやしきを出ました。

運転手はまだ元気のないようすで、あまり口かずもきかず、うなだれてばかりいましたが、でも、学校がおくれてはいけないというので、おして運転席についたのです。

警視庁の中村《なかむら》捜査係長は、まず主人の壮太郎氏と、犯罪現場の書斎で面会して、事件のてんまつをくわしくききとったうえ、ひととおり邸内の人々をとりしらべてから、庭園の捜索にとりかかりました。

「ゆうべわたしたちがかけつけましてから、ただいままで、やしきを出たものは一人もありません。へいをのりこしたものもありません。この点は、じゅうぶん信用していただいていいと思います」

所轄警察署の主任刑事が、中村係長に断言しました。

「すると、賊はまだ邸内に潜伏しているというのですね」

「そうです。そうとしか考えられません。しかし、けさ夜明けから、また捜索をはじめさせているのですが、いままでのところ、なんの発見もありません。ただ、いぬの死がいのほかには……」

「え、いぬの死がいだって?」

「ここの家では、賊にそなえるために、ジョンというういぬをかっていたのですが、それがゆうべのうちに毒死していました。しらべてみますと、ここのむすこさんにばけた二十面相のやつが、きのうの夕方、庭に出てそのいぬになにかたべさせていたということがわかりました。じつに用意周到なやりかたです。もしここのぼっちゃんが、わなをしかけておかなかったら、やつは、やすやすとにげさっていたにちがいありません」

「では、もう一度庭をさがしてみましょう。ずいぶん広い庭だから、どこに、どんなかくれ場所があるかもしれない」

二人がそんな立ち話をしているところへ、庭の築山のむこうから、とんきょうなさけび声がきこえてきました。

「ちょっときてください。発見しました。賊を発見しました」

そのさけび声とともに、庭のあちこちから、あわただしいくつ音がおこりました。警官たちが現場へかけつけるのです。中村係長と主任刑事も、声を目あてに走りだしました。

いってみますと、声のぬしは羽柴家の書生の一人でした。かれは森のような木立ちのなかの、一本の大きなしいの木の下に立って、しきりと上のほうを指さしているのです。

「あれです。あすこにいるのは、たしかに賊です。洋服に見おぼえがあります」

しいの木は、根もとから三メートルほどのところで、二またにわかれているのですが、そのまたになったところに、しげった枝にかくれて、一人の人間がみょうなかっこうをしてよこたわっていました。こんなにさわいでも、にげだそうともせぬところをみると、賊は息たえているのでしょうか。

それとも、気をうしなっているのでしょうか。まさか、木の上で、いねむりをしているのではありますまい。

「だれか、あいつを引きおろしてくれたまえ」

係長の命令に、さっそくはしごがはこばれて、それにのぼるもの、下からうけとめるもの、三、四人の力で、賊は地上におろされました。

「おや、しばられているじゃないか」

いかにも、細い絹ひもようのもので、ぐるぐるまきにしばられています。そのうえさるぐつわです。

大きなハンカチを口のなかへおしこんで、べつのハンカチでかたく、くくってあります。それから、みょうなことに、洋服が雨にでもあったように、ぐっしょりぬれているのです。

さるぐつわをとってやると、男はやっと元気づいたように、

「ちくしょうめ、ちくしょうめ」

とうなりました。

「あっ、きみは松野君じゃないか」

書生がびっくりしてさけびました。

それは二十面相ではなかったのです。二十面相の服をきていましたけれど、顔はまったくちがうのです。おかかえ運転手の松野にちがいありません。

でも、運転手といえば、さいぜん、早苗さんと壮二君を学校へ送るために、出かけたばかりではありませんか。その松野が、どうしてここにいるのでしょう。

「きみは、いったいどうしたんだ」

係長がたずねますと、松野は、

「ちくしょうめ、やられたんです。あいつにやられたんです」

と、くやしそうにさけぶのでした。

壮二君のゆくえ

松野の語ったところによりますと、けっきょく、賊はつぎのようなとっぴな手段によって、まんまと追っ手の目をくらまし、おおぜいの見ているなかをやすやすとにげさったことがわかりました。

人々に追いまわされているあいだに、賊はお庭の池にとびこんで、水の中にもぐってしまったのです。でも、ただもぐっていたのでは呼吸ができませんが、ちょうどそのへんに壮二君がおもちゃにして、すてておいた、節《ふし》のない竹ぎれが落ちていたものですから、それを持って池のなかへはいり、竹のつつを口にあて、一方のはしを水面に出し、しずかに呼吸をして、追っ手の立ちさるのを待っていたのでした。

ところが人々のあとにのこって、一人でそのへんを見まわしていた松野運転手が、その竹ぎれを発見し、賊のたくらみを感づいたのです。思いきって竹ぎれをひっぱってみますと、はたして、池のなかからどろまみれの人間があらわれてきました。

そこで、やみのなかの格闘がはじまったのですが、気のどくな松野はすくいをもとめるひまもなく、たちまち、賊のためにくみふせられ、賊がちゃんとポケットに用意していた絹ひもでしばりあげられ、さるぐつわをされてしまったのです。そして、服をとりかえられたうえ、高い木のまたへかつぎあげられたというしだいでした。

そうわかってみますと、壮二君たちを学校へ送っていった運転手は、いよいよにせ者ときまりました。たいせつなおじょうさんぼっちゃんが、人もあろうに、二十面相自身の運転する自動車で、どこかへいってしまったのです。人々のおどろき、おとうさまおかあさまのご心配は、くどくど説明するまでもありません。

まず早苗さんのいく先、門脇女学校へ電話がかけられました。すると、いがいにも早苗さんはぶじに学校へついていることがわかりました。では、賊はべつにゆうかいするつもりではなかったのだなと、大安心をして、つぎには壮二君の学校へ電話をしてたずねますと、もう授業がはじまっているのに、壮二君のすがたは見えないという返事です。それをきくと、おとうさまおかあさまの顔色がかわってしまいました。

賊はわなをしかけたのが、壮二君であることを知ったのかもしれません。そして、足にうけたきずのふくしゅうをするために、壮二君だけをゆうかいしたのかもしれません。

さあ、大さわぎになりました。中村捜査係長は、ただちにこのことを警視庁に報告し、東京全市に非常線をはって、羽柴家の自動車をさがしだす手配をとりました。さいわい自動車の型や番号はわかっているのですから、手がかりはじゅうぶんあるわけです。

壮太郎氏は、ほとんど三十分ごとに、学校と警視庁とへ電話をかけて、その後のようすをたずねさせていましたが、一時間、二時間、三時間、時はようしゃなくたっていくのに、壮二君の消息は、いつまでもわかりませんでした。

ところが、その日のお昼すぎになって、一人のうすよごれたせびろに鳥打帽《とりうちぼう》の青年が、羽柴家の玄関にあらわれて、みょうなことをいいだしました。

「あたしは、おたくの運転手さんにたのまれたんですがね。運転手さんが、なんだか途中できゅうに私用ができたとかで、たのまれて自動車をはこんできたのですよ。車は門のなかへ入れておきましたから、しらべてうけとってほしいんですがね」

書生が、そのことをおくへ報告する。それっというので、主人の壮太郎氏や支配人の近藤老人が、玄関へかけだして、車をしらべてみますと、たしかに羽柴家の自動車にちがいありません。しかし、なかにはだれもいないのです。壮二君はやっぱりゆうかいされてしまったのです。

「おや、こんなみょうな封筒が落ちていますよ」

近藤老人が、自動車のクッションの上から、一通の封書をひろいあげました。そのおもてには「羽柴壮太郎どの必親展」と大きく書いてあるばかり、うらを見ても、差出人の名はありません。

「なんだろう」

と、壮太郎氏が封をひらいて、庭に立ったまま読んでみますと、そこには左のようなおそろしいことばが書きつらねてあったのです。

> 昨夜はダイヤ六個たしかにちょうだいしました。持ち帰って、見れば見るほどみごとな宝石、家宝としてたいせつに保存します。
> しかし、お礼はお礼として、すこしおうらみがあるのです。何者かが庭にわなをしかけておいて、ぼくの足に全治十日間のきずをおわせたことです。ぼくは損害を賠償してもらう権利があります。そのためにご子息壮二君を人質としてつれてかえりました。
> 壮二君はいま、拙宅のつめたい地下室にとじこめられて、くらやみのなかでしく

しくないております。壮二君こそ、あののろわしいわなをしかけた本人です。これくらいのむくいはとうぜんではありますまいか。

ところで、損害の賠償ですが、それには、ぼくはご所蔵の観世音《かんぜおん》像を要求します。

ぼくは昨日、はからずも貴家の美術室を拝見する光栄をえたのですが、そのりっぱさにおどろきいりました。なかでもあの観世音像は、鎌倉《かまくら》期の彫刻、安阿弥《あんあみ》の作と説明書きがありましたが、いかにも国宝にしたいほどのもの、美術ずきのぼくは、ほしくてほしくてたまりませんでした。そのとき、どうあっても、この仏像だけはちょうだいしなければならないと、かたく決心したのです。

ついては、今夜正十時、ぼくの部下のもの三名が、貴家に参上しますから、だまって美術室にとおしていただきたいのです。かれらは観世音像だけを荷づくりして、トラックにつんではこびさる予定になっております。人質の壮二君は、仏像とひきかえに貴家へもどるようにはからいます。やくそくは二十面相の名にかけてまちがいありません。

このことを警察に知らせてはなりません。また部下のトラックのあとをつけさせてはいけません。もしそういうことがあれば、壮二君は永久に帰らないものとおぼしめしください。

この申し出はかならずご承諾をうるものと信じますが、ねんのためご承諾のせつは、今夜だけ十時まで正門をあけはなっておいてください。それを目じるしに参上することにいたします。

二十面相より

羽柴壮太郎どの

なんという虫のよい要求でしょう。壮太郎氏をはじめ、こぶしをにぎってくやしがりましたが、壮二君というかけがえのない人質をとられては、どうすることもできません。ざんねんながら、このむちゃな申し出に応ずるほかに手だてはないように思われます。

なお、賊にたのまれて自動車を運転してきた青年をとらえて、じゅうぶん詮議しましたけれど、かれはただ、いくらかお礼をもらってたのまれただけで、賊のことはなにも知りませんでした。

少年探偵

青年運転手を帰すと、ただちに、主人の壮太郎氏夫妻、近藤老人、それに、学校の小使いさんに送られて、車をとばして帰ってきた早苗さんもくわわって、おくまった部屋に、善後処置の相談がひらかれました。もうぐずぐずしてはいられないのです。十時といえば八、九時間しかありません。

「ほかのものならばかまわない。ダイヤなぞお金さえ出せば手にはいるのだからね。しかし、あの観世音像だけは、わしは、どうも手ばなしたくないのだ。ああいう国宝級の名作を、賊の手などにわたしては、日本の美術界のためにすまない。あの彫刻は、この家の美術室におさめてあるけど、けっしてわしの私有物ではないと思っているくらいだからね」

壮太郎氏は、さすがにわが子のことばかり考えてはいませんでした。しかし、羽柴夫人は、そうはいきません。かわいそうな壮二君のことでいっぱいなのです。

「でも、仏像をわたすまいとすれば、あの子が、どんなめにあうかわからないじゃございませんか。いくらたいせつな美術品でも、人間の命にはかえられないとぞんじます。どうか警察などへおっしゃらないで、賊の申し出に応じてやってくださいませ」

おかあさまのまぶたのうらには、どこともしれぬまっくらな地下室に、ひとりぼっちでなきじゃくっている壮二君のすがたが、まざまざとうかんでいました。今晩の十時さえ待ちどおしいのです。たったいままでも、仏像とひきかえに、早く壮二君をとりもどしてほしいのです。

「うん、壮二をとりもどすのはむろんのことだが、しかし、ダイヤを取られたうえに、あのかけがえのない美術品まで、おめおめ賊にわたすのかと思うと、ざんねんでたまらないのだ。近藤君、なにか方法はないものだろうか」

「そうでございますね。警察に知らせたら、たちまちことがあらだってしまいましょうから、賊の手紙のことは今晩十時までは、外へもれないようにしておかねばなりません。しかし、私立探偵ならば……」

老人が、ふと一案を持ちだしました。

「うん、私立探偵というものがあるね。しかし、個人の探偵などにこの大事件がこなせるかしらん」

「きくところによりますと、なんでも東京に一人、えらい探偵がいると申すことでございますが」

老人が首をかしげているのを見て、早苗さんが、とつぜん口をはさみました。

「おとうさま、それは明智小五郎探偵よ。あの人ならば、警察でさじを投げた事件を、いくつも解決したっていうほどの名探偵ですわ」

「そうそう、その明智小五郎という人物でした。じつにえらい男だそうで、二十面相とはかっこうの取りくみでございましょうて」

「うん、その名はわしもきいたことがある。では、その探偵をそっとよんで、ひとつそうだんしてみることにしようか。専門家には、われわれに想像のおよばない名案があるかもしれん」

そして、けっきょく、明智小五郎にこの事件を依頼することに話がきまったのでした。

さっそく、近藤老人が、電話帳をしらべて、明智探偵の宅に電話をかけました。すると、電話口から、子どもらしい声で、こんなへんじがきこえてきました。

「先生はいま、ある重大な事件のために、外国へ出張中ですから、いつお帰りともわかりません。しかし、先生の代理をつとめている小林という助手がおりますから、その人でよければ、すぐおうかがいいたします」

「ああ、そうですか。だが、ひじょうな難事件ですからねえ。助手のかたではどうも……」

近藤支配人がちゅうちょしていますと、先方からは、おっかぶせるように、元気のよい声がひびいてきました。

「助手といっても、先生におとらぬうできなんです。じゅうぶんご信頼なすっていいと思います。ともかく、一度おうかがいしてみることにいたしましょう」

「そうですか。では、すぐにひとつご足労くださるようにおつたえください。ただ、おことわりしておきますが、事件をご依頼したことが、あいて方に知れてはたいへんなのです。人の生命に関することなのです。じゅうぶんご注意のうえ、だれにもさとられぬよう、こっそりとおたずねください」

「それは、おっしゃるまでもなく、よくこころえております」

そういう問答があって、いよいよ小林という名探偵がやってくることになりました。

電話が切れて、十分もたったかと思われたころ、一人のかわいらしい少年が、羽柴家の玄関に立って、案内をこいました。書生が取りつぎに出ますと、その少年は、

「ぼくは壮二君のお友だちです」

と、自己紹介をしました。

「壮二さんはいらっしゃいませんが」

と答えると、少年は、さもあらんという顔つきで、

「おおかた、そんなことだろうと思いました。では、おとうさんにちょっと会わせてください。ぼくのおとうさんからことづけがあるんです。ぼく、小林っていうもんです」

と、すまして会見を申しこみました。

書生からその話をきくと、壮太郎氏は、小林という名に心あたりがあるものですから、ともかく、応接室に通させました。壮太郎氏がはいっていきますと、りんごのようにつやつやしたほおの、目の大きい、十二、三さいの少年が立っていました。

「羽柴さんですか、はじめまして。ぼく、明智探偵事務所の小林っていうもんです。お電話をくださいましたので、おうかがいしました」

少年は目をくりくりさせて、はっきりした口調でいいました。

「ああ、小林さんのお使いですか。ちとこみいった事件なのでね。ご本人にきてもらいたいのだが……」

壮太郎氏がいいかけるのを、少年は手をあげてとめるようにしながら答えました。

「いえ、ぼくがその小林芳雄です。ほかに助手はいないのです」

「ほほう、きみがご本人ですか」

壮太郎氏はびっくりしました。と同時に、なんだか、みょうにゆかいな気持ちになってきました。こんなちっぽけな子どもが、名探偵だなんて、ほんとうかしら。だが、顔つきやことばづかいは、なかなかたのもしそうだわい。ひとつ、この子どもに相談をかけてみるかな。

「さっき、電話口でうできき の名探偵といったのは、きみ自身のことだったのですか」

「ええ、そうです。ぼくは先生から、るす中の事件をすっかりまかされているのです」

少年は自信たっぷりです。

「いま、きみは、壮二の友だちだっていったそうですね。どうして壮二の名を知っていました」

「それくらいのことがわからないでは、探偵の仕事はできません。実業雑誌にあなたのご家族のことが出ていたのを、切りぬき帳でしらべてきたのです。電話で、人の一命にかかわるというお話があったので、早苗さんか、壮二君か、どちらかがゆくえ不明にでもなったのではないかと想像してきました。どうやら、その想像があたったようですね。それから、この事件には、例の二十面相の賊が、関係しているのではありませんか」

小林少年は、じつにこきみよく口をききます。

なるほど、この子どもは、ほんとうに名探偵かもしれないぞと、壮太郎氏はすっかり感心してしまいました。

そこで、近藤老人を応接室によんで、二人で事件のてんまつを、この少年にくわしく語りきかせることにしたのです。

少年は、急所急所で、みじかい質問をはさみながら、熱心にきいていましたが、話がすむと、その観音像を見たいと申し出ました。そして、壮太郎氏のあんないで、美術室を見て、もとの応接室に帰ったのですが、しばらくのあいだ、ものもいわないで、目をつむって、なにか考えごとにふけっているようすでした。

やがて、少年は、ぱっちり目をひらくと、ひとひざ乗りだすようにして、意気ごんでいいました。

「ぼくはひとつうまい手段を考えついたのです。あいてが魔法使いなら、こっちも魔法使いになるのです。ひじょうに危険な手段です。でも危険をおかさないで、手がらをたてることはできませんからね。ぼくはまえに、もっとあぶないことさえやった経験があります」

「ほう、それはたのもしい。だがいったいどういう手段ですね」

「それはね」

小林少年は、いきなり壮太郎氏に近づいて、耳もとになにかささやきました。

「え、きみがですか」

壮太郎氏は、あまりのとっぴな申し出に、目をまるくしないではいられませんでした。

「そうです。ちょっと考えるとむずかしそうですが、ぼくたちには、この方法は試験ずみなんです。先年、フランスの怪盗アルセーヌ＝ルパンのやつを、先生がこの手で、ひどいめにあわせてやったことがあるんです」

「壮二の身に危険がおよぶようなことはありませんか」

「それはだいじょうぶです。相手が小さな泥棒ですと、かえって危険ですが、二十面相ともあろうものが、約束をたがえたりはしないでしょう。壮二君は仏像とひきかえにおかえしするというのですから、危険がおこるまえにちゃんとここへもどっていらっしゃるにちがいありません。もしそうでなかったら、そのときには、またそのときの方法がありますす。だいじょうぶですよ。ぼくは子どもだけれど、けっしてむちゃなことは考えません」

「明智さんの不在中に、きみにそういう危険なことをさせて、まんいちのことがあってはこまるが」

「ははは……、あなたはぼくたちの生活をごぞんじないのですよ。探偵なんて警察官と同じことで、犯罪捜査のためにたおれたら本望なんです。しかし、こんなことはなんでもありませんよ。危険というほどの仕事じゃありません。あなたは見て見ぬふりをしてくだされぱいいんです。ぼくは、たといおゆるしがなくても、もうあとへは引きませんよ。かってに計画を実行するばかりです」

羽柴氏も近藤老人も、この少年の元気を、もてあましぎみでした。

そして、長いあいだの協議の結果、とうとう小林少年の考えを実行することに話がきまりました。

仏像の奇跡

さて、お話はとんで、その夜のできごとにうつります。

午後十時、約束をたがえず、二十面相の部下の三人のあらくれ男が、あけはなったままの、羽柴家の門をくぐりました。

盗人たちは、玄関に立っている書生などをしり目に、「お約束の品物をいただきにまいりましたよ」と、すてぜりふをのこしながら、間取りを教えられてきたとみえて、まよいもせず、ぐんぐんおくのほうへふみこんでいきました。

美術室の入り口では、壮太郎氏と近藤老人とが待ちうけていて、賊の一人に声をかけました。

「約束はまちがいないんだろうね。子どもはつれてきたんだろうね」

するとと、賊はぶあいそうに答えました。

「ご心配にゃおよびませんよ。子どもさんは、もうちゃんと、門のそばまでつれてきてありまさあ。だがね、さがしたってむだですぜ。あっしたちが荷物をはこびだすまでは、いくらさがしてもわからねえようにくふうがしてあるんです。でなきゃあ、こちとらがあぶないからね」

いいすてて、三人はドカドカ美術室へはいっていきました。

その部屋は土蔵のようなつくりになっていて、うすぐらい電灯の下に、まるで博物館のようなガラスだなが、ぐるっとまわりをとりまいているのです。

よしありげな刀剣、甲冑《かっちゅう》・置き物・手箱の類、びょうぶ・かけ軸などが、ところせましとならんでいる一方のすみに、高さ一メートル半ほどの、長方形のガラス箱が立っていて、そのなかに、問題の観世音像が安置してあるのです。

れんげの台座の上に、ほんとうの人間のはんぶんほどの大きさの、うす黒い観音さまがすわっておいでになります。もとは金色《こんじき》まばゆいおすがただったのでしょうけれど、いまはただいちめんにうす黒く、着ていらっしゃるひだの多いころもも、ところどころすりやぶれています。でも、さすがは名匠の作、その円満柔和なお顔だちはいまにもわらいだすかと思われるばかり、いかなる悪人も、このおすがたを拝しては、合掌しないではいられぬほどに見えます。

三人の泥棒は、さすがに気がひけるのか、仏像の柔和なおすがたを、よくも見ないで、すぐさま仕事にかかりました。

「ぐずぐずしちゃいられねえ。大いそぎだぜ」

一人が持ってきたうすぎたない布のようなものをひろげますと、もう一人の男が、そのはしを持って、仏像のガラスばこの外を、ぐるぐるとまいていきます。たちまち、それとわからぬ布包みができあがってしまいました。

「ほら、いいか。横にしたらこわれるぜ。よいしょ、よいしょ」

傍若無人のかけ声までして、三人のやつはその荷物を、おもてへはこびだします。壮太郎氏と近藤老人は、それがトラックの上につみこまれるまで、三人のそばにつききって、見はっていました。

仏像だけ持ちさられて、壮二君がもどってこないでは、なんにもならないからです。

やがて、トラックのエンジンが、そうぞうしく鳴りはじめ、車はいまにも出発しそうになりました。

「おい、壮二さんはどこにいるのだ。壮二さんをもどさないうちは、この車を出発させないぞ。もし、むりに出発すれば、すぐ警察に知らせるぞ」

近藤老人は、もう、いっしょうけんめいでした。

「心配するなってえことよ。ほら、うしろをむいてごらん。ぼっちゃんは、もうちゃんと玄関においでなさらあ」

ふりむくと、なるほど、玄関の電灯の前に大きいのと小さいのと、二つの黒い人かげが見えます。

壮太郎氏と老人とが、それに気をとられているうちに、

「あばよ……」

トラックは、門前をはなれて、みるみる小さくなっていきました。

二人は、いそいで玄関の人かげのそばへひきかえしました。

「おや、こいつらは、さっきから門のところにいた親子のこじきじゃないか。さては、いっぱいくわされたかな」

いかにもそれは親子と見える二人のこじきでした。両人とも、ぼろぼろのうすよごれた着物をきて、にしめたような手ぬぐいでほおかむりをしています。

「おまえたちはなんだ。こんなところへはいってきてはこまるじゃないか」

近藤老人がしかりつけますと、親のこじきがみょうな声でわらいだしました。

「えへへへへへ、お約束でございますよ」

わけのわからぬことをいったかと思うと、かれはやにわに走りだしました。まるで風のように、くらやみのなかを、門の外へとびさってしまいました。

た。

「おとうさま、ぼくですよ」

こんどは子どものこじきが、へんなことをいいだすではありませんか。そして、いきなり、ほおかむりをとり、ぼろぼろの着物をぬぎすてたのを見ると、その下からあらわれたのは、見おぼえのある学生服、白い顔。子どもこじきこそ、ほかならぬ壮二君でした。

「どうしたのだ、こんなきたないなりをして」

羽柴氏が、なつかしい壮二君の手をにぎりながらたずねました。

「なにかわけがあるのでしょう。二十面相のやつが、こんな着物をきせたんです。でも、いままでさるぐつわをはめられていて、ものがいえなかったのです」

ああ、ではいまの親こじきこそ、二十面相その人だったのです。かれはこじきに変装をして、それとなく、仏像がはこびだされたのを見きわめたうえ、約束どおり壮二君をかえして、にげさったのにちがいありません。それにしても、こじきとは、なんという思いきった変装でしょう。こじきならば、人の門前にうろついていても、さしてあやしまれないという、二十面相らしい思いつきです。

壮二君はぶじに帰りました。きけば、先方では、地下室にとじこめられてはいたけれど、べつに虐待されるようなこともなく、食事もじゅうぶんあてがわれていたということです。

これで羽柴家の大きな心配はとりのぞかれました。おとうさまおかあさまのよろこびがどんなであったかは、読者諸君のご想像におまかせします。

さて一方、こじきにばけた二十面相は、風のように羽柴家の門をとびだし、小暗い横町にかくれて、すばやくこじきの着物をぬぎすてますと、その下には茶色の十徳《じっとく》姿のおじいさんの変装が用意してありました。頭はしらが、顔もしわだらけの、どう見ても六十をこしたご隠居さまです。

かれはすがたをととのえると、かくし持っていた竹のつえをつき、せなかをまるめて、よちよちと、あるきだしました。たとえ羽柴氏が約束を無視して、追っ手をさしむけたとしても、これでは見やぶられる気づかいはありません。じつに心にくいばかりの用意周到なやりくちです。

老人は大通りに出ると、一台のタクシーをよびとめて、のりこみましたが、二十分もでたらめの方向に走らせておいて、べつの車にのりかえ、こんどは、ほんとうのかくれがへいそがせました。

車のとまったところは、戸山《とやま》ヶ原《はら》の入り口でした。老人はそこで車をおりて、まっくらな原っぱをよぼよぼとあるいていきます。さては、賊の巣窟《そうくつ》は戸山ヶ原にあったのです。

原っぱの一方のはずれ、こんもりとしたすぎ林のなかに、ぽっつりと、一りんの古い洋館が建っています。あれはてて住み手もないような建物です。老人は、その洋館の戸口を、トントントンと三つたたいて、すこし間をおいて、トントンと二つたたきました。

するど、これがなかまのあいずとみえて、なかからドアがひらかれ、さいぜん仏像をぬすみだした手下の一人が、にゅっと顔を出しました。

老人はだまったまま先に立って、ぐんぐんおくのほうへはいっていきます。ろうかのつきあたりに、むかしは、さぞりっぱであったろうと思われる、広い部屋があって、その部屋のまんなかに、布をまきつけたままの仏像のガラス箱が、電灯もない、はだかろうそくの赤茶けた光に、てらしだされています。

「よしよし。おまえたちうまくやってくれた。これはほうびだ。どっかへいってあそんでくるがいい」

三人の者に数十まいの十円札をあたえて、その部屋を立ちさらせると、老人は、ガラス箱の布をゆっくりとりさって、そこにあったはだかろうそくをかた手に、仏像の正面に立ち、ひらき戸になっているガラスのとびらをひらきました。

「観音さま、二十面相のうでまえは、どんなもんですね。きのうは二十万円のダイヤモンド、きょうは国宝級の美術品です。このちょうしだと、ぼくの計画している大美術館も、まもなく完成しようというものですよ。ははは……、観音さま。あなたはじつによくできていますぜ。まるで生きているようだ」

ところが、読者諸君、そのときでした。二十面相のひとりごとが、おわるかおわらぬかに、かれのことばどおりに、じつにおそろしい奇跡がおこったのです。

木造の観音さまの右手が、ぐうっと前にのびてきたではありませんか。しかも、その指には、おきまりのはすの茎ではなくて一丁のピストルが、ぴったりと賊のむねにねらいをさだめて、にぎられていたではありませんか。

仏像が一人で動くはずはありません。

では、この観音さまには、人造人間のような機械じかけがほどこされていたのでしょうか。しかし鎌倉時代の彫像に、そんなしかけがあるわけはないのです。すると、いったいこの奇跡はどうしておこったのでしょう。

だが、ピストルをつきつけられた二十面相は、そんなことを考えているひまもありませんでした。かれはあっとさけんで、たじたじとあとじさりをしながら、手むかいしないといわぬばかりに、思わず両手を肩のところまであげてしまいました。

おとしあな

さすがの怪盗も、これにはきもをつぶしました。あいてが人間ならばいくらピストルをむけられてもおどろくような賊ではありませんが、古い古い鎌倉時代の観音さまが、いきなり動きだしたのですから、びっくりしないではいられません。

　びっくりしたというよりも、ぞうっと心の底からおそろしさがこみあげてきたのです。こわい夢をみているような、あるいはおばけにでも出くわしたような、なんともえたいのしれぬ恐怖です。

　大胆不敵の二十面相が、かわいそうに、まっさおになって、たじたじとあとじさりをして、ごめんなさいというように、ろうそくをゆかにおいて、両手を高くあげてしまいました。

　すると、またしても、じつにおそろしいことがおこったのです。観音さまが、れんげの台座からおりて、ゆかの上に、ぬっと立ちあがったではありませんか。そして、じっとピストルのねらいをさだめながら、一歩、二歩、三歩、賊のほうへ近づいてくるのです。

「き、きさま、いったい、な、なにものだっ」

　二十面相は、追いつめられたけもののような、うめき声をたてました。

「わしか、わしは羽柴家のダイヤモンドをとりかえしにきたのだ。たったいま、あれをわたせば、一命をたすけてやる」

　おどろいたことには、仏像がものをいったのです。おもおもしい声で命令したのです。

「ははあ、きさま、羽柴家のまわしものだな。仏像に変装して、おれのかくれがをつきとめにきたんだな」

あいてが人間らしいことがわかると、賊はすこし元気づいてきました。でも、えたいのしれぬ恐怖が、まったくなくなったわけではありません。というのは、人間が変装したにしては、仏像があまり小さすぎたからです。立ちあがったところを見ると、十二、三の子どもの背たけしかありません。その一寸法師みたいなやつが、落ちつきはらって、老人のようなおもおもしい声でものをいっているのですから、じつになんとも形容のできないきみ悪さです。

「で、ダイヤモンドをわたさぬといったら？」

賊はおそるおそる、あいての気をひいてみるように、たずねました。

「おまえの命がなくなるばかりさ。このピストルはね、いつもおまえが使うような、おもちゃじゃないんだぜ」

観音さまは、このご隠居然とした白髪の老人が、そのじつ二十面相の変装すがたであることを、ちゃんと知りぬいているようすでした。たぶん、さいぜんの手下の者との会話をもれきいて、それと、さっしたのでしょう。

「おもちゃでないという証拠を、見せてあげようか」

そういったかと思うと、観音さまの右手がひょいと動きました。

と同時に、はっととびあがるようなおそろしい物音。部屋の一方のまどガラスがガラガラとくだけ落ちました。ピストルからは、実弾がとびだしたのです。

一寸法師の観音さまは、めちゃめちゃにとびちるガラスの破片を、ちらと見やったまま、すばやくピストルのねらいをもとにもどし、インド人みたいなまっ黒な顔で、うすきみ悪くにやにやとわらいました。

見ると賊の胸につきつけられたピストルのつつ口からは、まだうす青いけむりがたちのぼっています。

二十面相は、この黒い顔をした小さな怪人物のきもったたまが、おそろしくなってしまいました。こんなめちゃくちゃならんぼう者は、なにをしだすかしれたものではない。ほんとうにピストルでうちころす気かもしれぬ。たといそのたまはうまくのがれたとしても、このうえあんな大きな物音をたてられては、付近の住民にあやしまれて、どんなことになるかもしれぬ。

「しかたがない。ダイヤモンドはかえしてやろう」

賊はあきらめたようにいいすてて、部屋のすみの大きなつくえの前へいき、つくえの足をくりぬいたかくし引きだしから、六個の宝石をとりだすと、てのひらにのせて、カチャカチャいわせながらもどってきました。

ダイヤモンドは、賊の手のなかでおどるたびごとに、ゆかのろうそくの光をうけて、ぎらぎらとにじのようにかがやいています。

「さあ、これだ。よくしらべてうけとりたまえ」

一寸法師の観音さまは、左手をのばして、それをうけとると、老人のようなしわがれ声で、わらいました。

「ははは……、感心、感心、さすがの二十面相も、やっぱり命はおしいとみえるね」

「うむ、ざんねんながら、かぶとをぬいだよ」

賊は、くやしそうにくちびるをかみながら、

「ところで、いったいきみはなにものだね。この二十面相をこんなめにあわせるやつがあろうとは、おれも意外だったよ。後学のために名まえを教えてくれないか」

「ははは……、おほめにあずかって、光栄のいたりだね。名まえかい。それはきみが牢《ろう》屋《や》へはいってからのおたのしみにのこしておこう。おまわりさんが教えてくれることだろうよ」

観音さまは、勝ちほこったようにいいながら、やっぱり、ピストルをかまえたまま、部屋の出口のほうへ、じりじりとあとじさりをはじめました。

賊の巣窟はつきとめたし、ダイヤモンドはとりもどしたし、あとはぶじにこのあばらやを出て、付近の警察へかけこみさえすればよいのです。

この観音さまに変装した人物がなにものであるかは、読者諸君、とっくにごしょうちでしょう。小林少年は怪盗二十面相をむこうにまわして、みごとな勝利をおさめたので

す。そのうれしさは、どれほどでしたろう。どんなおとなもおよばぬ大てがらです。

ところが、かれがいま、二、三歩で部屋を出ようとしていたとき、とつぜん、異様なわらい声がひびきわたりました。見ると、老人すがたの二十面相が、おかしくてたまらぬというように、大口あいてわらっているのです。

ああ、読者諸君、まだ安心はできません。名にしおう怪盗のことです。まけたとみせて、そのじつ、どんな最後の切り札をのこしていないともかぎりません。

「おやっ、きさま、なにがおかしいんだ」

観音さまにばけた少年は、ぎょっとしたように立ちどまって、ゆだんなく身がまえました。

「いや、しっけい、しっけい、きみがおとなのことばなんか使って、あんまりこまっちゃくれているもんだから、ついふきだしてしまったんだよ」

賊はやっとわらいやんで、答えるのでした。

「というのはね。おれはとうとう、きみの正体を見やぶってしまったからさ。この二十面相のうらをかいて、これほどの芸当のできるやつは、そうたんとはないからね。じつをいうと、おれはまっ先に明智小五郎を思いだした。だが、そんなちっぽけな明智小五郎なんてありゃしないね。きみは子どもだ。明智流のやりかたを会得した子どもといえば、ほかにはない。明智の少年助手は小林芳雄とかいったっけな。ははは……、どうだ、あたったろう」

　観音像に変装した小林少年は、賊の明察に、内心ぎょっとしないではいられませんでした。しかし、よく考えてみれば、目的をはたしてしまったいま、あいてに名まえをさとられたところで、すこしもおどろくことはないのです。

「名まえなんかどうだっていいが、おさっしのとおりぼくは子どもにちがいないよ。だが、二十面相ともあろうものがぼくみたいな子どもにやっつけられたとあっては、すこし名おれだねえ。ははは……」

　小林少年はまけないで応酬しました。

「ぼうや、かわいいねえ……。きさま、それで、この二十面相に勝ったつもりでいるのか」

「まけおしみは、よしたまえ。せっかくぬすみだした仏像は生きて動きだすし、ダイヤモンドはとりかえされるし、それでもまだまけないっていうのかい」

「そうだよ。おれはけっしてまけないよ」

「で、どうしようっていうんだ！」

「こうしようというのさ！」

　その声と同時に、小林少年は足の下のゆか板が、とつぜん消えてしまったように感じました。

はっとからだが宙にういたかと思うと、そのつぎのしゅんかんには、目の前に火花がちって、からだのどこかが、おそろしい力でたたきつけられたような、はげしいいたみを感じたのです。

ああ、なんという不覚でしょう。ちょうどそのとき、かれが立っていた部分のゆか板が、おとしあなのしかけになっていて、賊の指がそっとかべのかくしボタンをおすと同時に、とめ金がはずれ、そこにまっくらな四角い地獄の口があいたのでした。

いたみにたえかねて、身動きもできず、くらやみの底にうつぶしている小林少年の耳に、はるか上のほうから、二十面相のこきみよげな嘲笑《ちょうしょう》がひびいてきました。

「ははは……、おいぼうや、さぞいたかっただろう。気のどくだねえ。まあ、そこでゆっくり考えてみるがいい。きみの敵がどれほどの力を持っているかということをね。ははは……、この二十面相をやっつけるのには、きみはちっと年が若すぎたよ。ははは……」

七つ道具

小林少年は、ほとんど二十分ほどのあいだ、地底のくらやみのなかで、ついらくしたままの姿勢で、じっとしていました。ひどくこしを打ったものですから、いたさに身動きする気にもなれなかったのです。

　そのまに、天じょうでは、二十面相がさんざんあざけりのことばをなげかけておいて、おとしあなのふたをぴっしゃりしめてしまいました。もうたすかる見こみはありません。永久のとりこです。もし賊がこのまま食事をあたえてくれないとしたら、だれひとり知るものもないあばらやの地下室でうえ死にしてしまわねばなりません。

　年端《としは》もいかぬ少年の身で、このおそろしい境遇を、どうたえしのぶことができましょう。たいていの少年ならば、さびしさとおそろしさに、絶望のあまりしくしくとなきだしたことでありましょう。

　しかし、小林少年はなきもしなければ、絶望もしませんでした。かれはけなげにも、まだ、二十面相にまけたとは思っていなかったのです。

　やっとこしのいたみがうすらぐと、少年がまず最初にしたことは、変装のやぶれごろもの下にかくして、肩からさげていた小さなズックのかばんに、そっとさわってみることでした。

「ピッポちゃん、きみは、ぶじだったかい」

　みょうなことをいいながら、上からなでるようにしますと、かばんのなかでなにか小さなものが、ごそごそと動きました。

「ああ、ピッポちゃんは、どこも打たなかったんだね。おまえさえいてくれれば、ぼく、ちっともさびしくないよ」

ピッポちゃんが、べつじょうなく生きていることをたしかめると、小林少年は、やみのなかにすわって、その小かばんを肩からはずし、なかから万年筆型の懐中電灯を取りだして、その光で、ゆかにちらばっていた六つのダイヤモンドと、ピストルをひろいあつめ、それをかばんにおさめるついでに、そのなかのいろいろな品物を紛失していないかどうかを、ねんいりに点検するのでした。

そこには少年探偵の七つ道具が、ちゃんとそろっていました。むかし、武蔵坊弁慶《むさしぼうべんけい》という豪傑は、あらゆる戦《いくさ》の道具を、すっかりせなかにせおって歩いたのだそうですが、それを、「弁慶の七つ道具」といって、今にかたりつたえられています。小林少年の「探偵七つ道具」は、そんな大きな武器ではなく、ひとまとめにして両手ににぎれるほどの小さなものばかりでしたが、その役にたつことは、けっして弁慶の七つ道具にもおとりはしなかったのです。

まず万年筆型懐中電灯。夜間の捜査事業には灯火がなによりもたいせつです。また、この懐中電灯は、ときには信号の役目をはたすこともできます。

それから、小型の万能ナイフ。これにはのこぎり・はさみ・きりなど、さまざまの刃物類がおりたたみになってついております。

それから、じょうぶな絹ひもで作ったなわばしご、これはたためば、てのひらにはいるほど小さくなってしまうのです。そのほか、やっぱり万年筆型の望遠鏡、時計・磁石、小型の手帳と鉛筆、さいぜん賊をおびやかした小型ピストルなどがおもなものでした。

いや、そのほかに、もう一つピッポちゃんのことをわすれてはなりません。懐中電灯にてらしだされたのを見ますと、それは一羽のはとでした。かわいいはとが身をちぢめて、かばんのべつの区画に、おとなしくじっとしていました。

「ピッポちゃん。きゅうくつだけれど、もうすこしがまんするんだよ。こわいおじさんに見つかるとたいへんだからね」

小林少年はそんなことをいって、頭をなでてやりますと、はとのピッポちゃんは、そのことばがわかりでもしたように、クークーと鳴いてへんじをしました。

ピッポちゃんは、少年探偵のマスコットでした。かれはこのマスコットといっしょにいさえすれば、どんな危難にあってもだいじょうぶだという、信仰のようなものを持っていたのです。

そればかりではありません。このはとはマスコットとしてのほかに、まだ重大な役目を持っていました。探偵の仕事には、通信機関がなによりもたいせつです。

そのためには、警察にはラジオをそなえた自動車がありますけれど、ざんねんながら私立探偵にはそういうものがないのです。もし洋服の下へかくせるような小型ラジオ発信器があればいちばんいいのですが、そんなものは手にはいらないものですから、小林少年は伝書ばとという、おもしろい手段を考えついたのでした。いかにも子どもらしい思いつきでした。でも、子どものむじゃきな思いつきが、ときには、おとなをびっくりさせるような、効果をあらわすことがあるものです。

「ぼくのかばんのなかに、ぼくのラジオも持っているし、それからぼくの飛行機も持っているんだ」

小林少年は、さもとくいそうに、そんなひとりごとをいっていることがありました。なるほど、伝書ばとはラジオでもあり、飛行機でもあるわけです。

さて、七つ道具の点検をおわりますと、かれは満足そうにかばんをころものなかにかくし、つぎには懐中電灯で、地下室のもようをしらべはじめました。

地下室は十畳じきほどの広さで、四方コンクリートのかべにつつまれた、以前は物置きにでも使われていたらしい部屋でした。どこかに階段があるはずだと思って、さがしてみますと、大きな木のはしごが、部屋の一方の天じょうにつりあげてあることがわかりました。出入口をふさいだだけではたりないで、階段までとりあげてしまうとは、じつに用心ぶかいやりかたといわねばなりません。この調子では、地下室からにげだすことなど思いもおよばないのです。

部屋のすみに一脚のこわれかかった長いすがおかれ、その上に一まいの古毛布がまるめてあるほかには、道具らしいものはなに一品ありません。まるで牢獄のような感じです。

小林少年は、その長いすを見て、思いあたるところがありました。

「羽柴壮二君は、きっとこの地下室に監禁されていたんだ。そして、この長いすの上でねむったにちがいない」

そう思うと、なにかなつかしい感じがして、かれは長いすに近づき、クッションをおしてみたり、毛布をひろげてみたりするのでした。

「じゃ、ぼくもこのベッドでひとねむりするかな」

大胆不敵の少年探偵は、そんなひとりごとをいって、長いすの上に、ごろりと横になりました。

万事は夜があけてからのことです。それまでにじゅうぶん鋭気をやしなっておかねばなりません。なるほど、りくつはそのとおりですが、このおそろしい境遇にあって、のんきにひとねむりするなんて、ふつうの少年には、とてもまねのできないことでした。

「ピッポちゃん、さあ、ねむろうよ。そして、おもしろい夢でもみようよ」

小林少年は、ピッポちゃんのはいっているかばんを、だいじそうにだいて、やみの中に目をふさぎました。

そしてまもなく、長いすの寝台の上から、すやすやと、さもやすらかな少年のねいきがきこえてくるのでした。

伝書ばと

小林少年はふと目をさましますと、部屋のようすが、いつもの探偵事務所の寝室とちがっているので、びっくりしましたが、たちまちゆうべのできごとを思いだしました。

「ああ、地下室に監禁されていたんだっけ。でも、地下室にしちゃあ、へんに明るいなあ」

殺風景なコンクリートのかべやゆかが、ほんのりと、うす明るく見えています。地下室に日がさすはずはないのだがと、なおも見まわしていますと、ゆうべはすこしも気づきませんでしたが、一方の天じょうに近く、明りとりの小さなまどがひらいていることがわかりました。

そのまどは三十センチ四方ほどの、ごく小さいもので、そのうえ太い鉄ごうしがはめてあります。地下室のゆかからは、三メートル近くもある高いところですけれど、外から見れば、地面とすれすれの場所にあるのでしょう。

「はてな、あのまどから、うまくにげだせないかしら」

小林君はいそいで長いすからおきあがり、まどの下にいって、明るい空を見あげました。まどにはガラスがはめてあるのですが、それがわれてしまって、大声にさけべば、外をとおる人にきこえそうにも思われるのです。

そこで、いままでねていた長いすを、まどの下へおしていって、それをふみ台に、のびあがってみましたが、それではまだまどへとどきません。子どもの力で重い長いすをたてにすることはできないし、ほかにふみ台にする道具とても見あたりません。

では、小林君は、せっかくまどを発見しながら、そこから外をのぞくこともできなかったのでしょうか。いやいや、読者諸君、ご心配にはおよびません。こういうときの用意に、なわばしごというものがあるのです。少年探偵の七つ道具は、さっそく使い道ができたわけです。

かれはかばんから絹ひものなわばしごを取りだし、それをのばして、カウボーイの投げなわみたいにはずみをつけ、一方のはしについているかぎを、まどの鉄ごうし目がけて投げあげました。

三度、四度失敗したあとで、ガチッと、手ごたえがありました。かぎはうまく一本の鉄棒にかかったのです。

なわばしごといっても、これはごくかんたんなもので、五メートルほどもある、長いじょうぶな一本の絹ひもに、二十センチごとに大きなむすび玉がこしらえてあって、そのむすび玉に足の指をかけて、よじのぼるしかけなのです。

小林君は腕力ではおとなにおよびませんけれど、そういう器械体操めいたことになると、だれにもひけはとりませんでした。かれは、なんなくなわばしごをのぼって、まどの鉄ごうしにつかまることができました。

ところが、そうしてしらべてみますと、失望したことに、鉄ごうしはふかくコンクリートにぬりこめてあって、万能ナイフぐらいでは、とてもとりはずせないことがわかりました。

では、まどから大声にすくいをもとめてみたらどうでしょう。いや、それもほとんど見こみがないのです。まどの外はあれはてた庭になっていて草や木がしげり、そのずっとむこうにいけがきがあって、いけがきの外は道路もない広っぱです。その広っぱへ、子どもでもあそびにくるのを待って、すくいをもとめれば、もとめられるのですが、そこまで声がとどくかどうかも、うたがわしいほどです。

それに、そんな大きなさけび声をたてたのでは、広っぱの人にきこえるよりも先に、二十面相にきかれてしまいます。いけない、いけない、そんな危険なことができるものですか。

小林少年は、すっかり失望してしまいました。でも失望のなかにも、一つだけ大きな収穫がありました。といいますのは、いまのいままで、この建物がいったいどこにあるのか、すこしもけんとうがつかなかったのですが、まどをのぞいたおかげで、その位置がはっきりとわかったことです。

読者諸君は、ただまどをのぞいただけで、位置がわかるなんてへんだとおっしゃるかもしれません。でも、それがわかったのです。小林君はたいへん幸運だったのです。まどの外、広っぱのはるかむこうに、東京にたった一ヵ所しかない、きわだって特徴のある建物が見えたのです。東京の読者諸君は、戸山ヶ原にある、大人国《たいじんこく》のかまぼこをいくつもならべたような、コンクリートの大きな建物をごぞんじでしょう。じつにおあつらえむきの目じるしではありませんか。

少年探偵は、その建物と賊の家との関係を、よく頭に入れて、なわばしごをおりました。そして、いそいで例のかばんをひらくと、手帳とえんぴつと磁石とをとりだし、方角をたしかめながら、地図をかいてみました。すると、この建物が、戸山ヶ原の北がわ、西よりの一隅にあるということが、はっきりとわかったのでした。ここでまた、七つ道具のなかの磁石が役にたちました。

ついでに時計を見ますと、朝の六時を、すこしすぎたばかりです。上の部屋がひっそりしているようすでは、二十面相はまだ熟睡しているかもしれません。

「ああ、ざんねんだなあ。せっかく二十面相のかくれがをつきとめたのに、その場所がちゃんとわかっているのに、賊を捕縛することができないなんて」

小林君は小さいこぶしをにぎりしめて、くやしがりました。

「ぼくのからだが、童話のフェアリー（仙女）みたいに小さくなって、羽がはえて、あのまどからとびだせたらなあ。そうすれば、さっそく警視庁へ知らせて、おまわりさんをあんないして、二十面相をつかまえてしまうんだがなあ」

かれは、そんな夢のようなことを考えて、ため息をついていましたが、ところが、そのみょうな空想がきっかけになって、ふと、すばらしい名案がうかんできたのです。

「なあんだ、ぼくは、ばかだなあ。そんなことわけなくできるじゃないか。ぼくにはピッポちゃんという飛行機があるじゃないか」

それを考えると、うれしさに、顔が赤くなって、むねがどきどきおどりだすのです。

小林君は興奮にふるえる手で、手帳に、賊の巣窟の位置と、じぶんが地下室に監禁されていることをしるし、その紙をちぎって、こまかくたたみました。

それから、かばんのなかの伝書ばとのピッポちゃんを出して、その足にむすびつけてある通信筒のなかへ、いまの手帳の紙をつめこみ、しっかりとふたをしめました。

「さあ、ピッポちゃん、とうとうきみが手がらをたてるときがきたよ。しっかりするんだぜ。道草なんかくうんじゃないよ。いいかい。そら、あのまどからとびだして、早くおくさんのところへいくんだ」

ピッポちゃんは、小林少年の手の甲にとまって、かわいい目をきょろきょろさせて、じっときいていましたが、ご主人の命令がわかったものとみえて、やがていさましく羽ばたきして、地下室のなかを二、三度いったりきたりすると、つうっとまどの外へとびだしてしまいました。

「ああ、よかった。十分もすれば、ピッポちゃんは、明智先生のおばさんのところへとんでいくだろう。おばさんはぼくの手紙を読んで、さぞびっくりなさるだろうなあ。でも、すぐに警視庁へ電話をかけてくださるにちがいない。それから警官がここへかけつけるまで、三十分かな？　四十分かな？　なんにしても、いまから一時間のうちには、賊がつかまるんだ。そしてぼくは、このあなぐらから出ることができるんだ」

小林少年は、ピッポちゃんのきえていった空をながめながら、むちゅうになって、そんなことを考えていました。あまりむちゅうになっていたものですから、いつのまにか、天じょうのおとしあなのふたがあいたことを、すこしも気づきませんでした。

「小林君、そんなところで、なにをしているんだね」

ききおぼえのある二十面相の声が、まるでかみなりのように少年の耳をうちました。ぎょっとしてそこを見あげますと、天じょうにぽっかりあいた四角なあなから、ゆうべのままの、しらが頭の賊の顔が、さかさまになって、のぞいていたではありませんか。

あっ、それじゃ、ピッポちゃんのとんでいくのを、見られたんじゃないかしら。

小林君は、思わず顔色をかえて賊の顔を見つめました。

奇妙な取引

「少年探偵さん、どうだったね、ゆうべのねごこちは。ははは……、おや、まどになんだか黒いひもがぶらさがっているじゃないか。ははあ、用意のなわばしごというやつだね。感心、感心、きみは、じつに考えぶかい子どもだねえ。だが、そのまどの鉄棒は、きみの力じゃはずせまい。そんなところに立って、いつまでまどをにらんでいたってにげだせっこはないんだよ。気のどくだね」

賊は、にくにくしくあざけるのでした。

「やあ、おはよう。ぼくはにげだそうなんて思ってやしないよ。いごこちがいいんだもの。この部屋は気にいったよ。ぼくはゆっくり滞在するつもりだよ」

小林少年もまけてはいませんでした。いま、まどから伝書ばとをとばしたのを、賊に感づかれたのではないかと、むねをどきどきさせていたのですが、二十面相の口ぶりでは、そんなようすも見えませんので、すっかり安心してしまいました。

ピッポちゃんさえ、ぶじに探偵事務所へついてくれたら、もうしめたものです。二十面相が、どんなに毒口をたたいたって、なんともありません。最後の勝利はこっちのものだとわかっているからです。

「いごこちがいいんだって？　ははは……、ますます感心だねえ。さすがは明智の片うでといわれるほどあって、いい度胸だ。だが、小林君、すこし心配なことがありゃしないかい。え、きみは、もうおなかがすいている時分だろう。うえ死にしてもいいというのかい」

　なにをいっているんだ。いまにピッポちゃんの報告で、警察からたくさんのおまわりさんが、かけつけてくるのも知らないで。小林君はなにもいわないで、心のなかであざわらっていました。

「ははは……、すこししょげたようだね。いいことを教えてやろうか。きみは代価をはらうんだよ。そうすれば、おいしい朝ご飯をたべさせてあげるよ。いやいや、お金じゃない。食事の代価というのはね、きみの持っているピストルだよ。そのピストルを、おとなしくこっちへひきわたせば、コックにいいつけて、さっそく朝ご飯をはこばせるんだがねえ」

　賊は大きなことはいうものの、やっぱりピストルをきみ悪がっているのでした。それを食事の代価としてとりあげるとは、うまいことを思いついたものです。

　小林少年は、やがてすくいだされることを信じていましたから、それまで食事をがまんするのは、なんでもないのですが、あまりへいきな顔をしていて、あいてにうたがいをおこさせてはまずいと考えました。それに、どうせピストルなどに、もう用事はないのです。

「ざんねんだけれど、きみの申し出に応じよう。ほんとうは、おなかがぺこぺこなんだ」

わざと、くやしそうに答えました。

賊は、それをおしばいとは心づかず、計略が図にあたったとばかり、とくいになって、

「うふふふ……、さすがの少年探偵も、ひもじさにはかなわないとみえるね。よしよし、いますぐに食事をおろしてやるからね」

といいながら、おとしあなをしめてすがたを消しましたが、やがて、なにかコックに命じているらしい声が、天じょうから、かすかにきこえてきました。

あんがい食事の用意がてまどって、ふたたび二十面相が、おとしあなをひらいて顔を出したのは、それから二十分もたったころでした。

「さあ、あたたかいご飯を持ってきてあげたよ。が、まず代価のほうを、さきにちょうだいすることにしよう。さあ、このかごにピストルを入れるんだ」

つなのついた小さなかごが、するするとおりてきました。小林少年が、いわれるままに、ピストルをそのなかへ入れますと、かごは手ばやく天じょうへたぐりあげられ、それから、もう一度おりてきたときには、そのなかに湯気のたっているおにぎりが三つと、ハムと、なまたまごと、お茶のびんとが、ならべてありました。とりこの身分にしては、

なかなかのごちそうです。

「さあ、ゆっくりたべてくれたまえ。きみのほうで代価さえはらってくれたら、いくらでもごちそうしてあげるよ。お昼のご飯には、こんどはダイヤモンドだぜ。せっかく手にいれたのを、気のどくだけれど、一つぶずつちょうだいすることにするよ。いくらざんねんだといって、ひもじさにはかえられないからね。つまり、そのダイヤモンドを、すっかり、かえしてもらうというわけなんだよ。一つぶずつ、一つぶずつ、ははは……、ホテルの主人も、なかなかたのしみなものだねえ」

二十面相は、この奇妙な取引が、ゆかいでたまらないようすでした。しかし、そんな気のながいことをいっていて、ほんとうにダイヤモンドがとりかえせるのでしょうか。そのまえに、かれ自身がとりこになってしまうようなことはないでしょうか。

小林少年の勝利

二十面相は、おとし戸のところにしゃがんだまま、いま、とりあげたばかりのピストルを、てのひらの上でぴょいぴょいとはずませながら、とくいの絶頂でした。そして、なおも小林少年をからかってたのしもうと、なにかいいかけたときでした。

バタバタと二階からかけおりる音がして、コックの恐怖にひきつった顔があらわれました。

「たいへんです……。自動車が三台、おまわりがうじゃうじゃのっているんです……。二階のまどから見ていると、門の外でとまりました……。早くにげなくっちゃ」

ああ、はたしてピッポちゃんは使命をはたしたのでした。そして、小林君の考えていたよりも早く、もう警官隊が到着したのでした。地下室で、このさわぎをききつけた少年探偵は、うれしさにとびたつばかりです。

このふいうちには、さすがの二十面相も、ぎょうてんしないではいられません。

「なに？」

と、うめいて、すっくと立ちあがると、おとし戸をしめることもわすれて、いきなりおもての入り口へかけだしました。

でも、もうそのときはおそかったのです。入り口の戸を、外からはげしくたたく音がきこえてきました。戸のそばにもうけてあるのぞきあなに目をあててみますと、外は制服警官の人がきでした。

「ちくしょう」

二十面相は、いかりに身をふるわせながら、こんどは裏口にむかって走りました。しかし、ちゅうとまでもいかぬうちに、その裏口のドアにも、はげしくたたく音がきこえてきたではありませんか。賊の巣窟は、いまや警官隊によって、まったく包囲されてしまったのです。

「かしら、もうだめです。にげ道はありません」

コックが絶望のさけびをあげました。

「しかたがない、二階だ」

二十面相は、二階の屋根裏部屋へかくれようというのです。

「とてもだめです。すぐ見つかってしまいます」

コックはなきだしそうな声でわめきました。賊はそれにかまわず、いきなり男の手をとって、ひきずるようにして、屋根裏部屋への階段をかけあがりました。

二人のすがたが階段に消えるとほどなく、表口のドアがはげしい音をたててたおれたかとおもうと、数名の警官が屋内になだれこんできました。それとほとんど同時に、裏口の戸もあいて、そこからも数名の制服警官。

指揮官は、警視庁の鬼とうたわれた中村捜査係長その人です。係長は、おもてとうらの要所要所に見はりの警官を立たせておいて、のこる全員をさしずして、部屋という部屋をかたっぱしから捜索させました。

「あっ、ここだ。ここが地下室だ」

一人の警官が例のおとし戸の上でどなりました。たちまちかけよる人々、そこにしゃがんで、うすぐらい地下室をのぞいていた一人が、小林少年のすがたをみとめて、

「いる、いる。きみが小林君か」

とよびかけますと、待ちかまえていた少年は、

「そうです。早くはしごをおろしてください」

とさけぶのでした。

一方、階下の部屋部屋は、くまなく捜索されましたが、賊のすがたはどこにも見えません。

「小林君、二十面相はどこへいったか、きみは知らないか」

やっと地下室からはいあがった、異様な衣すがたの少年をとらえて、中村係長はあわただしくたずねました。

「ついいましがたまで、このおとし戸のところにいたんです。外へにげたはずはありません。二階じゃありませんか」

小林少年のことばがおわるかおわらぬかに、その二階からただならぬさけび声がひびいてきました。

「早くきてくれ、賊だ、賊をつかまえたぞ!」

それっというので、人々はなだれをうって、ろうかのおくの階段へ殺到しました。ドカドカというはげしいくつ音、階段をあがると、そこは屋根裏部屋で、小さなまどがたった一つ、まるで夕方のようにうすぐらいのです。

「ここだ、ここだ。早く加勢してくれ」

そのうすぐらいなかで、一人の警官が、白髪白髯《はくはつはくぜん》の老人をくみしいて、どなっています。老人はなかなか手ごわいらしく、ともすればはねかえしそうで、くみしいているのがやっとのようすです。

先にたった二、三人が、たちまち老人にくみついていきました。それを追って、四人、五人、六人、ことごとくの警官がおりかさなって、賊の上におそいかかりました。

もうこうなっては、いかな凶賊も抵抗のしようがありません。

みるみるうちに高手小手《たかてこて》にいましめられてしまいました。

白髪の老人が、ぐったりとして、部屋のすみにうずくまったとき、中村係長が小林少年をつれてあがってきました。首実検《くびじっけん》のためです。

「二十面相は、こいつにちがいないだろうね」

係長がたずねますと、少年はそくざにうなずいて、

「そうです。こいつです。二十面相がこんな老人に変装しているのです」

と答えました。

「きみたち、そいつを自動車へのせてくれたまえ。ぬかりのないように」

係長が命じますと、警官たちは四方から老人をひったてて、階段をおりていきました。

「小林君、大てがらだったねえ。外国から明智さんが帰ったら、さぞびっくりすること

だろう。あいてが二十面相という大物だからねえ。あすになったら、きみの名は日本じゅうにひびきわたるんだぜ」

中村係長は少年名探偵の手をとって、感謝にたえぬもののように、にぎりしめるのでした。

かくして、たたかいは、小林少年の勝利におわりました。仏像は、最初からわたさなくてすんだのですし、ダイヤモンドは六個とも、ちゃんとかばんのなかにおさまっています。勝利も勝利、まったく申しぶんのない勝利でした。賊は、あれほどの苦心にもかかわらず、一物をも得ることができなかったばかりか、せっかく監禁した小林少年はすくいだされ、かれ自身は、とうとう、とらわれの身となってしまったのですから。

「ぼく、なんだかうそみたいな気がします。二十面相に勝ったなんて」

小林君は、こうふんに青ざめた顔で、なにか信じがたいことのようにいうのでした。

しかし、ここに一つ、賊が逮捕されたうれしさのあまり、少年探偵がすっかりわすれていたことがらがあります。

それは二十面相のやとっていたコックのゆくえです。かれは、いったいどこへ雲がくれしてしまったのでしょう。あれほどの家《や》さがしに、まったくすがたを見せなかったというのは、じつに、ふしぎではありませんか。

にげるひまがあったとは思われません。もしコックににげるよゆうがあれば、二十面相もにげているはずです。では、かれはまだ屋内のどこかに身をひそめているのでしょうか。それはまったく不可能なことです。おおぜいの警官隊のげんじゅうな捜索に、そんな手ぬかりがあったとは考えられないからです。

読者諸君、ひとつ本をおいて、考えてみてください。このコックの異様なゆくえ不明には、そもそもどんな意味がかくされているのかを。

おそろしき挑戦状

戸山ヶ原の廃屋のとりものがあってから二時間ほどのち、警視庁の陰気な調べ室で、怪盗二十面相の取りしらべがおこなわれました。なんのかざりもない、うすぐらい部屋につくえが一脚、そこに中村捜査係長と老人に変装したままの怪盗と、二人きりのさしむかいです。

賊はうしろ手にいましめられたまま、傍若無人に立ちはだかっています。さいぜんから、おしのようにだまりこくって、一言も、ものをいわないのです。

「ひとつ、きみの素顔を見せてもらおうか」

係長は、賊のそばへよると、いきなり白髪のかつらに手をかけて、すっぽりと引きぬきました。すると、その下から黒々とした頭があらわれました。つぎには、顔いっぱいの、しらがのつけひげを、むしりとりました。そして、いよいよ賊の素顔がむきだしになったのです。

「おやおや、きみは、あんがいぶおとこだねえ」

係長がそういって、みょうな顔をしたのももっともでした。賊は、せまいひたい、くしゃくしゃとふぞろいなみじかいまゆ、その下にぎょろっと光っているどんぐりまなこ、ひしゃげた鼻、しまりのないあつぼったいくちびる、まったくりこうそうなところの感じられない、野蛮人のような、異様な相好《そうごう》でした。

さきにもいうとおり、この賊はいくつとなくちがった顔をもっていて、時に応じて老人にも、青年にも、女にさえもばけるという怪物ですから、世間一般にはもちろん、警察の係官たちにも、そのほんとうのようぼうはすこしもわかっていなかったのです。

それにしても、これはまあ、なんてみにくい顔をしているのだろう。もしかしたら、この野蛮人みたいな顔が、やっぱり変装なのかもしれない。

中村係長は、なんともたとえられないぶきみなものを感じました。係長は、じっと賊の顔をにらみつけて、思わず、声を大きくしないではいられませんでした。

「おい、これがおまえのほんとうの顔なのか」

じつにへんてこな質問です。しかし、そういうばかばかしい質問をしないではいられぬ気持ちでした。

するとうと怪盗は、どこまでもおしだまったまま、しまりのないくちびるを、いっそうしまりなくして、にやにやとわらいだしたのです。

それを見ると、中村係長は、なぜかぞっとしました。目の前に、なにか想像もおよばない奇怪なことがおこりはじめているような気がしたのです。

係長はその恐怖をかくすように、いっそうあいてに近づくと、いきなり両手をあげて、賊の顔をいじりはじめました。まゆ毛を引っぱってみたり、鼻をおさえてみたり、ほおをつねってみたり、飴細工《あめざいく》でもおもちゃにしているようです。

ところが、そうしていくらしらべてみても、賊は変装しているようすはありません。かつてあの美青年の羽柴壮一君になりすました賊が、そのじつ、こんなばけものみたいなみにくい顔をしていたとは、じつに意外というほかはありません。

「えへへへへ……、くすぐってえや、よしてくんな、くすぐってえや」

賊がやっと声をたてました。しかし、なんというだらしのないことばでしょう。かれは口のききかたまでいつわって、あくまで警察をばかにしようというのでしょうか。それとも、もしかしたら……。

係長はぎょっとして、もう一度賊をにらみつけました。頭のなかに、ある、とほうもない考えがひらめいたのです。ああ、そんなことがありうるでしょうか。あまりにばかばかしい空想です。まったく不可能なことです。でも、係長は、それをたしかめてみないではいられませんでした。

「きみはだれだ。きみは、いったいぜんたいなにものなんだ」

またしても、へんてこな質問です。

すると、賊はその声に応じて、まちかまえていたように答えました。

「あたしは、木下虎吉《きのしたとらきち》っていうもんです。職業はコックです」

「だまれ！　そんなばかみたいな口をきいて、ごまかそうとしたって、だめだぞ。ほんとうのことをいえ。二十面相といえば世間にきこえた大盗賊じゃないか。ひきょうなまねをするなっ」

どなりつけられて、ひるむかと思いのほか、いったいどうしたというのでしょう。賊は、いきなりげらげらとわらいだしたではありませんか。

「へええ、二十面相ですって、このあたしがですかい。ははは……、とんだことになるものですね。二十面相がこんなきたねえ男だと思っているんですかい。警部さんも目がないねえ。いいかげんにわかりそうなもんじゃありませんか」

中村係長は、それをきくと、はっと顔色をかえないではいられませんでした。

「だまれっ、でたらめもいいかげんにしろ。そんなばかなことがあるものか。きさまが二十面相だということは、小林少年がちゃんと証明しているじゃないか」

「わははは……、それがまちがっているんだから、おわらいぐさでさあ。あたしはね、べつになんにも悪いことをしたおぼえはねえ、ただのコックですよ。二十面相だかなんだか知らないが、十日ばかりまえ、あの家へやとわれたコックの虎吉ってもんですよ。なんならコックの親方のほうをしらべてくださりゃ、すぐわかることです」

「その、なんでもないコックが、どうしてこんな老人の変装をしているんだ」

「それがね、いきなりおさえつけられて、着物を着かえさせられ、かつらをかぶせられてしまったんでさあ。あたしも、じつは、よくわけがわからないんだが、おまわりさんが、ふみこんできなすったときに、主人が、あたしの手をとって、屋根裏部屋へかけあがったのですよ。

あの部屋にはかくし戸だながあってね、そこにいろんな変装の衣装が入れてあるんです。主人はそのなかから、おまわりさんの洋服や、ぼうしなどをとりだして、手早く身につけると、いままで着ていたおじいさんの着物を、あたしに着せて、いきなり、『賊をつかまえた』とどなりながら、身動きもできないようにおさえつけてしまったんです。いまから考えてみると、つまり警部さんの部下のおまわりさんが、二十面相を見つけだして、いきなりとびかかったという、おしばいをやってみせたわけですね。屋根裏部屋はうすぐらいですからね。あのさわぎのさいちゅう、顔なんかわかりっこありませんや。あたしは、どうすることもできなかったんですよ。なにしろ、主人ときたら、えらい力ですからねえ」

　中村係長は、青ざめてこわばった顔で、無言のまま、はげしく卓上のベルをおしました。そして、給仕の少年が顔を出すと、けさ戸山ヶ原の廃屋を包囲した警官のうち、表口、裏口の見はり番をつとめた四人の警官に、すぐくるようにとつたえさせたのです。

　やがて、はいってきた四人の警官を、係長は、こわい顔でにらみつけました。

「こいつを逮捕していたとき、あの家から出ていったものはなかったかね。そいつは警官の服装をしていたかもしれないのだ。だれか見かけなかったかね」

　その問いに応じて、一人の警官が答えました。

「警官ならば一人出ていきましたよ。賊がつかまったから早く二階へいけと、どなっておいて、ぼくらがあわてて階段のほうへかけだすのと反対に、その男は外へ走っていきました」

「なぜ、それをいままでだまっているんだ。だいいち、きみはその男の顔を見なかったのかね。いくら警官の制服をきていたからって、顔を見れば、にせものかどうかすぐわかるはずじゃないか」

　係長のひたいには、静脈がおそろしくふくれあがっています。

「それが、顔を見るひまがなかったんです。風のように走ってきて、風のようにとびだしていったものですから。しかし、ぼくはちょっと不審に思ったので、きみはどこへいくんだ、と、声をかけました。するとその男は、電話だよ、係長のいいつけで電話をかけにいくんだよ、とさけびながら、走っていってしまいました。電話ならば、これまで例がないことでもないので、ぼくはそれ以上うたがいませんでした。それに、賊がつかまってしまったのですから、かけだしていった警官のことなんかわすれてしまって、ついご報告しなかったのです」

きいてみれば、むりのない話でした。むりがないだけに、賊の計画が、じつに機敏に、しかも用意周到におこなわれたことを、おどろかないではいられませんでした。

もう、うたがうところはありません。ここに立っている野蛮人みたいな、みにくい顔の男は、怪盗でもなんでもなかったのです。つまらない一人のコックにすぎなかったのです。そのつまらないコックをつかまえるために十数名の警官が、あの大さわぎを演じたのかと思うと、係長も四人の警官も、あまりのことに、ただ、ぼうぜんと顔を見あわせるほかはありませんでした。

「それから、警部さん、主人があなたにおわたししてくれといって、こんなものを書いていったんですが」

コックの虎吉が、十徳の胸をひらいて、もみくちゃになった一まいの紙きれを取りだし、係長の前にさしだしました。

中村係長は、ひったくるようにそれをうけとると、しわをのばして、すばやく読みくだしましたが、読みながら、係長の顔色は、憤怒《ふんぬ》のあまり、紫色にかわったかと見えました。そこには、つぎのようなばかにしきった文言が書きつけてあったのです。

小林君によろしくつたえてくれたまえ。あれはじつにえらい子どもだ。ぼくはかわいくてしかたがないほどに思っている。だが、いくらかわいい小林君のためだって、ぼくの一身を犠牲にすることはできない。勝利に酔っているあの子どもには気のどくだが、少々実世間の教訓をあたえてやったわけだ。子どものやせうででこの二十面相に敵対することは、もうあきらめたがよいとつたえてくれたまえ。これにこりないと、とんだことになるぞと、つたえてくれたまえ。ついでながら、警官諸公に、すこしばかりぼくの計画をもらしておく。羽柴氏はすこし気のどくになった。もうこれ以上なやますことはしない。じつをいうと、ぼくはあんな貧弱な美術室に、いつまでも執着しているわけにはいかないのだ。ぼくはいそがしい。じつはいま、もっと大きなものに手をそめかけているのだ。それがどのような大事業であるかは、近日、諸君の耳にも達することだろう。では、そのうちまたゆっくりお目にかかろう。

二十面相より

中村善四郎《ぜんしろう》君

読者諸君、かくして二十面相と小林少年のたたかいは、ざんねんながら、けっきょく、怪盗の勝利におわりました。

しかも二十面相は、羽柴家の宝庫を貧弱とあざけり、大事業に手をそめているといばっています。かれの大事業とはいったい、なにを意味するのでしょうか。こんどこそ、もう小林少年などの手におえないかもしれません。

待たれるのは、明智小五郎の帰国です。それもあまり遠いことではありますまい。

ああ、名探偵明智小五郎と怪人二十面相の対立、知恵と知恵との一騎うち、その日が待ちどおしいではありませんか。

美術城

伊豆《いず》半島の修善寺《しゅぜんじ》温泉から四キロほど南、下田《しもだ》街道にそった山のなかに、谷口《たにぐち》村というさびしい村があります。その村はずれの森のなかに、みょうなお城のようないかめしいやしきがたっているのです。

まわりには高い土べいをきずき、土べいの上には、ずっと先のするどくとがった鉄棒を、まるで針の山みたいに植えつけ、土べいの内がわには、四メートル幅ほどのみぞが、ぐるっととりまいていて、青々とした水がながれています。ふかさも背がたたぬほどふかいのです。これはみな人をよせつけぬための用心です。たとい針の山の土べいをのりこえても、そのなかに、とてもとびこすことのできないお堀が、掘りめぐらしてあるというわけです。

そして、そのまんなかには、天守閣こそありませんが、全体にあつい白かべづくりの、まどの小さい、まるで土蔵をいくつもよせあつめたような、大きな建物がたっています。

その付近の人たちは、この建物を「日下部《くさかべ》のお城」とよんでいますが、むろんほんとうのお城ではありません。こんな小さな村にお城などあるはずはないのです。

では、このばかばかしく用心堅固な建物は、いったいなにものの住まいでしょう。警察のなかった戦国時代ならば知らぬこと、いまの世に、どんなお金持ちだって、これほど用心ぶかい邸宅に住んでいるものはありますまい。

「あすこには、いったいどういう人が住んでいるのですか」

旅のものなどがたずねますと、村人はきまったように、こんなふうに答えます。

「あれですかい。ありゃ、日下部の気ちがいだんなのお城だよ。宝物をぬすまれるのがこわいといってね、村ともつきあいをしねえかわり者ですよ」

日下部家は先祖代々、この地方の大地主だったのですが、いまの左門《さもん》氏の代になって、広大な地所もすっかり人手にわたってしまって、のこるのはお城のような邸宅と、そのなかに所蔵されているおびただしい古名画ばかりになってしまいました。

左門老人は気ちがいのような美術収集家だったのです。美術といってもおもに古代の名画で、雪舟《せっしゅう》とか探幽《たんゆう》とか、小学校の本にさえ名の出ている、古来の大名人の作は、ほとんどもれなくあつまっているといってもいいほどでした。何百幅《ぷく》という絵の大部分が、国宝にもなるべき傑作ばかり、価格にしたら数百万円にもなろうといううわさでした。

これで、日下部家のやしきが、お城のように用心堅固にできているわけがおわかりでしょう。左門老人は、それらの名画を命よりもだいじがっていたのです。もしや泥棒にぬすまれはしないかと、それればかりが、ねてもさめてもわすれられない心配でした。

堀を掘っても、へいの上に針を植えつけても、まだ安心ができません。しまいには、訪問者の顔を見れば、絵をぬすみにきたのではないかとうたがいだして、正直な村の人たちとも、交際をしないようになってしまいました。

そして、左門老人は、年じゅうお城のなかにとじこもって、あつめた名画をながめながら、ほとんど外出もしないのです。美術に熱中するあまり、およめさんももらわず、したがって子どももなく、ただ名画の番人に生まれてきたような生活が、ずっとつづいて、いつしか六十の坂をこしてしまったのでした。

つまり、老人は美術のお城の、奇妙な城主というわけでした。

きょうも老人は、白かべの土蔵のような建物の、おくまった一室で、古今の名画にとりかこまれて、じっと夢みるようにすわっていました。

戸外にはあたたかい日光がうらうらとかがやいているのですが、用心のために鉄ごうしをはめた小さいまどばかりの室内は、まるで牢獄のようにつめたくて、うすぐらいのです。

「だんなさま、あけておくんなせえ。お手紙がまいりました」

部屋の外に年とった下男の声がしました。広いやしきにめし使いといっては、このじいやとその女房の二人きりなのです。

「手紙？　めずらしいな。ここへ持ってきなさい」

老人がへんじをしますと、重い板戸がガラガラとあいて、主人と同じようにしわくちゃのじいやが、一通の手紙を手にしてはいってきました。

左門老人は、それをうけとってうらを見ましたが、みょうなことに差出人の名まえがありません。

「だれからだろう。見なれぬ手紙だが……」

あて名はたしかに日下部左門さまとなっているので、ともかく封を切って、読みくだしてみました。

「おや、だんなさま、どうしただね。なにか心配なことが書いてありますだかね」

じいやが思わず、とんきょうなさけび声をたてました。それほど、左門老人のようすがかわったのです。ひげのないしわくちゃの顔が、しなびたように色をうしなって、歯のぬけたくちびるがぶるぶるぶるふるえ、老眼鏡のなかで、小さな目が不安らしく光っているのです。

「いや、な、なんでもない。おまえにはわからんことだ。あっちへいっていなさい」

ふるえ声でしかりつけるようにいって、じいやを追いかえしましたが、なんでもないどころか、老人は気をうしなってたおれなかったのが、ふしぎなくらいです。

その手紙には、じつに、つぎのようなおそろしいことばが、したためてあったのですから。

紹介者もなく、とつぜんの申し入れをおゆるしください。しかし、紹介者などなくても、小生がなにものであるかは、新聞紙上でよくご承知のことと思います。

用件をかんたんに申しますと、小生は貴家ご秘蔵の古画を、一幅ものこさずちょうだいする決心をしたのです。きたる十一月十五日夜、かならず参上いたします。

とつぜん推参して、ご老体をおどろかしてはお気のどくとぞんじ、あらかじめご通知します。

二十面相

日下部左門どの

ああ、怪盗二十面相は、とうとう、この伊豆の山中の美術収集狂に、目をつけたのでした。かれが警官に変装して、戸山ヶ原のかくれがを逃亡してから、ほとんど一ヵ月になります。そのあいだ、怪盗がどこでなにをしていたか、だれも知るものはありません。おそらくあたらしいかくれがをつくり、手下の者たちをあつめて、第二、第三のおそろしい陰謀をたくらんでいたのでしょう。そして、まず白羽の矢をたてられたのが、意外な山おくの、日下部家の美術城でした。

「十一月十五日の夜といえば、今夜だ。ああ、わしはどうすればよいのじゃ。二十面相にねらわれたからには、もう、わしの宝物はなくなったも同然だ。あいつは、警視庁の力でも、どうすることもできなかったおそろしい盗賊じゃないか。こんなかたいなかの警察の手におえるものではない。

ああ、わしはもう破滅だ。この宝物をとられてしまうくらいなら、いっそ死んだほうがましじゃ」

左門老人は、いきなり立ちあがって、じっとしていられぬように、部屋のなかをぐるぐる歩きはじめました。

「ああ、運のつきじゃ。もうのがれるすべはない」

いつのまにか、老人の青ざめたしわくちゃな顔が、なみだにぬれていました。

「おや、あれはなんだったかな……ああ、わしは思いだしたぞ。わしは思いだしたぞ。

どうして、いままで、そこへ気がつかなかったのだろう。

神さまは、まだこのわしをお見すてなさらないのじゃ。あの人さえいてくれたら、わしはたすかるかもしれないぞ」

なにを思いついたのか、老人の顔には、にわかに生気がみなぎってきました。

「おい、作蔵《さくぞう》、作蔵はいないか」

老人は部屋の外へ出て、パンパンと手をたたきながら、しきりと、じいやをよびたてました。

ただならぬ主人の声に、じいやがかけつけてきますと、

「早く、『伊豆日報』を持ってきてくれ。たしかおとといの新聞だったと思うが、なんでもいいから三、四日ぶんまとめて持ってきてくれ。早くだ、早くだぞ」

と、おそろしいけんまくで命じました。作蔵が、あわてふためいて、その「伊豆日報」という地方新聞のたばを持ってきますと、老人は取る手ももどかしく、一まい一まいと社会面を見ていきましたが、やっぱりおとといの十三日の消息欄に、つぎのような記事が出ていました。

明智小五郎氏来修《らいしゅう》

民間探偵の第一人者明智小五郎氏は、ながらく、外国に出張中であったが、この

ほど使命をはたして帰京、旅のつかれを休めるために、本日修善寺温泉富士屋旅館に投宿、四、五日滞在の予定である。

「これだ。これだ。二十面相に敵対できる人物は、この明智探偵のほかにはない。羽柴家の盗難事件では、助手の小林とかいう子どもでさえ、あれほどのはたらきをしたんだ。その先生明智探偵ならば、きっとわしの破滅をすくってくれるにちがいはないて。どんなことがあっても、この名探偵をひっぱってこなくてはならん」

老人は、そんなひとりごとをつぶやきながら、作蔵じいやの女房をよんで着物をきかえますと、宝物部屋のがんじょうな板戸をぴったりしめ、外からかぎをかけ、二人のめし使いに、その前で見はり番をしているように、かたくいいつけて、そそくさとやしきを出かけました。

いうまでもなく、いく先は、近くの修善寺温泉富士屋旅館です。そこへいって、明智探偵に面会し、宝物の保護をたのもうというわけです。

ああ、待ちに待った名探偵明智小五郎が、とうとうかえってきたのです。しかも、時も時、所も所、まるで申しあわせでもしたように、ちょうど二十面相がおそおうという、日下部氏の美術城のすぐ近くに、入湯にきていようとは、左門老人にとっては、じつに、ねがってもないしあわせといわねばなりません。

名探偵明智小五郎

ねずみ色のとんびに身をつつんだ、小がらの左門老人が、長い坂道をちょこちょこと走らんばかりにして、富士屋旅館についたのは、もう午後一時ごろでした。

「明智小五郎先生は？」

とたずねますと、うらの谷川へ魚つりに出かけられましたとの答え。そこで、女中をあんないにたのんで、またてくてくと、谷川をおりていかなければなりませんでした。

くまざさなどのしげった、あぶない道をとおって、ふかい谷間におりると、美しい水がせせらぎの音をたててながれていました。

ながれのところどころに、飛び石のように、大きな岩が頭を出しています。そのいちばん大きなたいらな岩の上に、どてらすがたの一人の男が、背をまるくして、たれたつりざおの先をじっと見つめています。

「あのかたが、明智先生でございます」

女中が先にたって、岩の上をぴょいぴょいととびながら、その男のそばへ近づいていきました。

「先生、あの、このおかたが、先生にお目にかかりたいといって、わざわざ遠方からおいでなさいましたのですが」

その声に、どてらすがたの男は、うるさそうにこちらをふりむいて、

「大きな声をしちゃいけない。さかながにげてしまうじゃないか」

としかりつけました。

もじゃもじゃにみだれた頭髪、するどい目、どちらかといえば青白いひきしまった顔、高い鼻、ひげはなくて、きっと力のこもったくちびる、写真で見おぼえのある明智名探偵にちがいありません。

「あたしはこういうものですが」

左門老人は名刺をさしだしながら、

「先生においっておねがいがあっておたずねしたのですが」

と、小腰をかがめました。

すると明智探偵は、名刺をうけとることはうけとりましたが、よく見もしないで、さもめんどうくさそうに、

「ああ、そうですか。で、どんなご用ですか」

といいながら、またつりざおの先へ気をとられています。

老人は女中に先へかえるようにいいつけて、そのうしろすがたを見おくってから、

「先生、じつはきょう、こんな手紙をうけとったのです」

と、ふところから例の、二十面相の予告状をとりだして、つりざおばかり見ている探偵の顔の前へ、つきだしました。

「ああ、またにげられてしまった……。こまりますねえ、そんなにつりのじゃまをなすっちゃ。手紙ですって？　いったいその手紙が、ぼくにどんな関係があるとおっしゃるのです」

明智はあくまでぶあいそうです。

「先生は二十面相とよばれている賊をごぞんじないのですかな」

左門老人は、少々むかっぱらをたてて、するどくいいはなちました。

「ほう、二十面相ですか。二十面相が手紙をよこしたとおっしゃるのですか」

名探偵はいっこうおどろくようすもなく、あいかわらずつりざおの先を見つめているのです。

そこで、老人はしかたなく、怪盗の予告状を、じぶんで読みあげ、日下部家の「お城」にどのような宝物が秘蔵されているかを、くわしくものがたりました。

「ああ、あなたが、あの奇妙なお城のご主人でしたか」

明智はやっと興味をひかれたらしく、老人のほうへむきなおりました。

「はい、そうです。あの古名画類は、わしの命にもかえがたい宝物です。明智先生、どうかこの老人をたすけてください。おねがいです」

「で、ぼくにどうしろとおっしゃるのですか」

「すぐに、わたしの宅までおこしねがいたいのです。そして、わしの宝物をまもっていただきたいのです」

「警察へおとどけになりましたか。ぼくなんかにお話しになるよりも、まず、警察の保護をねがうのが順序だと思いますが」

「いや、それがですて、こう申しちゃなんだが、わしは警察よりも先生をたよりにしておるのです。二十面相をむこうにまわして、ひけをとらぬ探偵さんは、先生のほかにないということを、わしは信じておるのです。それに、ここには小さい警察分署しかありませんから、うできの刑事をよぶにしたって、時間がかかるのです。なにしろ二十面相は、今夜わしのところをおそうというのですからね。ゆっくりはしておられません。ちょうどその日に、先生がこの温泉にきておられるなんて、まったく神さまのおひきあわせと申すものです。先生、老人が一生のおねがいです。どうかわしをたすけてください」

　左門老人は、手をあわさんばかりにして、かきくどくのです。

「それほどにおっしゃるなら、ともかくおひきうけしましょう。二十面相はぼくにとっても敵です。早くあらわれてくれるのを、待ちかねていたほどです。では、ごいっしょにまいりましょうか、そのまえに、いちおうは警察ともうちあわせをしておかなければなりません。宿へかえってぼくから電話をかけましょう。そして、まんいちの用意に、二、三人刑事の応援をたのむことにしましょう。あなたは一足先へおかえりください。ぼくは刑事といっしょに、すぐにかけつけます」

明智の口調は、にわかに熱をおびてきました。もうつりざおなんか見むきもしないのです。

「ありがとう、ありがとう。これでわしも百万のみかたをえた思いです」

老人はむねをなでおろしながら、くりかえしくりかえし、お礼をいうのでした。

不安の一夜

日下部左門老人が、修善寺でやとった自動車をとばして、谷口村の「お城」へかえってから、三十分ほどして、明智小五郎の一行が到着しました。

一行は、ぴったりと身にあう黒の洋服にきかえた明智探偵のほかに、せびろ服のくっきょうな紳士が三人、みな警察分署づめの刑事で、それぞれ肩書きつきの名刺を出して、左門老人とあいさつをかわしました。

老人はすぐさま、四人をおくまった名画の部屋へあんないして、かべにかけならべたかけ軸や、箱におさめてたなにつみかさねてある、おびただしい国宝的傑作をしめし、いちいちその由緒を説明するのでした。

「こりゃあどうも、じつにおどろくべきご収集ですねえ。ぼくも古画は大すきで、ひまがあると、博物館や寺院の宝物などを見てまわるのですが、歴史的な傑作が、こんなに一室にあつまっているのを、見たことがありませんよ。美術ずきの二十面相が目をつけたのは、むりもありませんね。ぼくでもよだれがたれるようですよ」

明智探偵は、感嘆にたえぬもののように、一つ一つの名画について、賛辞をならべるのでしたが、その批評のことばが、その道の専門家もおよばぬほどくわしいのには、さすがの左門老人もびっくりしてしまいました。そして、名探偵への尊敬の念が、ひとしおふかくなるのでした。

さて、すこし早めに、一同夕食をすませると、いよいよ名画守護の部署につくことになりました。

明智は、てきぱきした口調で、三人の刑事にさしずをして、一人は名画室のなかへ、一人は表門、一人は裏口に、それぞれ徹夜をして、見はり番をつとめ、あやしいもののすがたをみとめたら、ただちによび子をふきならすというあいずまできめたのです。

刑事たちが、めいめいの部署につくと、明智探偵は名画室のがんじょうな板戸を、外からぴっしゃりしめて、老人にかぎをかけさせてしまいました。

「ぼくは、この戸の前に、一晩じゅうがんばっていることにしましょう」

名探偵はそういって、板戸の前のたたみろうかに、どっかりすわりました。

「先生、だいじょうぶでしょうな。先生にこんなことを申しては、失礼かもしれませんが、あいてはなにしろ、魔法使いみたいなやつだそうですからね。わしは、なんだかまだ、不安心なような気がするのですが」

老人は明智の顔色を見ながら、いいにくそうにたずねるのです。

「ははは……、ご心配なさることはありません。ぼくはさっき、じゅうぶんしらべたのですが、部屋のまどにはげんじゅうな鉄ごうしがはめてあるし、かべはあつさが三十センチもあって、ちっとやそっとでやぶれるものではないし、部屋のまんなかには刑事君が、目を見はっているんだし、そのうえ、たった一つの出入口には、ぼく自身ががんばっているんですからね。これ以上、用心のしようはないくらいですよ。

あなたは安心して、おやすみなすったほうがいいでしょう。ここにおいでになっても、同じことですからね」

明智がすすめても、老人はなかなか承知しません。

「いや、わしもここで徹夜することにしましょう。ねどこへはいったって、ねむれるものではありませんからね」

そういって、探偵のかたわらへすわりこんでしまいました。

「なるほど、では、そうなさるほうがいいでしょう。ぼくも話しあいてができて好都合です。絵画論でもたたかわしましょうかね」

さすがに百戦練磨の名探偵、にくらしいほどおちつきはらっています。

それから、二人はらくなしせいになって、ぽつぽつ古名画の話をはじめたものですが、しゃべるのは明智ばかりで、老人はそわそわと落ちつきがなく、ろくろくうけ答えもできないありさまです。

左門老人には、一年もたったかと思われるほど、長い長い時間のあとで、やっと、十二時がうちました。真夜中です。

明智はときどき、板戸ごしに、室内の刑事に声をかけていましたが、そのつど、なかからはっきりした口調で、異状はないというへんじがきこえてきました。

「あーあ、ぼくはすこしねむくなってきた」

明智はあくびをして、

「二十面相のやつ、今夜はやってこないかもしれませんよ。こんなげんじゅうな警戒のなかへとびこんでくるばかもないでしょうからね……。ご老人、いかがです。ねむけざましに一本。外国ではこんなぜいたくなやつを、すぱすぱやっているんですよ」

と、シガレット＝ケースをパチンとひらいて、じぶんも一本つまんで、老人の前にさしだすのでした。

「そうでしょうかね。今夜はこないでしょうかね」

左門老人は、さしだされたエジプトたばこを取りながら、まだ不安らしくいうのです。

「いや、ご安心なさい。あいつは、けっしてばかじゃありません。ぼくが、ここにがんばっていると知ったら、まさかのこのこやってくるはずはありませんよ」

それからしばらくことばがとだえて、二人はてんでの考えごとをしながら、おいしそうにたばこをすっていましたが、それがすっかり灰になったころ、明智はまたあくびをして、

「ぼくはすこしねむりますよ。あなたもおやすみなさい。なあに、だいじょうぶです。武士はくつわの音に目をさますっていいますが、ぼくは職業がら、どんなしのび足の音にも目をさますのです。心《しん》までねむりはしないのですよ」

そんなことをいったかと思うと、板戸の前にながながと横になって、目をふさいでいました。そして、まもなく、すやすやとおだやかなねいきがきこえはじめたのです。

あまりなれきった探偵のしぐさに、老人は気が気ではありません。ねむるどころか、ますます耳をそばだてて、どんなかすかなもの音もききもらすまいと、いっしょうけんめいでした。

なにかみょうな音がきこえてくるような気がします。耳鳴りかしら。それとも近くの森のこずえにあたる風の音かしら。

そして、耳をすましていますと、しんしんと夜のふけていくのが、はっきりわかるようです。

頭のなかがだんだんからっぽになって、目の前がもやのようにかすんでいきます。はっと気がつくと、そのうす白いもやのなかに、目ばかり光らした黒装束の男が、もうろうと立ちはだかっているではありませんか。

「あっ、明智先生、賊です、賊です」

思わず大声をあげて、ねている明智のかたをゆさぶりました。

「なんです。そうぞうしいじゃありませんか。どこに賊がいるんです。夢でもごらんになったのでしょう」

探偵は身動きもせず、しかりつけるようにいうのでした。

なるほど、いまのは夢か、それともまぼろしだったのかもしれません。いくら見まわしても、黒装束の男など、どこにもいやしないのです。

老人はすこしきまりが悪くなって、無言のまましとのしせいにもどり、また耳をすましましたが、するとさっきと同じように、頭のなかがすうっとからっぽになって、目の前にもやがむらがりはじめるのです。

そのもやがすこしずつ濃くなって、やがて、黒雲のようにまっくらになってしまうと、からだが、ふかいふかい地の底へでもおちこんでいくような気持ちがして、老人は、いつしかうとうとねむってしまいました。

どのくらいねむったのか、そのあいだじゅう、まるで地獄へでもおちたような、おそろしい夢ばかりみつづけながら、ふと目をさましますと、びっくりしたことには、あたりがすっかり明るくなっているのです。

「ああ、わしはねむったんだな。しかし、あんなに気をはりつめていたのに、どうしてねたりなんぞしたんだろう」

左門老人はわれながら、ふしぎでしかたがありませんでした。

見ると、明智探偵はゆうべのままのすがたで、まだすやすやとねむっています。

「ああ、たすかった。それじゃ二十面相は、明智探偵におそれをなして、とうとうやってこなかったとみえる。ありがたい、ありがたい」

老人はほっとむねをなでおろして、しずかに探偵をゆりおこしました。

「先生、起きてください。もう夜が明けましたよ」

明智はすぐ目をさまして、

「ああ、よくねむってしまった……。ははは……、ごらんなさい。なにごともなかったじゃありませんか」

といいながら、大きなのびをするのでした。

「見はり番の刑事さんも、さぞねむいでしょう。もうだいじょうぶですから、ごはんでもさしあげて、ゆっくりやすんでいただこうじゃありませんか」

「そうですね。では、この戸をあけてください」

老人は、いわれるままに、懐中からかぎをとりだして、しまりをはずし、ガラガラと板戸をひらきました。

ところが、戸をひらいて、部屋のなかを一目見たかと思うと、老人の口から、「ぎゃあっ」という、まるでしめころされるような、さけび声がほとばしったのです。

「どうしたんです。どうしたんです」

明智もおどろいて立ちあがり、部屋のなかをのぞきました。

「あ、あれ、あれ……」

老人は口をきく力もなく、みょうなかたことをいいながら、ふるえる手で、室内を指さしています。

見ると、ああ、老人のおどろきもけっしてむりではなかったのです。部屋のなかの古名画は、かべにかけてあったのも、箱におさめてたなにつんであったのも、一つのこらず、まるでかき消すようになくなっているではありませんか。

番人の刑事は、たたみの上にうちのめされたようにたおれて、なんというざまでしょう。グーグー高いびきをかいているのです。

「せ、先生、ぬ、ぬ、ぬすまれました。ああ、わしは、わしは……」

左門老人は、一しゅんかんに十年も年をとったような、すさまじい顔になって、明智のむなぐらをとらんばかりです。

悪魔の知恵

ああ、またしてもありえないことがおこったのです。二十面相というやつは、人間ではなくて、えたいのしれないおばけです。まったく不可能なことを、こんなにやすやすとやってのけるのですからね。

明智はつかつかと部屋のなかへはいっていって、いびきをかいている刑事のこしのあたりを、いきなりけとばしました。賊のためにだしぬかれて、もうすっかり腹をたてているようすでした。

「おい、おい、起きたまえ。ぼくはきみに、ここでおやすみくださいってたのんだんじゃないんだぜ。見たまえ、すっかりぬすまれてしまったじゃないか」

刑事は、やっとからだを起こしましたが、まだ夢うつつのありさまです。

「う、う、なにをぬすまれたんですって？　ああ、すっかりねむってしまった……。おや、ここはどこだろう」

ねぼけた顔で、きょろきょろ部屋のなかを見まわすしまつです。

「しっかりしたまえ。ああ、わかった。きみは麻酔剤でやられたんじゃないか。思いだしてみたまえ、ゆうべどんなことがあったか」

明智は刑事のかたをつかんで、らんぼうにゆさぶるのでした。

「こうっと、おや、ああ、あんた明智さんですね。ああ、ここは日下部の美術城だった。しまった。ぼくはやられたんですよ。そうです、麻酔剤です。ゆうべ真夜中に、黒いかげのようなものが、ぼくのうしろへしのびよったのです。そして、そして、なにかやわらかいいやなにおいのするもので、ぼくの鼻と口をふさいでしまったのです。それっきり、それっきり、ぼくはなにもわからなくなってしまったんです」

刑事はやっと目のさめたようすで、さも申しわけなさそうに、からっぽの絵画室を見まわすのでした。

「やっぱりそうだった。じゃあ、表門と裏門をまもっていた刑事諸君も、同じめにあっているかもしれない」

明智はひとりごとをいいながら、部屋をかけだしていきましたが、しばらくすると、台所のほうで、大声によぶのがきこえてきました。

「日下部さん。ちょっときてください」

なにごとかと、老人と刑事とが、声のするほうへいってみますと、明智は下男部屋の入り口に立ってそのなかを指さしています。

「表門にも裏門にも、刑事君たちのかげも見えません。それればかりじゃない。ごらんなさい、かわいそうに、このしまつです」

見ると、下男部屋のすみっこに、作蔵じいやとそのおかみさんとが、高手小手にしばられ、さるぐつわまでかまされて、ころがっているではありませんか。むろん賊のしわざです。じゃまだてをしないように、二人のめし使いをしばりつけておいたのです。

「ああ、なんということじゃ。明智さん、これはなんということです」

日下部老人は、もう半狂乱のていで、明智につめよりました。命よりもたいせつに思っていた宝物が夢のように一夜のうちに消えうせてしまったのですから、むりもないことです。

「いや、なんとも申しあげようもありません。二十面相がこれほどのうでまえとは知りませんでした。あいてをみくびっていたのが失策でした」

「失策？　明智さん、あんたは失策ですむじゃろうが、このわしは、いったいどうすればよいのです。……名探偵、名探偵と評判ばかりで、なんだこのざまは……」

老人はまっさおになって、血走った目で明智をにらみつけて、いまにも、とびかからんばかりのけんまくです。

明智はさも恐縮したように、さしうつむいていましたが、やがて、ひょいとあげた顔を見ますと、これはどうしたというのでしょう、名探偵はわらっているではありませんか。そのわらいが顔いちめんにひろがっていって、しまいにはもうおかしくておかしくてたまらぬというように、大きな声をたてて、わらいだしたではありませんか。

　日下部老人は、あっけにとられてしまいました。明智は賊にだしぬかれたくやしさに、気でもちがったのでしょうか。

「明智さん、あんたなにがおかしいのじゃ。これ、なにがおかしいのじゃというに」

「わははは……、おかしいですよ。名探偵明智小五郎、ざまはないですからね。まるで赤子の手をねじるように、やすやすとやられてしまったじゃありませんか。二十面相というやつはえらいですねえ。ぼくは、あいつを尊敬しますよ」

　明智のようすは、いよいよへんです。

「これ、これ、明智さん、どうしたんじゃ、賊をほめたてているばあいではない。ちぇっ、これはまあなんというざまだ。ああ、それに、作蔵たちを、このままにしておいてはかわいそうじゃ。刑事さん、ぼんやりしていないで、早くなわをといてやってください。さるぐつわもはずして。そうすれば作蔵の口から賊の手がかりもつくというもんじゃないか」

　明智が、いっこうたよりにならぬものですから、あべこべに、日下部老人が探偵みたいにさしずをするしまつです。

「さあ、ご老人の命令だ、なわをといてやりたまえ」

明智が刑事にみょうな目くばせをしました。

すると、いままでぼんやりしていた刑事が、にわかにしゃんと立ちなおって、ポケットから一たばの捕縄《ほじょう》をとりだしたかと思うと、いきなり日下部老人のうしろにまわって、ぱっとなわをかけ、ぐるぐるとしばりはじめました。

「これ、なにをする。ああ、どいつもこいつも、気ちがいばかりじゃ。わしをしばってどうするのだ。わしをしばるのではない。そこにころがっている、二人のなわをとくのじゃ。これ、わしではないというに」

しかし、刑事はいっこう手をゆるめようとはしません。無言のまま、とうとう老人を高手小手にしばりあげてしまいました。

「これ、気ちがいめ。これ、なにをする。あ、いたいいたい。いたいというに。明智さん、あんたなにをわらっているのじゃ。とめてくださらんか。この男は気がらがったらしい。早く、なわをとくようにいってください。これ、明智さんというに」

老人は、なにがなんだかわけがわからなくなってしまいました。みんなそろって気ちがいになったのでしょうか。でなければ、事件の依頼者をしばりあげるなんて法はありません。またそれを見て、探偵がにやにやわらっているなんてばかなことはありません。

「ご老人、だれをおよびになっているのです。明智とかおっしゃったようですが」

明智自身が、こんなことをいいだしたのです。

「なにをじょうだんをいっているのじゃ。明智さん、あんた、まさかじぶんの名をわすれたのではあるまい」

「このぼくがですか。このぼくが明智小五郎だとおっしゃるのですか」

明智はすまして、いよいよへんなことをいうのです。

「きまっておるじゃないか。なにをばかなことを……」

「ははは……、ご老人、あなたこそ、どうかなすったんじゃありませんか。ここには明智なんて人間はいやしませんぜ」

老人はそれをきくと、ぽかんと口をあけて、きつねにでもつままれたような顔をしました。あまりのことにきゅうには口もきけないのです。

「ご老人、あなたは以前に明智小五郎とお会いになったことがあるのですか」

「会ったことはない。じゃが、写真を見てよく知っておりますわい」

「写真？　写真ではちと心ぼそいですねえ。その写真にぼくがにているとでもおっしゃるのですか」

「………」

「ご老人、あなたは、二十面相がどんな人物かということを、おわすれになっていたのですね。二十面相、ほら、あいつは変装の名人だったじゃありませんか」

「そ、それじゃ、き、きさまは……」

老人はやっと、ことのしだいがのみこめてきました。そしてがくぜんとして色をうしなったのでした。

「ははは……、おわかりになりましたかね」

「いや、いや、そんなばかなことがあるはずはない。わしは新聞を見たのじゃ。『伊豆日報』にちゃんと『明智探偵来修』と書いてあった。それから、富士屋の女中がこの人だと教えてくれた。どこにもまちがいはないはずじゃ」

「ところが大まちがいがあったのですよ。なぜって、明智小五郎は、まだ、外国から帰りゃしないのですからね」

「新聞がうそを書くはずはない」

「ところが、うそを書いたのですよ。社会部のひとりの記者が、こちらの計略にかかってね、編集長に、うその原稿をわたしたってわけですよ」

「ふん、それじゃ刑事はどうしたんじゃ。まさか警察がにせの明智探偵にごまかされるはずはあるまい」

老人は、目の前に立ちはだかっている男を、あのおそろしい二十面相だとは、信じたくなかったのです。むりにも明智小五郎にしておきたかったのです。

「ははは……、ご老人、まだそんなことを考えているのですか。血のめぐりが悪いじゃありませんか。刑事ですって？　あ、この男ですか、それから表門裏門の番をした二人ですか、ははは……、なにね、ぼくの子分がちょいと刑事のまねをしただけですよ」

老人は、もう信じまいとしても信じないわけにはいきませんでした。明智小五郎とばかり思いこんでいた男が、名探偵どころか、大盗賊だったのです。おそれにおそれていた怪盗二十面相、その人だったのです。

ああ、なんというとびきりの思いつきでしょう、探偵が、すなわち、盗賊だったなんて。日下部老人は、人もあろうに二十面相に宝物の番人をたのんだわけでした。

「ご老人、ゆうべのエジプトたばこの味はいかがでした。ははは……、思いだしましたか。あのなかにちょっとした薬がしかけてあったのですよ。二人の刑事が部屋へはいって、荷物をはこびだし、自動車へつみこむあいだ、ご老人にひとねむりしてほしかったものですからね。あの部屋へどうしてはいったかとおっしゃるのですか。ははは……、わけはありませんよ。あなたのふところから、ちょっとかぎを拝借すればよかったのですからね」

二十面相は、まるで世間話でもしているように、おだやかなことばを使いました。しかし、老人にしてみれば、いやにていねいすぎるそのことばづかいが、いっそうはらだたしかったにちがいありません。

「では、ぼくたちはいそぎますから、これで失礼します。美術品はじゅうぶん注意して、たいせつに保管するつもりですから、どうかご安心ください。では、さようなら」

二十面相は、ていねいに一礼して、刑事にばけた部下をしたがえ、ゆうぜんと、その場を立ちさりました。

かわいそうな老人は、なにかわけのわからぬことをわめきながら、賊のあとを追おうとしましたが、からだじゅうをぐるぐるまきにしたなわのはしが、そこの柱にしばりつけてあるので、よろよろと立ちあがってはみたものの、すぐばったりとたおれてしまいました。

そして、たおれたまま、くやしさと悲しさに、歯ぎしりをかみ、なみださえながして、身もだえするのでありました。

巨人と怪人

美術城の事件があってから半月ほどたった、ある日の午後、東京駅のプラットホームの人ごみのなかに、ひとりのかわいらしい少年のすがたが見えました。ほかならぬ小林芳雄君です。読者諸君にはおなじみの明智探偵の少年助手です。

小林君は、ジャンパーすがたで、よくにあう鳥打帽をかぶって、ぴかぴか光るくつをコツコツいわせながら、プラットホームをいったりきたりしています。手には、一まいの新聞紙をぼうのようにまるめてにぎっています。読者諸君、じつはこの新聞には二十面相にかんする、あるおどろくべき記事がのっているのですが、しかし、それについては、もうすこしあとでお話ししましょう。

小林少年が東京駅へやってきたのは、先生の明智小五郎を出むかえるためでした。名探偵は、こんどこそ、ほんとうに外国から帰ってくるのです。

明智は某国からのまねきに応じ、ある重大な事件に関係し、みごとに成功をおさめてかえってくるのですから、いわば凱旋《がいせん》将軍です。本来ならば、外務省とか民間団体から、おおぜいの出むかえがあるはずですが、明智はそういうぎょうぎょうしいことが大きらいでしたし、探偵という職業上、できるだけ人目につかぬ心がけをしなければなりませんので、おおやけの方面にはわざと通知をしないで、ただ自宅だけに東京着の時間をしらせておいたのでした。それも、いつも明智夫人は出むかえをえんりょして、小林少年が出かけるならわしになっていました。

小林君は、しきりと腕時計をながめています。もう五分たつと、待ちかねた明智先生の汽車が到着するのです。ほとんど、三月ぶりでお会いするのです。なつかしさに、なんだかむねがわくわくするようでした。

ふと気がつくと、ひとりのりっぱな紳士が、にこにこえがおをつくりながら、小林少年に、近づいてきました。

ねずみ色のあたたかそうなオーバーコート、籐《とう》のステッキ、半白の頭髪、半白の口ひげ、でっぷりふとった顔に、べっこうぶちのめがねが光っています。先方では、にこにこわらいかけていますけれど、小林君はまったく見知らぬ人でした。

「もしやきみは、明智さんのところのかたじゃありませんか」

紳士は、ふといやさしい声でたずねました。

「ええ、そうですが……」

けげん顔の少年の顔を見て、紳士はうなずきながら、

「わたしは、外務省の辻野《つじの》という者だが、この列車で明智さんが帰られることがわかったものだから、非公式にお出むかえにきたのですよ。すこし内密の用件もあるのでね」

と説明しました。

「ああ、そうですか。ぼく、先生の助手の小林っていうんです」

ぼうしをとって、おじぎをしますと、辻野氏はいっそうにこやかな顔になって、

「ああ、きみの名はきいていますよ。じつは、いつか新聞に出た写真で、きみの顔を見おぼえていたものだから、こうして声をかけたのですよ。二十面相との一騎うちはみごとでしたねえ。きみの人気はたいしたものですよ。わたしのうちの子どもたちも大の小林ファンです。ははは……」

と、しきりにほめたてるのです。

小林君はすこしはずかしくなって、ぱっと顔を赤くしないではいられませんでした。

「二十面相といえば、修善寺では明智さんの名まえをかたったりして、ずいぶん思いきったまねをするね。それに、けさの新聞では、いよいよ国立博物館をおそうのだっていうじゃないか。じつに警察をばかにしきった、あきれた態度だ。けっしてうっちゃってはおけませんよ。あいつをたたきつぶすためだけでも、明智さんが帰ってこられるのを、ぼくは待ちかねていたんだ」

「ええ、ぼくもそうなんです。ぼく、いっしょうけんめいやってみましたけれど、とても、ぼくの力にはおよばないのです。先生にかたきうちをしてほしいと思って、待ちかねていたんです」

「きみが持っている新聞は、けさの？」

「ええ、そうです。博物館をおそうっていう予告状ののっている新聞です」

小林君はそういいながら、その記事ののっている箇所をひろげて見せました。社会面の半分ほどが二十面相の記事でうずまっているのです。その意味をかいつまんでしるしますと、きのう二十面相から国立博物館長にあてて速達便がとどいたのですが、それには、博物館所蔵の美術品を一点ものこらず、ちょうだいするという、じつにおどろくべき宣告文がしたためてあったのです。例によって十二月十日というぬすみだしの日づけまで、ちゃんと明記してあるではありませんか。十二月十日といえば、あますところ、もう九日間しかないのです。

怪人二十面相のおそるべき野心は、頂上にたっしたように思われます。あろうことか、あるまいことか、国家をあいてにしてたたかおうというのです。いままでおそったのはみな個人の財宝で、にくむべきしわざにはちがいありませんが、世に例のないことではありません。しかし、博物館をおそうというのは、国家の所有物をぬすむことになるのです。むかしから、こんなだいそれた泥棒を、もくろんだものが、一人だってあったでしょうか。大胆とも無謀ともいいようのないおそろしい盗賊です。

しかし考えてみますと、そんなむちゃなことが、いったいできることでしょうか。博物館といえば何十人というお役人がつめているのです。守衛もいます。おまわりさんもいます。そのうえ、こんな予告をしたんでは、どれだけ警戒がげんじゅうになるかもしれません。博物館ぜんたいをおまわりさんの人がきでとりかこんでしまうようなことも、おこらないとはいえません。

ああ、二十面相は気でもくるったのではありますまいか。それとも、あいつには、このまるで不可能としか考えられないことをやってのける自信があるのでしょうか。人間の知恵では想像もできないような、悪魔のはかりごとがあるとでもいうのでしょうか。

さて、二十面相のことはこのくらいにとどめ、わたしたちは明智名探偵をむかえなければなりません。

「ああ、列車がきたようだ」

辻野氏が注意するまでもなく、小林少年はプラットホームのはしへとんでいきました。出むかえの人がきの前列に立って左のほうをながめますと、明智探偵をのせた急行列車は、刻一刻、その形を大きくしながら、近づいてきます。

さあっと空気が震動して、黒い鋼鉄の箱が目の前をかすめました。ちろちろとすぎていく客車の窓の顔、ブレーキのきしりとともに、やがて列車が停止しますと、一等車の昇降口に、なつかしいなつかしい明智先生のすがたが見えました。黒いせびろに、黒い外套、黒のソフト帽という、黒ずくめのいでたちで、早くも小林少年に気づいて、にこにこしながら手まねきをしているのです。

「先生、おかえりなさい」

小林君はうれしさに、もうむがむちゅうになって、先生のそばへかけよりました。

明智探偵は赤帽にいくつかのトランクをわたすと、プラットホームへおりたち、小林君のほうへよってきました。

「小林君、いろいろ苦労をしたそうだね。新聞ですっかり知っているよ。でも、ぶじでよかった」

ああ、三月ぶりできく先生の声です。小林君は上気した顔で名探偵をじっと見ながら、いっそう、そのそばへよりそいました。そして、どちらからともなく手がのびて、師弟のかたい握手がかわされたのでした。

　そのとき、外務省の辻野氏が、明智のほうへあゆみよって、肩書きつきの名刺をさしだしながら、声をかけました。

「明智さんですか、かけちがってお目にかかっていませんが、わたしはこういうものです。じつは、この列車でお帰りのことを、あるすじから耳にしたものですから、きゅうに内密でお話ししたいことがあって、出むいてきたのです」

　明智は名刺をうけとると、なぜか考えごとでもするように、しばらくそれをながめていましたが、やがて、ふと気をかえたように、快活に答えました。

「ああ、辻野さん、そうですか、お名まえはよくぞんじています。じつは、ぼくも、一度帰宅して、着がえをしてから、すぐに、外務省のほうへまいるつもりだったのですが、わざわざ、お出むかえをうけて恐縮でした」

「おつかれのところをなんですが、もしおさしつかえなければ、ここの鉄道ホテルで、お茶をのみながらお話ししたいのですが、けっしておてまはとらせません」

「鉄道ホテルですか。ほう、鉄道ホテルでね」

　明智は辻野氏の顔をじっと見つめながら、なにか感心したようにつぶやきましたが、

「ええ、ぼくはちっともさしつかえありません。では、おともしましょう」

　それから、すこしはなれたところに待っていた小林少年に近づいて、なにか小声にささやいてから、

「小林君、ちょっとこのかたとホテルへよることにしたからね、きみは荷物をタクシーにのせて、一足先に帰ってくれたまえ」

と命じるのでした。

「ええ、では、ぼく、先へまいります」

小林君が赤帽のあとを追って、かけだしていくのを見おくりますと、名探偵と辻野氏とは、かたをならべ、さもしたしげに話しあいながら、地下道をぬけて、停車場の二階にある鉄道ホテルへのぼっていきました。

あらかじめ命じてあったものとみえ、ホテルの最上等の一室に、客をむかえる用意ができていて、かっぷくのよいボーイ長が、うやうやしくひかえています。

二人がりっぱな織物でおおわれた丸テーブルをはさんで、安楽いすにこしをおろしますと、待ちかまえていたように、べつのボーイが茶菓をはこんできました。

「きみ、すこし密談があるから、席をはずしてくれたまえ。ベルをおすまで、だれもはいってこないように」

辻野氏が命じますと、ボーイ長は一礼して立ちさりました。しめきった部屋のなかに、二人きりのさしむかいです。

「明智さん、ぼくは、どんなにかきみに会いたかったでしょう。一日千秋の思いで待ちかねていたのですよ」

辻野氏は、いかにもなつかしげに、ほほえみながら、しかし目だけはするどくあいてを見つめて、こんなふうに話しはじめました。

明智は、安楽いすのクッションにふかぶかと身をしずめ、辻野氏におとらぬ、にこやかな顔で答えました。

「ぼくこそ、きみに会いたくてしかたがなかったのです。汽車のなかで、ちょうどこんなことを考えていたところでしたよ。ひょっとしたら、きみが停車場へむかえにきていてくれるんじゃないかとね」

「さすがですねえ。すると、きみは、ぼくのほんとうの名まえもごぞんじでしょうねえ」

辻野氏のなにげないことばには、おそろしい力がこもっていました。興奮のために、いすのひじかけにのせた左手の先が、かすかにふるえていました。

「すくなくとも、外務省の辻野氏でないことは、あの、まことしやかな名刺を見たときから、わかっていましたよ。本名といわれると、ぼくもすこしこまるのですが、新聞なんかでは、きみのことを怪人二十面相とよんでいるようですね」

明智は平然として、このおどろくべきことばを語りました。ああ、読者諸君、これがいったい、ほんとうのことでしょうか。盗賊が探偵を出むかえるなんて。探偵のほうでも、とっくに、それと知りながら、賊のさそいにのり、賊のお茶をよばれるなんて、そんなばかばかしいことがおこりうるものでしょうか。

「明智君、きみは、ぼくが想像していたとおりのかたでしたよ。最初ぼくを見たときから気づいていて、気づいていながらぼくの招待に応じるなんて、シャーロック＝ホームズにだってできない芸当です。ぼくはじつにゆかいですよ。なんて生きがいのある人生でしょう。ああ、興奮のひとときのために、ぼくは生きていてよかったと思うくらいですよ」

辻野氏にばけた二十面相は、まるで明智探偵を崇拝しているかのようにいうのでした。しかし、ゆだんはできません。かれは国じゅうを敵にまわしている大盗賊です。ほとんど死にものぐるいの冒険をくわだてているのです。そこには、それだけの用意がなくてはなりません。

ごらんなさい。辻野氏の右手は、洋服のポケットに入れられたまま、いちどもそこから出ないではありませんか。

いったいポケットのなかでなにをにぎっているのでしょう。

「ははは……、きみはすこし興奮しすぎているようですね。ぼくには、こんなことは、いっこうにめずらしくもありませんよ。だが、二十面相君、きみにはすこしお気のどくですね。ぼくが帰ってきたので、せっかくのきみの大計画もむだになってしまったのだから。ぼくが帰ってきたからには、博物館の美術品には一指《いっし》もそめさせませんよ。また、伊豆の日下部家の宝物も、きみの所有品にはしておきませんよ。いいですか、これだけははっきり約束しておきます」

そんなふうにいうものの、明智もなかなかたのしそうでした。ふかくすいこんだ、たばこのけむりを、ふうっとあいての面前にふきつけて、にこにこわらっています。

「それじゃ、ぼくも約束しましょう」

二十面相もまけてはいませんでした。

「博物館の所蔵品は、予告の日には、かならずうばいとってお目にかけます。それから、日下部家の宝物……、ははは……、あれがかえせるものですか。なぜって、明智君、あの事件では、きみも共犯者だったじゃありませんか」

「共犯者？　ああ、なるほどねえ。きみはなかなかしゃれがうまいねえ。ははは……」

たがいに、あいてをほろぼさないではやまぬ、はげしい敵意にもえた二人、大盗賊と名探偵は、まるで、したしい友だちのように談笑しております。しかし、二人とも、心のなかは、寸分のゆだんもなくはりきっているのです。

これほどの大胆なしわざをする賊のことですから、その裏面には、どんな用意ができているかわかりません。

おそろしいのは賊のポケットのピストルだけではないのです。さいぜんのひとくせありげなボーイ長も、賊の手下でないとはかぎりません。

そのほかにも、このホテルのなかには、どれほど賊の手下がまぎれこんでいるか、知れたものではないのです。

いまの二人の立ち場は剣道の達人と達人とが、白刃をかまえてにらみあっているのと、すこしもかわりはありません。気力と気力のたたかいです。鵜《う》の毛はどのゆだんが、たちどころに勝負を決してしまうのです。

二人は、ますますあいきょうよく話しつづけています。顔はにこやかに笑みくずれています。しかし、二十面相のひたいには、このさむいのに、あせの玉がういていました。

二人とも、その目だけは、まるで火のように、らんらんと燃えかがやいていました。

トランクとエレベーター

名探偵は、プラットホームで賊をとらえようと思えば、なんのわけもなかったのです。どうして、この好機会を見のがしてしまったのでしょう。読者諸君は、くやしく思っていらっしゃるかもしれませんね。

しかし、これは名探偵の自信がどれほど強いかをかたるものです。賊を見くびっていればこそ、こういうはなれわざができるのです。探偵は博物館の宝物には、賊の一指をもそめさせない自信がありました。例の美術城の宝物も、そのほかのかぞえきれぬ盗難品も、すっかり取りかえす信念がありました。

それには、いま、賊をとらえてしまっては、かえって不利なのです。二十面相には、多くの手下があります。もし首領がとらえられたならば、その部下のものが、ぬすみためた宝物を、どんなふうに処分してしまうか、知れたものではないからです。逮捕は、そのたいせつな宝物のかくし場所をたしかめてからでもおそくはありません。

そこで、せっかく出むかえてくれた賊を、失望させるよりは、いっそ、そのさそいにのったと見せかけ、二十面相の知恵の程度をためしてみるのも、一興であろうと考えたのでした。

「明智君、いまのぼくの立ち場というものを、ひとつ想像してみたまえ。きみは、ぼくをとらえようと思えば、いつだってできるのですぜ。ほら、そこのベルをおせばいいのだ。そしてボーイにおまわりさんをよんでこいと命じさえすればいいのだ。ははは……、なんてすばらしい冒険だ。この気持ち、きみにわかりますか。命がけですよ。ぼくはいま、何十メートルとも知れぬ絶壁の、とっぱなに立っているのですよ」

二十面相はあくまで不敵です。そういいながら、目を細くして探偵の顔を見つめ、さもおかしそうに大声にわらいだすのでした。

「ははは……」

明智小五郎も、まけない大わらいをしました。

「きみ、なにもそうびくびくすることはありゃしない。きみの正体を知りながら、のこのこここまでやってきたぼくだもの、いま、きみをとらえる気なんかすこしもないのだよ。ぼくはただ、有名な二十面相君と、ちょっと話してみたかっただけさ。なあに、きみをとらえることなんか、いそぐことはありゃしない。博物館の襲撃まで、まだ九日間もあるじゃないか。まあ、ゆっくり、きみのむだぼねおりを拝見するつもりだよ」

「ああ、さすがは名探偵だねえ。ふとっぱらだねえ。ぼくは、きみにほれこんでしまったよ……。ところでと、きみのほうでぼくをとらえないとすれば、どうやら、ぼくのほうで、きみをとりこにすることになりそうだねえ」

二十面相はだんだん、声の調子をすごくしながら、にやにやとうすきみ悪くわらうのでした。

「明智君、こわくはないかね。それともきみは、ぼくが無意味にきみをここへつれこんだとでも思っているのかい。ぼくのほうに、なんの用意もないと思っているのかね。ぼくがだまって、きみをこの部屋から外へ出すとでも、かんちがいしているのじゃないのかね」

「さあ、どうだかねえ。きみがいくら出さないといっても、ぼくはむろんここを出ていくよ。これから外務省へいかなければならない、いそがしいからだだからね」

明智はいいながら、ゆっくり立ちあがって、ドアとは反対のほうへ歩いていきました。

そして、なにか景色でもながめるように、のんきらしく、ガラスごしにまどの外を見やって、かるくあくびをしながら、ハンカチをとりだして、顔をぬぐっております。

そのとき、いつのまにベルをおしたのか、さいぜんのがんじょうなボーイ長と、同じくくっきょうなもうひとりのボーイとが、ドアをあけてつかつかとはいってきました。そして、テーブルの前で、直立不動のしせいをとりました。

「おい、おい、明智君、きみは、ぼくの力をまだ知らないようだね。ここは鉄道ホテルだからと思って安心しているのじゃないかね。ところがね、きみ、たとえばこのとおりだ」

二十面相はそういっておいて、二人の大男のボーイのほうをふりむきました。

「きみたち、明智先生にごあいさつ申しあげるんだ」

すると、二人の男は、たちまち二ひきの野獣のようなものすごい相好になって、いきなり明智を目がけてつきすすんできます。

「待ちたまえ、ぼくをどうしようというのだ」

明智はまどを背にして、きっと身がまえました。

「わからないかね。ほら、きみの足もとをごらん。ぼくの荷物にしてはすこし大きすぎるトランクがおいてあるじゃないか。なかはからっぽだぜ。つまりきみの棺桶《かんおけ》なのさ。この二人のボーイくんが、きみをいま、そのトランクのなかへ埋葬しようってわけさ。はははは……。

さすがの名探偵も、ちっとはおどろいたかね。ぼくの部下のものが、ホテルのボーイにはいりこんでいようとはすこし意外だったねえ。

いや、きみ、声をたてたってむだだよ。両どなりとも、ぼくの借りきりの部屋なんだ。それから念のためにいっておくがね、ここにいるぼくの部下は二人きりじゃない。じゃまのはいらないように、廊下にもちゃんと見はり番がついているんだぜ」

ああ、なんという不覚でしょう。名探偵は、まんまと敵のわなにおちいったのです。それと知りながら、好んで火のなかへとびこんだようなものです。これほど用意がととのっていては、もうのがれるすべはありません。

血のきらいな二十面相のことですから、まさか命をうばうようなことはしないでしょうけれど、なんといっても、賊にとっては警察よりもじゃまになる明智小五郎です。トランクのなかへとじこめて、どこか人知れぬ場所へはこびさり、博物館の襲撃をおわるまで、とりこにしておこうという考えにちがいありません。

二人の大男は問答無益とばかり、明智の身辺にせまってきましたが、いまにもとびかかろうとして、ちょっとためらっております。名探偵の身にそなわる威力にうたれたのです。

でも、力では二人に一人、いや、三人に一人なのですから、明智小五郎がいかに強くても、かないっこはありません。

ああ、かれは帰朝そうそう、早くもこの大盗賊のとりことなり、探偵にとって最大の恥辱をうけなければならない運命なのでしょうか。ああ、ほんとうにそうなのでしょうか。

しかし、ごらんなさい。われらの名探偵は、この危急にさいしても、やっぱりあのほがらかなえがおをつづけているではありませんか。そして、そのえがおが、おかしくてたまらないというように、だんだんくずれてくるではありませんか。

「ははは……」

わらいとばされて、二人のボーイは、きつねにでもつままれたように口をぽかんとあいて、立ちすくんでしまいました。

「明智君、からいばりはよしたまえ。なにがおかしいんだ。それともきみは、おそろしさに気でもちがったのか」

二十面相はあいての真意をはかりかねて、ただ毒口をたたくほかはありませんでした。

「いや、しっけい、しっけい、つい、きみたちの大まじめなおしばいがおもしろかったものだからね。だが、ちょっときみ、ここへきてごらん。そして、まどの外をのぞいてごらん。みょうなものが見えるんだから」

「なにが見えるもんか……。そちらは駅のプラットホームの屋根ばかりじゃないか。へんなことをいって一寸《いっすん》のがれをしようなんて、明智小五郎も、もうろくしたもんだねえ」

でも、賊は、なんとなく気がかりで、まどのほうへ近よらないではいられませんでした。

「ははは……、もちろん屋根ばかりさ。だが、その屋根のむこうにみょうなものがいるんだ。ほらね、こちらのほうだよ」

明智は指さしながら、

「屋根と屋根とのあいだから、ちょっと見えているプラットホームに、黒いものがうずくまっているだろう。子どものようだね。小さな望遠鏡で、しきりと、このまどをながめているじゃないか。あの子ども、なんだか見たような顔だねえ」

読者諸君は、それがだれだか、もうとっくにおさっしのことと思います。そうです。おさっしのとおり明智探偵の名助手小林少年です。小林君は例の七つ道具の一つ、万年筆型の望遠鏡で、ホテルのまどをのぞきながら、なにかのあいずを待ちかまえているようすです。

「あ、小林の小僧だな。じゃ、あいつは家へかえらなかったのか」

「そうだよ。ぼくがどの部屋へはいるか、ホテルの玄関で問いあわせて、その部屋のまどを、注意して見はっているようにいいつけてあるのだよ」

しかし、それがなにを意味するのか、賊にはまだのみこめませんでした。

「それで、どうしようっていうんだ」

二十面相は、だんだん不安になりながら、おそろしいけんまくで、明智につめよりました。

「これをごらん。ぼくの手をごらん。きみたちがぼくをどうかすれば、このハンカチが、ひらひらとまどの外へ落ちていくのだよ」

見ると、明智の右の手首が、すこしひらかれたまどの下部から、外へ出ていて、その指先にまっ白なハンカチがつままれています。

「これが、あいずなのさ。すると、あの子どもはプラットホームをとびおりて、駅の事務室にかけこむんだ。それから電話のベルが鳴る。そして警官隊がかけつけて、ホテルの出入口をかためるまで、そうだね、五分もあればじゅうぶんだとは思わないかね。ぼくは五分や十分、きみたち三人をあいてに抵抗する力はあるつもりだよ。ははは……、どうだい、この指をぱっとひらこうかね、そうすれば、二十面相逮捕のすばらしい大場面が、見物できようというものだが」

賊は、まどの外につきだされた明智のハンカチと、プラットホームの小林少年のすがたとを、見くらべながら、くやしそうにしばらく考えていましたが、けっきょく、不利とさとったのか、やや顔色をやわらげていうのでした。

「で、もしぼくのほうで手をひいて、きみをぶじにかえすばあいには、そのハンカチは落とさないですますつもりだろうね。つまり、きみの自由とぼくの自由との、交換というわけだからね」

「むろんだよ。さっきからいうとおり、ぼくのほうにはいまきみをとらえる考えはすこしもないのだ。もしとらえるつもりなら、なにもこんなまわりくどいハンカチのあいずなんかいりやしない。小林君に、すぐ警察へうったえさせるよ。そうすれば、いまごろはきみは警察のおりのなかにいたはずだぜ。ははは……」

「だが、きみもふしぎな男じゃないか。そうまでして、このおれをにがしたいのか」

「うん、いまやすやすととらえるのは、すこしおしいような気がするのさ。いずれ、きみをとらえるときには、おおぜいの部下も、ぬすみためた美術品のかずかずも、すっかり一あみに手に入れてしまうつもりだよ。すこしよくばりすぎているだろうかねえ。ははは……」

　二十面相は長いあいだ、さもくやしそうに、くちびるをかんでだまりこんでいましたが、やがて、ふと気をかえたように、にわかにわらいだしました。

「さすがは明智小五郎だ。そうなくてはならないよ……。まあ気を悪くしないでくれたまえ。いまのは、ちょっときみの気をひいてみたまでさ。けっして本気じゃないよ。では、きょうは、これでおわかれとして、きみを玄関までお送りしよう」

　でも、探偵は、そんなあまい口にのって、すぐ、ゆだんしてしまうほど、お人よしではありませんでした。

「おわかれするのはいいがね。このボーイ諸君が少々目ざわりだねえ。まず、この二人と、それから廊下にいるおなかまを、台所のほうへ追いやってもらいたいものだねえ」

賊は、べつにさからいもせず、すぐボーイたちに、立ちさるように命じ、入り口のドアを大きくひらいて、廊下が見とおせるようにしました。

「これでいいかね。ほら、あいつらが階段をおりていく足音がきこえるだろう」

明智はやっとまどぎわをはなれ、ハンカチをポケットにおさめました。まさか鉄道ホテルぜんたいが賊のために占領されているはずはありませんから、廊下へ出てしまえば、もうだいじょうぶです。すこしはなれた部屋には、客もいるようすですし、そのへんの廊下には、賊の部下でない、ほんとうのボーイもあるいているのですから。

二人は、まるで、したしい友だちのように、かたをならべて、エレベーターの前まであるいていきました。

エレベーターの入り口はあいたままで、二十さいぐらいの制服のエレベーター＝ボーイが、人待ち顔にたたずんでいます。

明智はなにげなく、一足先にそのなかへはいりましたが、

「あ、ぼくはステッキわすれた。きみは先へおりてください」

二十面相のそういう声がしたかと思うと、いきなり鉄のとびらがガラガラとしまって、

エレベーターは下降しはじめました。

「へんだな」

明智は早くもそれとさとりました。しかし、べつにあわてるようすもなく、じっとエレベーター＝ボーイの手もとを見つめています。

すると案のじょう、エレベーターが二階と一階との中間の、四方をかべでとりかこまれた箇所までくだると、とつぜんぱったり運転がとまってしまいました。

「どうしたんだ」

「すみません。機械に故障ができたようです。すこしお待ちください。じきなおりましょうから」

ボーイは、申しわけなさそうにいいながら、しきりと、運転機のハンドルのへんをいじくりまわしています。

「なにをしているんだ。のきたまえ」

明智はするどくいうと、ボーイの首すじをつかんで、ぐうっとうしろに引きました。それがあまりひどい力だったものですから、ボーイは思わずエレベーターのすみにしりもちをついてしまいました。

「ごまかしたってだめだよ。ぼくがエレベーターの運転ぐらい知らないと思っているのか」

しかりつけておいて、ハンドルをカチッとまわしますと、なんということでしょう。エレベーターは苦もなく下降をはじめたではありませんか。

階下につくと、明智はやはりハンドルをにぎったまま、まだしりもちをついているボーイの顔を、ぐっとするどくにらみつけました。その眼光のおそろしさ。年わかいボーイはふるえあがって、思わず右のポケットの上を、なにかたいせつなものでもはいっているようにおさえるのでした。

機敏な探偵は、その表情と手の動きを見のがしませんでした。いきなりとびついていって、おさえているポケットに手を入れ、一まいの紙幣を取りだしてしまいました。百円札です。エレベーター＝ボーイは、二十面相の部下のために、百円札で買収されていたのでした。

賊はそうして、五分か十分のあいだ、探偵をエレベーターのなかにとじこめておいて、そのひまに階段のほうからこっそりにげさろうとしたのです。いくら大胆不敵の二十面相でも、もう正体がわかってしまったいま、探偵とかたをならべて、ホテルの人たちや、泊り客のむらがっている玄関を、通りぬける勇気はなかったのです。

明智はけっしてとらえないといっていますけれど、賊の身にしては、それをことばどおり信用するわけにはいきませんからね。

名探偵はエレベーターをとびだすと、廊下を一とびに、玄関へかけだしました。すると、ちょうどまにあって、二十面相の辻野氏が、おもての石段を、ゆうぜんとおりていくところでした。

「や、しっけい、しっけい、ちょっとエレベーターに故障があったものですからね、ついおくれてしまいましたよ」

明智は、やっぱりにこにこわらいながら、うしろから辻野氏のかたをぽんとたたきました。

はっとふりむいて、明智のすがたをみとめた、辻野氏の顔といったらありませんでした。賊はエレベーターの計略が、てっきり成功するものと信じきっていたのですから。顔色をかえるほどおどろいたのも、けっしてむりではありません。

「ははは……、どうかなすったのですか、辻野さん、すこしお顔色がよくないようですね。ああ、それから、これをね、あのエレベーター＝ボーイから、あなたにわたしてくれってたのまれてきました。ボーイがいってましたよ、あいてが悪くてエレベーターの動かし方を知っていたので、どうもご命令どおりに長くとめておくわけにはいきませんでした。あしからずってね。ははは」

明智はさもゆかいそうに、大わらいをしながら、例の百円札を、二十面相の面前で二、三度ひらひらさせてから、それをあいての手ににぎらせますと、

「ではさようなら。いずれ近いうちに」

といったかと思うと、くるっとむきをかえて、なんのみれんもなく、あとをも見ずに立ちさってしまいました。

辻野氏は百円札をにぎったまま、あっけにとられて、名探偵のうしろすがたを見おくっていましたが、

「ちぇっ」

と、いまいましそうに舌うちすると、そこに待たせてあった自動車をよぶのでした。

このようにして名探偵と大盗賊の初対面の小手しらべは、みごとに探偵の勝利に帰しました。賊にしては、いつでもとらえようと思えばとらえられるのを、そのまま見のがしてもらったわけですから、二十面相の名にかけて、これほどの恥辱はないわけです。

「このしかえしは、きっとしてやるぞ」

かれは明智のうしろすがたに、にぎりこぶしをふるって、思わず呪いのことばをつぶやかないではいられませんでした。

二十面相の逮捕

「あ、明智さん、いま、あなたをおたずねするところでした。あいつは、どこにいますか」

明智探偵は、鉄道ホテルから五十メートルも歩いたか歩かぬかに、とつぜんよびとめられて、立ちどまらなければなりませんでした。

「ああ、今西《いまにし》君」

それは警視庁捜査課勤務の今西刑事でした。

「ごあいさつはあとにして、辻野と自称する男はどうしました。まさかにがしておしまいになったのじゃありますまいね」

「きみは、どうしてそれを知っているんです」

「小林君がプラットホームで、へんなことをしているのを見つけたのです。あの子どもは、じつに強情ですねえ。いくらたずねてもなかなかいわないのです。しかし、手をかえ品をかえて、とうとう白状させてしまいましたよ。あなたが外務省の辻野という男といっしょに、鉄道ホテルへはいられたこと、その辻野がどうやら二十面相の変装らしいことなどをね。さっそく外務省へ電話をかけてみましたが、辻野さんはちゃんと省にいるんです。そいつはにせものにちがいありません。そこで、あなたに応援するために、かけつけてきたというわけですよ」

「それはごくろうさま。だが、あの男はもう帰ってしまいましたよ」

「えっ、帰ってしまった？　それじゃ、そいつは二十面相ではなかったのですか」

「二十面相でした。ぼくはきょうが初対面ですが、なかなかおもしろい男ですねえ。あいてにとって不足のないやつですよ」

「明智さん、明智さん、あなたなにをじょうだんいっているんです。二十面相とわかっていながら、警察へ知らせもしないで、にがしてやったとおっしゃるのですか」

今西刑事は、あまりのことに、明智探偵の正気をうたがいたくなるほどでした。

「ぼくにすこし考えがあるのです」

明智は、すまして答えます。

「考えがあるといって、そういうことを、一個人のあなたが、かってにきめてくださってはこまりますね。いずれにしても賊とわかっていながら、にがすという手はありません。ぼくは職務としてやつを追跡しないわけにはいきません。やつはどちらへいきました。自動車でしょうね」

刑事は、民間探偵のひとりぎめの処置を、しきりとふんがいしています。

「きみが追跡するというなら、それはご自由ですが、おそらくむだでしょうよ」

「あなたのおさしずはうけません。ホテルへいって自動車番号をしらべて、手配をします」

「ああ、車の番号なら、ホテルへいかなくても、ぼくが知ってますよ。一三八八七番です」

「え、あなたは車の番号まで知っているんですか。そして、あとを追おうともなさらないのですか」

刑事はふたたびあっけにとられてしまいましたが、一刻をあらそうこのさい、無益な問答をつづけているわけにはいきません。番号を手帳に書きとめると、すぐ前にある交番へ、とぶように走っていきました。

警察電話によって、このことが都内の各警察署へ、交番へと、またたくまにつたえられました。

「一三八八七番をとらえよ。その車に二十面相が外務省の辻野氏にばけてのっているのだ」

この命令が、東京全市のおまわりさんの心を、どれほどおどらせたことでしょう。われこそはその自動車をつかまえて、凶賊逮捕の名誉をになわんものと、交番という交番の警官が、目をさらのようにし、手ぐすね引いて待ちかまえたことは申すまでもありません。

怪盗がホテルを出発してから、二十分もしたころ、幸運にも一三八八七番の自動車を発見したのは、新宿《しんじゅく》区戸塚町《とつかまち》の交番に勤務している一警官でありました。

それはまだわかくて、勇気にとんだおまわりさんでしたが、交番の前を、規定以上の速力で、矢のように走りぬけた一台の自動車を、ひょいと見ると、その番号が一三八八七番だったのです。

わかいおまわりさんは、はっとして、思わず武者ぶるいをしました。そして、そのあとから走ってくる空車を、よびとめるなり、とびのって、

「あの車だっ、あの車に有名な二十面相がのっているんだ。走ってくれ。スピードはいくら出してもかまわん、エンジンが破裂するまで走ってくれっ」

とさけぶのでした。

しあわせと、その自動車の運転手がまた、心きいた若者でした。車はあたらしく、エンジンに申しぶんはありません。走る、走る、まるで鉄砲玉みたいに走りだしたのです。

悪魔のように疾走する二台の自動車は、道ゆく人の目を見はらせないではおきませんでした。見れば、うしろの車には、一人のおまわりさんが、およびごしになって、一心不乱に前方を見つめ、なにか大声にわめいているではありませんか。

「とりものだ、とりものだ！」

やじうまがさけびながら、車といっしょにかけだします。それにつれて、いぬがほえる。歩いていた群衆がみな立ちどまってしまうというさわぎです。

しかし、自動車は、それらの光景をあとに見すてて、通り魔のように、ただ、先へ先へととんでいきます。いく台の自動車を追いぬいたことでしょう。いくたび自動車にぶつかりそうになって、あやうくよけたことでしょう。

細い町ではスピードが出せないものですから、賊の車は大環状線に出て、王子《おうじ》の方角

にむかって疾走しはじめました。賊はむろん追跡を気づいています。しかし、どうすることもできないのです。白昼の市内では、車をとびおりて身をかくすなんて芸当は、できっこありません。

池袋《いけぶくろ》をすぎたころ、前の車からパーンというはげしい音響がきこえました。ああ、賊はとうとうがまんしきれなくなって、例のポケットのピストルを取りだしたのでしょうか。

いや、いや、そうではなかったのです。西洋のギャング映画ではありません。にぎやかな町のなかで、ピストルなどうってみたところで、いまさらのがれられるものではないのです。

ピストルではなくて、車輪のパンクした音でした。賊の運がつきたのです。

それでも、しばらくのあいだは、むりに車を走らせていましたが、いつしか速度がにぶり、ついにおまわりさんの自動車に追いぬかれてしまいました。にげるゆく手にあたって、自動車を横にされては、もうどうすることもできません。

車は二台ともとまりました。たちまちそのまわりに黒山の人だかり。やがて付近のおまわりさんもかけつけてきます。

ああ、読者諸君、辻野氏は、とうとうつかまってしまいました。

「二十面相だ、二十面相だ！」

だれいうとなく、群衆のあいだにそんな声がおこりました。

賊は、付近からかけつけた、二人のおまわりさんと、戸塚の交番のわかいおまわりさんと、三人にまわりをとりまかれ、しかりつけられて、もう抵抗する力もなくうなだれています。

「二十面相がつかまった！」

「なんて、ふてぶてしいつらをしているんだろう」

「でも、あのおまわりさん、えらいわねえ」

「おまわりさん、ばんざあい」

群衆のなかにまきおこる歓声のなかを、警官と賊とは、追跡してきた車に同乗して、警視庁へといそぎます。管轄の警察署に留置するには、あまりに大物だからです。

警視庁に到着して、ことのしだいが判明しますと、庁内にはどっと歓声がわきあがりました。手をやいていた希代の凶賊が、なんと思いがけなくつかまったことでしょう。これというのも、今西刑事の機敏な処置と、戸塚署のわかい警官の奮戦のおかげだというので、二人は胴あげされんばかりの人気です。

この報告をきいて、だれよりもよろこんだのは、中村捜査係長でした。係長は羽柴家の事件のさい、賊のためにまんまと出しぬかれたうらみを、わすれることができなかったからです。

さっそく調べ室で、げんじゅうな取り調べがはじめられました。あいては、変装の名人のことですから、だれも顔を見知ったものがありません。なによりも先に、人ちがいでないかどうかをたしかめるために、証人をよびださなければなりませんでした。

明智小五郎の自宅に電話がかけられました。しかし、ちょうどそのとき、名探偵は外務省に出むいて、るす中でしたので、かわりに小林少年が出頭することになりました。

やがてほどもなく、いかめしい調べ室に、りんごのようなほおの、かわいらしい小林少年があらわれました。そして、賊のすがたを一目見るやいなや、これこそ、外務省の辻野氏と偽名した、あの人物にちがいないと証言しました。

「わしがほんものじゃ」

「この人でした。この人にちがいありません」

小林君は、きっぱりと答えました。

「ははは……、どうだね、きみ、子どもの眼力にかかっちゃかなわんだろう。きみが、なんといいのがれようとしたって、もうだめだ。きみは二十面相にちがいないのだ」

中村係長は、うらみかさなる怪盗を、とうとうとらえたかと思うと、うれしくてしかたがありませんでした。勝ちほこったように、こういって、真正面から賊をにらみつけました。

「ところが、ちがうんですよ。こいつあ、こまったことになったな。わしは、あいつが有名な二十面相だなんて、すこしも知らなかったのですよ」

紳士にばけた賊は、あくまでそらとぼけるつもりらしく、へんなことをいいだすのです。

「なんだって？　きみのいうことは、ちっともわけがわからないじゃないか」

「わしもわけがわからんのです。すると、あいつがわしにばけて、わしをかえだまに使ったんだな」

「おいおい、いいかげんにしたまえ。いくらそらとぼけたって、もうその手にはのらんよ」

「いやいや、そうじゃないんです。まあ、おちついて、わしの説明をきいてください。わしは、こういうものです。けっして二十面相なんかじゃありません」

紳士はそういいながら、いまさら思いだしたように、ポケットから名刺入れを出して、一まいの名刺をさしだしました。それには、「松下庄兵衛《まつしたしょうべえ》」とあって、杉並《すぎなみ》区のあるアパートの住所も、印刷してあるのです。

「わしは、このとおり松下というもので、すこし商売にしっぱいしまして、いまはまあ失業者という身のうえ、アパート住まいのひとりものですがね。きのうのことでした。

日比谷《ひびや》公園をぶらぶらしていて、ひとりの会社員ふうの男と知りあいになったのです。その男が、みょうな金もうけがあるといって、教えてくれたのですよ。

つまり、きょう一日、自動車にのって、その男のいうままに、東京じゅうをのりまわしてくれれば、自動車代はただのうえに、五十円の手あてを出すというのです。うまい話じゃありませんか。わしはこんな身なりはしていますけれど、失業者なんですからね、五十円の手あてがほしかったですよ。

その男は、これにはすこし事情があるのだといって、なにかくどくどと話しかけましたが、わしはそれをおしとどめて、事情なんかきかなくてもいいからといって、さっそく承知してしまったのです。そこで、きょうは朝から自動車でほうぼうのりまわしましてな。おひるは鉄道ホテルで食事をしろという、ありがたいいいつけなんです。たらふくごちそうになって、ここでしばらく待っていてくれというものだから、ホテルの前に自動車をとめて、そのなかにこしかけて待っていたのですが、三十分もしたかとおもうころ、ひとりの男が鉄道ホテルから出てきて、わしの車をあけて、なかへはいってくるのです。

わしは、その男を一目見て、びっくりしました。気がちがったのじゃないかと思ったくらいです。なぜといって、そのわしの車へはいってきた男は、顔から、せびろから、外套からステッキまで、このわしと一分一厘もちがわないほど、そっくりそのままだったからです。まるでわしが、かがみにうつっているような、へんてこな気持ちでした。

あっけにとられて見ていますとね、ますますみょうじゃありませんか。その男は、わしの車へはいってきたかと思うと、こんどは反対がわのドアをあけて、外へ出ていってしまったのです。

つまり、そのわしとそっくりの紳士は、自動車の客席を、とおりすぎただけなんです。そのとき、その男は、わしの前をとおりすぎながら、みょうなことをいいました。

『さあ、すぐに出発してください。どこでもかまいません。全速力で走るのですよ』

こんなことをいいのこして、そのまま、ごぞんじでしょう、あの鉄道ホテルの前にある、地下室の理髪店の入り口へ、すっとすがたをかくしてしまいました。わしの自動車は、ちょうどその地下室の入り口の前にとまっていたのですよ。

なんだかへんだなとは思いましたが、とにかく先方のいうままになるという約束ですから、わしはすぐ運転手に、フルスピードで走るようにいいつけました。

それから、どこをどう走ったか、よくもおぼえませんが、早稲田《わせだ》大学のうしろのへんで、あとから追っかけてくる自動車があることに気づきました。なにがなんだかわからないけれど、わしは、みょうにおそろしくなりましてな。運転手に走れ走れとどなったのですよ。

それからあとは、ご承知のとおりです。お話をうかがってみると、わしはたった五十円の礼金に目がくれて、まんまと二十面相のやつのかえだまに使われたというわけですね。

いやいや、かえだまじゃない。わしのほうがほんもので、あいつこそわしのかえだまです。まるで、写真にでもうつしたように、わしの顔や服装を、そっくりまねやがったんです。

それが証拠に、ほら、ごらんなさい。このとおりじゃ。わしは正真正銘の松下庄兵衛です。わしがほんもので、あいつのほうがにせものです。おわかりになりましたかな」

松下氏はそういって、にゅうっと顔を前につきだし、じぶんの頭の毛を、力まかせに引っぱってみせたり、ほおをつねってみせたりするのでした。

ああ、なんということでしょう。中村係長は、またしても、賊のためにまんまといっぱいかつがれたのです。警視庁をあげての、凶賊逮捕のよろこびも、ぬかよろこびにおわってしまいました。

のちに、松下氏のアパートの主人をよびだして、しらべてみますと、松下氏はすこしもあやしい人物でないことがたしかめられたのです。

それにしても、二十面相の用心ぶかさはどうでしょう。東京駅で明智探偵をおそうために、これだけの用意がしてあったのです。部下を鉄道ホテルのボーイに住みこませ、エレベーター係をみかたにしていたうえに、この松下というかえだま紳士までやといいれて、逃走の準備をととのえていたのです。

かえだまといっても、二十面相にかぎっては、じぶんによくにた人をさがしまわる必要は、すこしもないのでした。なにしろ、おそろしい変装の名人のことです。手あたりしだいにやといいれた人物に、こちらでばけてしまうのですから、わけはありません。あいてはだれでもかまわない。口ぐるまにのりそうなお人よしをさがしさえすればよかったのです。

そういえば、この松下という失業紳士は、いかにものんき者の好人物にちがいありませんでした。

二十面相の新弟子

明智小五郎の住宅は、港《みなと》区龍土町《りゅうどちょう》の閑静なやしき町にありました。名探偵は、まだわかくて美しい文代《ふみよ》夫人と、助手の小林少年と、女中さん一人の、質素なくらしをしているのでした。

明智探偵が、外務省からある友人の宅へたちよって帰宅したのは、もう夕方でしたが、ちょうどそこへ警視庁へよばれていた小林君もかえってきて、洋館の二階にある明智の書斎へはいって、二十面相のかえだま事件を報告しました。

「たぶんそんなことだろうと思っていた。しかし、中村君には気のどくだったね」

名探偵は、にがわらいをうかべていうのでした。

「先生、ぼくすこしわからないことがあるんですが」

小林少年は、いつも、ふにおちないことは、できるだけ早く、ゆうかんにたずねる習慣でした。

「先生が二十面相をわざとにがしておやりになったわけは、ぼくにもわかるのですけれど、なぜあのとき、ぼくに尾行させてくださらなかったのです。博物館の盗難をふせぐのにも、あいつのかくれがが知れなくては、こまるんじゃないかと思いますが」

明智探偵は少年助手の非難を、うれしそうににこにこしてきいていましたが、立ちあがって、まどのところへいくと、小林少年を手まねきしました。

「それはね。二十面相のほうで、ぼくに知らせてくれるんだよ。

なぜだかわかるかい。さっきホテルで、ぼくはあいつを、じゅうぶんはずかしめてやった。あれだけの凶賊を、探偵がとらえようともしないでにがしてやるのが、どんなひどいぶじょくだか、きみには想像もできないくらいだよ。

二十面相は、あのことだけでも、ぼくをころしてしまいたいほどにくんでいる。そのうえ、ぼくがいては、これから思うように仕事もできないのだから、どうかしてぼくというじゃま者を、なくしようと考えるにちがいない。

ごらん、まどの外を。ほら、あすこに紙しばい屋がいるだろう。こんなさびしいところで、紙しばいが荷をおろしたって、商売になるはずはないのに、あいつはもうさっきから、あすこに立ちどまって、このまどを、見ぬようなふりをしながら、いっしょうけんめいに見ているのだよ」

いわれて、小林君が、明智邸の門前の細い道路を見ますと、いかにも、一人の紙しばい屋が、うさんくさいようすで立っているのです。

「じゃ、あいつ二十面相の部下ですね。先生のようすをさぐりにきているんですね」

「そうだよ。それごらん。べつに苦労をしてさがしまわらなくても、先方からちゃんと近づいてくるだろう。あいつについていけば、しぜんと、二十面相のかくれがもわかるわけじゃないか」

「じゃ、ぼく、すがたをかえて尾行してみましょうか」

小林君は気が早いのです。

「いや、そんなことしなくてもいいんだ。ぼくにすこし考えがあるからね。あいては、なんといってもおそろしく頭のするどいやつだから、うかつなまねはできない。ところでねえ、小林君、あすあたり、ぼくの身辺に、すこしかわったことが、おこるかもしれないよ。だが、けっしておどろくんじゃないぜ。ぼくは、けっして二十面相なんかに、出しぬかれやしないからね。たとえぼくの身があぶないようなことがあっても、それも一つの策略なのだから、けっして心配するんじゃないよ。いいかい」

そんなふうに、しんみりといわれますと、小林少年は、するなといわれても、心配しないわけにはいきませんでした。

「先生、なにかあぶないことでしたら、ぼくにやらせてください。先生に、もしものことがあってはたいへんですから」

「ありがとう」

明智探偵は、あたたかい手を少年のかたにあてていうのでした。

「だが、きみにはできない仕事なんだよ。まあ、ぼくを信じていたまえ。きみも知っているだろう。ぼくが一度だってしっぱいしたことがあったかい……。心配するんじゃないよ。心配するんじゃないよ」

さて、その翌日の夕方のことでした。

明智探偵の門前、ちょうど、きのう紙しばい屋が立っていたへんに、きょうは、ひとりのこじきが、すわりこんで、ほんのときたまとおりかかる人に、なにか口の中でもぐもぐいいながら、おじぎをしております。

にしめたようなきたない手ぬぐいでほおかむりをして、ほうぼうにつぎのあたった、ぼろぼろにやぶれた着物を着て、一まいのござの上にすわって、さむそうにぶるぶる身ぶるいしているありさまは、いかにもあわれに見えます。

ところが、ふしぎなことに、往来に人どおりがとだえますと、このこじきのようすが一変するのでした。いままでひくくたれていた首を、むくむくともたげて、顔いちめんの無精ひげのなかから、するどい目を光らせて、目の前の明智探偵の家を、じろじろとながめまわすのです。

明智探偵は、その日午前中は、どこかへ出かけていましたが、三時間ほどで帰宅すると、往来からそんなこじきが見はっているのを、知ってか知らずにか、おもてに面した二階の書斎で、つくえにむかって、しきりになにか書きものをしています。その位置がまどのすぐ近くなものですから、こじきのところから、明智の一挙一動が、手にとるように見えるのです。

それから夕方までの数時間、こじきは根気よく地面にすわりつづけていました。明智探偵のほうも、根気よくまどから見えるつくえにむかいつづけていました。

午後はずっと、ひとりの訪問客もありませんでしたが、夕方になって、ひとりの異様な人物が、明智邸のひくい石門のなかへはいっていきました。

その男は、のびほうだいにのばした髪の毛、顔じゅうをうすぐろくうずめている無精ひげ、きたないせびろ服を、メリヤスのシャツの上にじかに着て、しまめもわからぬ鳥打ちぼうしをかぶっています。浮浪人といいますか、ルンペンといいますか、見るからにうすきみの悪いやつでしたが、そいつが門をはいってしばらくしますと、とつぜんおそろしいどなり声が、門内からもれてきました。

「やい、明智、よもやおれの顔を見わすれやしめえ。おらあお礼をいいにきたんだ。さあ、その戸をあけてくれ。おらあうちのなかへはいって、おめえにもおかみさんにも、ゆっくりお礼が申してえんだっ。なんだと、おれに用はねえ？　そっちで用がなくっても、こっちにゃ、うんとこさ用があるんだ。さあ、そこをどけ。おらあ、きさまのうちへはいるんだ」

どうやら明智自身が、洋館のポーチへ出て、応対しているらしいのですが、明智の声は、きこえません。ただ浮浪人の声だけが、門の外までひびきわたっています。

それをきくと、往来にすわっていたこじきが、むくむくとおきあがり、そっとあたりを見まわしてから、石門のところへしのびよって、電柱のかげからなかのようすをうかがいはじめました。

見ると、正面のポーチの上に明智小五郎がつっ立ち、そのポーチの石段へ片足かけた浮浪人が、明智の顔の前でにぎりこぶしをふりまわしながら、しきりとわめきたてています。

明智はすこしもとりみださず、しずかに浮浪人を見ていましたが、ますますつのる暴言に、もうがまんができなくなったのか、

「ばかっ。用がないといったらないのだ。出ていきたまえ」

とどなったかと思うと、いきなり浮浪人をつきとばしました。

つきとばされた男は、よろよろとよろめきましたが、ぐっとふみこたえて、もう死にものぐるいで、「うぬ！」とうめきざま、明智めがけてくみついていきます。

しかし、格闘となってはいくら浮浪人がらんぼうでも、柔道三段の明智探偵にかなうはずはありません。たちまち、うでをねじあげられ、やっとばかりに、ポーチの下のしき石の上に、投げつけられてしまいました。

男は、投げつけられたまま、しばらくは痛さに身動きもできないようすでしたが、やがて、ようやくおきあがったときには、ポーチのドアはかたくとざされ、明智のすがたは、もうそこには見えませんでした。

浮浪人はポーチへあがっていって、ドアをガチャガチャいわせていましたが、なかなかしまりがしてあるらしく、おせども引けども、動くものではありません。

「ちくしょうめ、おぼえていやがれ」

男は、とうとうあきらめたものか、口のなかでのろいのことばをぶつぶつつぶやきながら、門の外へ出てきました。

さいぜんからのようすを、すっかり見とどけたこじきは、浮浪人をやりすごしておいて、そのあとからそっとつけていきましたが、明智邸をすこしはなれたところで、いき

なり、

「おい、おまえさん」

と、男によびかけました。

「えっ」

びっくりしてふりむくと、そこに立っているのは、きたならしいこじきです。

「なんだい、おこもさんか。おらあ、ほどこしをするような金持ちじゃあねえよ」

浮浪人はいいすてて、立ちさろうとします。

「いや、そんなことじゃない。すこしきみにききたいことがあるんだ」

「なんだって？」

こじきの口のきき方がへんなので、男はいぶかしげに、その顔をのぞきこみました。

「おれはこう見えても、ほんもののこじきじゃないんだ。じつは、きみだから話すがね。おれは二十面相の手下のものなんだ。けさっから、明智のやろうの見はりをしていたんだよ。だが、きみも明智には、よっぽどうらみがあるらしいようすだね」

ああ、やっぱり、こじきは二十面相の部下の一人だったのです。

「うらみがあるどころか、おらあ、あいつのために刑務所へぶちこまれたんだ。どうかして、このうらみをかえしてやりたいと思っているんだ」

浮浪人は、またしても、にぎりこぶしをふりまわして、ふんがいするのでした。

「名まえはなんていうんだ」

「赤井寅三《あかいとらぞう》ってもんだ」

「どこの身うちだ」

「親分なんてねえ。一本立ちよ」

「ふん、そうか」

こじきはしばらく考えておりましたが、やがて、なにを思ったか、こんなふうにきりだしました。

「二十面相という親分の名まえを知っているか」

「そりゃあきいているさ。すげえうでまえだってね」

「すごいどころか、まるで魔法使いだよ。こんどなんか、博物館の国宝を、すっかりぬすみだそうというきおいだからね……。ところで、二十面相の親分にとっちゃ、この明智小五郎ってやろうは、敵もどうぜんなんだ。明智にうらみのあるきみとは、同じ立場なんだ。きみ、二十面相の親分の手下になる気はないか。そうすりゃあ、うんとうらみがかえせようというもんだぜ」

赤井寅三は、それをきくと、こじきの顔を、まじまじとながめていましたが、やがて、はたと手を打って、

「よし、おらあそれにきめた。あにき、その二十面相の親分に、ひとつひきあわせてく

んねえか」

と、弟子入りを所望するのでした。

「うん、ひきあわせるとも。明智にそんなうらみのあるきみなら、親分はきっとよろこぶぜ。だがな、その前に、親分へのみやげに、ひとつてがらをたてちゃどうだ。それも、明智のやろうをひっさらう仕事なんだぜ」

こじきすがたの二十面相の部下は、あたりを見まわしながら、声をひくめていうのでした。

名探偵の危急

「ええ、なんだって、あのやろうをひっさらうんだって、そいつあおもしれえ。ねがってもないことだ。手つだわせてくんねえ。ぜひ手つだわせてくんねえ。で、それはいったい、いつのことなんだ」

赤井寅三は、もうむちゅうになってたずねるのです。

「今夜だよ」

「え、え、今夜だって。そいつあすてきだ。だが、どうしてひっさらおうというんだね」

「それがね、やっぱり二十面相の親分だ、うまい手だてをくふうしたんだよ。というのはね、子分のなかに、すてきもねえ美しい女があるんだ。その女を、どっかのわかいおくさんにしたてて、明智のやろうのよろこびそうな、こみいった事件をこしらえて探偵をたのみにいかせるんだ。

そして、すぐに家を調べてくれといって、あいつを自動車にのせてつれだすんだ。その女といっしょにだよ。むろん自動車の運転手もなかまの一人なんだ。

むずかしい事件の大すきなあいつのこった。それに、あいてがかよわい女なんだから、ゆだんをして、この計画には、ひっかかるにきまっているよ。

で、おれたちの仕事はというと、ついこの先の青山《あおやま》墓地へ先まわりをして、明智をのせた自動車がやってくるのを待っているんだよ。あすこを通らなければならないような道順にしてあるんだ。

おれたちの待っている前へくると、自動車がぴったりとまる。するとおれときみとが、両がわからドアをあけて、車のなかへとびこみ、明智のやつを身動きのできないようにして、麻酔剤をかがせるというだんどりなんだ。麻酔剤もちゃんとここに用意している。

それから、ピストルが二ちょうあるんだ。もうひとりなかまがくることになっているもんだから。

しかし、かまやしないよ。そいつは明智にうらみがあるわけでもなんでもないんだから、きみにてがらをたてさせてやるよ。さあ、これがピストルだ」

こじきにばけた男は、そういって、やぶれた着物のふところから、一ちょうのピストルをとりだし、赤井にわたしました。

「こんなもの、おらあうったことがねえよ。どうすりゃいいんだい」

「なあに、たまははいってやしない。引き金に指をあててうつようなかっこうをすりゃいいんだ。二十面相の親分はね、人殺しが大きらいなんだ。このピストルはただおどかしだよ」

たまがはいっていないときいて、赤井は不満らしい顔をしましたが、ともかくもポケットにおさめ、

「じゃ、すぐに青山墓地へ出かけようじゃねえか」

と、うながすのでした。

「いや、まだすこし早すぎる。七時半という約束だよ。それよりすこしおくれるかもしれない。まだ二時間もある。どっかで飯をくって、ゆっくり出かけよう」

こじきはいいながら、こわきにかかえていた、きたならしいふろしきづつみをほどくと、なかから一まいのつりがねマントを出して、それをやぶれた着物の上から、はおりました。

二人が、もよりの安食堂で食事をすませ、青山墓地へたどりついたときには、とっぷ

り日がくれて、まばらな街灯のほかはしんのやみ、おばけでも出そうなさびしさでした。

約束の場所というのは、墓地のなかでももっともさびしいわき道で、よいのうちでもめったに自動車の通らぬ、やみのなかです。

二人はそのやみの土手にこしをおろして、じっとときのくるのを待っていました。

「おそいね。だいいち、こうしていると寒くってたまらねえ」

「いや、もうじきだよ。さっき墓地の入り口のところの店屋の時計を見たら七時二十分だった。あれからもう十分以上、たしかにたっているから、いまにやってくるぜ」

ときどきぽつりぽつりと話しあいながら、また十分ほど待つうちに、とうとうむこうから自動車のヘッド＝ライトが見えはじめました。

「おい、きたよ。きたよ、あれがそうにちがいない。しっかりやるんだぜ」

案のじょう、その車は二人の待っている前までくると、ギギーとブレーキの音をたててとまったのです。

「それっ」

というと、二人は、やにわに、やみのなかからとびだしました。

「きみは、あっちへまわれ」

「よしきた」

二つの黒いかげは、たちまち客席の両がわのドアへかけよりました。そして、いきなりガチャンとドアをひらくと客席の人物へ、両方からにゅうっと、ピストルのつつ口をつきつけました。

と同時に、客席にいた洋装の婦人も、いつのまにかピストルをかまえています。それから、運転手までが、うしろむきになって、その手にはこれもピストルが光っているではありませんか。つまり四ちょうのピストルが、つつ先をそろえて、客席にいるたった一人の人物に、ねらいをさだめたのです。

そのねらわれた人物というのは、ああ、やっぱり明智探偵でした。探偵は、二十面相の予想にたがわず、まんまと計略にかかってしまったのでしょうか。

「身動きすると、ぶっぱなすぞ」

だれかがおそろしいけんまくで、どなりつけました。

しかし、明智は、観念したものか、しずかに、クッションにもたれたまま、さからうようすはありません。あまりおとなしくしているので、賊のほうがぶきみに思うほどです。

「やっつけろ！」

ひくいけれど力強い声がひびいたかと思うと、こじきにばけた男と、赤井寅三の両人が、おそろしいいきおいで、車のなかにふみこんできました。そして、赤井が明智の上半身をだきしめるようにしておさえていると、もうひとりは、ふところから取りだした、一かたまりの白布のようなものを、手早く探偵の口におしつけて、しばらくのあいだ力をゆるめませんでした。

それから、やや五分もして、男が手をはなしたときには、さすがの名探偵も、薬物の力にはかないません。まるで死人のように、ぐったりと気をうしなってしまいました。

「ほほほ、もろいもんだわね」

同乗していた洋装婦人が、美しい声でわらいました。

「おい、なわだ。早くなわを出してくれ」

こじきにばけた男は、運転手から、ひとたばのなわをうけとると、赤井に手つだわせて、明智探偵の手足を、たとえ蘇生《そせい》しても、身動きもできないように、しばりあげてしまいました。

「さあ、よしと。こうなっちゃ、名探偵もたあいがないね。これでやっとおれたちも、なんの気がねもなく仕事ができるというもんだ。おい、親分が待っているだろう。いそごうぜ」

ぐるぐるまきの明智のからだを、自動車のゆかにころがして、こじきと赤井とが、客席におさまると、車はいきなり走りだしました。いく先はいわずと知れた二十面相の巣窟です。

怪盗の巣窟

賊の手下の美しい婦人と、こじきと、赤井寅三と、気をうしなった明智小五郎とをのせた自動車は、さびしい町さびしい町とえらびながら、走りに走って、やがて、代々木《よよぎ》の明治神宮をとおりすぎ、くらい雑木林のなかにぽつんとたっている、一けんの住宅の門前にとまりました。

それは七間《ま》か八間ぐらいの中流住宅で、門の柱には北川十郎《きたがわじゅうろう》という表札がかかっています。もう家じゅうがねてしまったのか、まどからあかりもささず、さもつつましやかな家庭らしく見えるのです。

運転手（むろんこれも賊の部下なのです）がまっ先に車をおりて、門のよびりんをおしますと、ほどもなくカタンという音がして、門のとびらにつくってある小さなのぞきまどがあき、そこに二つの大きな目玉があらわれました。門灯のあかりで、それが、ものすごく光って見えます。

「ああ、きみか、どうだ、しゅびよくいったか」

目玉のぬしが、ささやくような小声でたずねました。

「うん、うまくいった。早くあけてくれ」

運転手が答えますと、はじめて門のとびらがギイーとひらきました。

見ると、門の内がわには、黒い洋服をきた賊の部下が、ゆだんなく身がまえをして、立ちはだかっているのです。

こじきと赤井寅三とが、ぐったりとなった明智探偵のからだをかかえ、美しい婦人がそれを助けるようにして、門内に消えると、とびらはまたもとのようにぴったりとしめられました。

一人のこった運転手は、からになった自動車にとびのりました。そして、車は、矢のように走りだし、たちまち見えなくなってしまいました。どこかべつのところに、賊の車庫があるのでしょう。

門内では、明智をかかえた三人の部下が、玄関のこうし戸の前に立ちますと、いきなりのきの電灯が、ぱっと点火されました。目もくらむ明るい電灯です。

この家へはじめての赤井寅三は、あまりの明るさに、ぎょっとしましたが、かれをびっくりさせたのは、それればかりではありませんでした。

電灯がついたかと思うと、こんどは、どこからともなく、大きな人の声がきこえてきました。だれもいないのに、声だけがおばけみたいに、空中からひびいてきたのです。

「一人人数がふえたようだな。そいつはいったい、だれだ」

どうも人間の声とは思われないような、へんてこなひびきです。

しんまいの赤井はうすきみ悪そうに、きょろきょろあたりを見まわしています。

するとこじきにばけた部下が、つかつかと玄関の柱のそばへ近づいて、その柱のある部分に口をつけるようにして、

「あたらしいみかたです。明智にふかいうらみを持っている男です。じゅうぶん信用していいのです」

と、ひとりごとをしゃべりました。まるで電話でもかけているようです。

「そうか、それなら、はいってもよろしい」

またへんな声がひびくと、まるで自動装置のように、こうし戸が音もなくひらきました。

「ははは……、おどろいたかい。いまのはおくにいる首領と話をしたんだよ。人目につかないように、この柱のかげに拡声器とマイクロホンがとりつけてあるんだ。首領は用心ぶかい人だからね」

こじきにばけた部下が教えてくれました。

「だけど、おれがここにいるってことが、どうして知れたんだろう」

赤井は、まだ不審がはれません。

「うん、それもいまにわかるよ」

あいてはとりあわないで、明智をかかえて、ぐんぐん家のなかへはいっていきます。

しぜん赤井もあとにしたがわぬわけにはいきません。

玄関の間には、また一人のくっきょうな男が、かたをいからして立ちはだかっていましたが、一同を見ると、にこにこしてうなずいてみせました。

ふすまをひらいて、廊下へ出て、いちばんおくまった部屋へたどりつきましたが、みょうなことに、そこはがらんとした十畳の空部屋《あきべや》で、首領のすがたはどこにも見えません。

こじきがなにか、あごをしゃくってさしずをしますと、美しい女の部下が、つかつかと床の間に近より、床柱のうらに手をかけて、なにかしました。

すると、どうでしょう。ガタンと、おもおもしい音がしたかと思うと、ざしきのまんなかのたたみが一まい、すうっと下へ落ちていって、あとに長方形のまっくらなあながあいたではありませんか。

「さあ、ここのはしご段をおりるんだ」

いわれて、あなのなかをのぞきますと、いかにもりっぱな木の階段がついています。

ああ、なんという用心ぶかさでしょう。おもての門の関所、玄関の関所、その二つをとおりこしても、このたたみのがんどうがえしを知らぬ者には、首領がどこにいるのやら、まったく見当もつかないわけです。

「なにをぼんやりしているんだ。早くおりるんだよ」

明智のからだを三人がかりでかかえながら、一同が階段をおりきると、頭の上でギーッと音がしてたたみのあなはもとのとおりふたをされてしまいました。じつにゆきとどいた機械じかけではありませんか。地下室におりても、まだそこが首領の部屋ではありません。うすぐらい電灯の光をたよりに、コンクリートの廊下をすこしいくと、がんじょうな鉄のとびらがゆく手をさえぎっているのです。

こじきにばけた男が、そのとびらを、みょうなちょうしでトントントン、トントンとたたきました。すると、重い鉄のとびらが内部からひらかれて、ぱっと目を射る電灯の光、まばゆいばかりにかざりつけられたりっぱな洋室、その正面の大きな安楽いすにこしかけて、にこにこわらっている三十さいほどの洋服紳士が、二十面相その人でありました。これが、素顔かどうかはわかりませんけれど、頭の毛をきれいにちぢらせた、ひげのない好男子です。

「よくやった。よくやった。きみたちのはたらきはわすれないよ」

首領は、大敵明智小五郎をとりこにしたことが、もう、うれしくてたまらないようすです。むりもありません。明智さえ、こうしてとじこめてしまえば、日本じゅうにおそろしいあいては一人もいなくなるわけですからね。かわいそうな明智探偵は、ぐるぐるまきにしばられたまま、そこのゆかの上にころがされました。赤井寅三は、ころがしただけではたりないとみえて、気をうしなっている明智の頭を、足で二度も三度もけとばしさえしました。

「ああ、きみは、よくよくそいつにうらみがあるんだね。それでこそぼくのみかただ。だが、もうよしたまえ。敵はいたわるものだ、それに、この男は日本にたった一人しかいない名探偵なんだからね。そんなにらんぼうにしないで、なわをといて、そちらの長いすにねかしてやりたまえ」

さすがに首領二十面相は、とりこをあつかうすべを知っていました。

そこで、部下たちは、命じられたとおり、なわをといて、明智探偵を長いすにねかせましたが、まだ薬がさめぬのか、探偵はぐったりしたまま、正体もありません。

こじきにばけた男は、明智探偵ゆうかいのしだいと、赤井寅三をみかたにひきいれた理由を、くわしく報告しました。

「うん、よくやった。赤井君は、なかなか役にたちそうな人物だ。それに、明智にふかいうらみを持っているのがなにより気にいったよ」

二十面相は、名探偵をとりこにしたうれしさに、なにもかも上きげんです。

そこで赤井はあらためて、弟子入りのおごそかなちかいをたてさせられましたが、それがすむと、この浮浪人はさいぜんから、ふしぎでたまらなかったことを、さっそくたずねたものです。

「このうちのしかけにはおどろきましたぜ。これなら警察なんかこわくないはずですねえ。だが、どうもまだふにおちねえことがある。さっき玄関へきたばっかりのときに、どうして、おかしらにあっしのすがたが見えたんですかい」

「ははは……、それかい。それはね。ほら、ここをのぞいてみたまえ」

首領は天じょうの一隅からさがっているストーブのえんとつみたいなものを指さしました。のぞいてみよといわれるものですから、赤井はそこへいって、えんとつの下のはしがかぎの手にまがっているつつ口へ、目をあててみました。

するど、これはどうでしょう。そのつつのなかに、この家の玄関から門にかけてのけしきが、かわいらしく縮小されてうつっているではありませんか。さいぜんの門番の男が、忠実に門の内がわに立っているのもはっきり見えます。

「潜水艦に使う潜望鏡と同じしかけなんだよ。あれよりも、もっと複雑におれまがっているけれどね」

どうりで、あんなに光のつよい電灯が必要だったのです。

「だが、きみがいままで見たのは、この家の機械じかけのはんぶんにもたりないのだよ。そのなかには、ぼくのほかはだれも知らないしかけもある。なにしろ、これがぼくのほんとうの根城だからね。ここのほかにも、いくつかのかくれががあるけれど、それらは、敵をあざむくほんのかり住まいにすぎないのさ」

すると、いつか小林少年がくるしめられた戸山ヶ原のあばらやも、そのかりのかくれがの一けんだったのでしょうか。

「いずれきみにも見せるがね、このおくにぼくの美術室があるんだよ」

二十面相は、あいかわらず上きげんで、しゃべりすぎるほどしゃべるのです。見ればかれの安楽いすのうしろに、大銀行の金庫のような、複雑な機械じかけの大きな鉄のとびらが、げんじゅうにしめきってあります。

「このおくにいくつも部屋があるんだよ。ははは……、おどろいているね。この地下室は、地面にたっている家よりもずっと広いのさ。そして、その部屋部屋に、ぼくの生涯の戦利品が、ちゃんと分類して陳列してあるってわけだよ。そのうち見せてあげるよ。まだなにも陳列していない、からっぽの部屋もある。そこへはね、ごく近日どっさり国宝がはいることになっているんだ。きみも新聞で読んでいるだろう。例の国立博物館のたくさんの宝物さ。ははは……」

もう明智という大敵をのぞいてしまったのだから、それらの美術品は手に入れたも同然だとばかり、二十面相はさもここちよげに、からからとうちわらうのでした。

少年探偵団

翌朝になっても明智探偵が帰宅しないものですから、るす宅は大さわぎになりました。探偵が同伴して出かけた、事件依頼者の婦人の住所がひかえてありましたので、そこをしらべますと、そんな婦人なんか住んでいないことがわかりました。さては二十面相のしわざであったかと、人々は、はじめてそこへ気がついたのです。

各新聞の夕刊は、「名探偵明智小五郎氏ゆうかいさる」という大見出しで、明智の写真を、大きく入れて、この椿事《ちんじ》をでかでかと書きたて、ラジオもこれをくわしく報道しました。

「ああ、たのみに思うわれらの名探偵は、賊のとりこになった。博物館があぶない」

六百万の市民は、わがことのようにくやしがり、そこでもここでも、人さえあつまれば、もう、この事件のうわさばかり、全市の空が、なんともいえないいんうつな、不安の黒雲におおわれたように、感じないではいられませんでした。

しかし、名探偵のゆうかいを、世界じゅうでいちばん残念に思ったのは、探偵の少年助手小林芳雄君でした。

一晩待ちあかして朝になっても、また、一日むなしく待って、夜がきても、先生はお帰りになりません。警察では二十面相にゆうかいされたのだといいますし、新聞やラジオまでそのとおりに報道するものですから、先生の身のうえが心配なばかりでなく、名探偵の名誉のために、くやしくって、くやしくってたまらないのです。

そのうえ、小林君はじぶんの心配のほかに、先生のおくさんをなぐさめなければなりませんでした。さすが明智探偵の夫人ほどあって、なみだを見せるようなことはなさいませんでしたが、不安にたえぬ青ざめた顔に、わざとえがおをつくっていらっしゃるようすを見ますと、お気のどくで、じっとしていられないのです。

「おくさんだいじょうぶですよ。先生が賊のとりこになんかなるもんですか。きっと先生には、ぼくたちの知らない、なにかふかい計略があるのですよ。それでこんなにお帰りがおくれるんですよ」

小林君は、そんなふうにいって、しきりと明智夫人をなぐさめましたが、しかし、べつに自信があるわけではなく、しゃべっているうちに、じぶんのほうでも不安がこみあげてきて、ことばもとぎれがちになるのでした。

名探偵助手の小林君も、こんどばかりは、手も足も出ないのです。二十面相のかくれがを知る手がかりはまったくありません。

おとといは、賊の部下が紙しばい屋にばけて、ようすをさぐりにきていたが、もしやきょうもあやしい人物が、そのへんをうろうろしていないかしら。そうすれば、賊のすみかをさぐる手だてもあるんだがと、いちるののぞみに、たびたび二階へあがって表通りを見まわしても、それらしい者のかげさえしません。賊のほうでは、ゆうかいの目的をはたしてしまったのですから、もうそういうことをする必要がないのでしょう。

そんなふうにして、不安の第二夜も明けて、三日めの朝のことでした。

その日はちょうど日曜日だったのですが、明智夫人と小林少年が、さびしい朝食をおわったところへ、玄関へ鉄砲玉のようにとびこんできた少年がありました。

「ごめんください。小林君いますか。ぼく羽柴です」

すきとおった子どものさけび声に、おどろいて出てみますと、おお、そこには、ひさしぶりの羽柴壮二少年が、かわいらしい顔をまっかに上気させて、息をきらして立っていました。よっぽど大いそぎで走ってきたものとみえます。

読者諸君はよもやおわすれではありますまい。この少年こそ、いつか自宅の庭園にわなをしかけて、二十面相を手ひどい目にあわせた、あの大実業家羽柴壮太郎氏のむすこさんです。

「おや、壮二君ですか。よくきましたね。さあ、おあがりなさい」

小林君はじぶんより二つばかり年下の壮二君を、弟かなんぞのようにいたわって、応接室へみちびきました。

「で、なんかきゅうな用事でもあるんですか」

たずねますと、壮二少年は、おとなのような口調で、こんなことをいうのでした。

「明智先生、たいへんでしたね。まだゆくえがわからないのでしょう。それについてね、ぼくすこし相談があるんです。あのね、いつかの事件のときから、ぼく、きみを崇拝しちゃったんです。そしてね、ぼくもきみのようになりたいと思ったんです。それから、きみのはたらきのことを、学校でみんなに話したら、ぼくと同じ考えのものが十人もあつまっちゃったんです。

それで、みんなで、少年探偵団っていう会をつくっているんです。むろん学校の勉強やなんかのじゃまにならないようにですよ。ぼくのおとうさんも、学校さえなまけなければ、まあいいってゆるしてくだすったんです。

きょうは日曜でしょう。だもんだから、ぼくみんなをつれて、きみんちへおみまいにきたんです。そしてね、みんなはね、きみのさしずをうけて、ぼくたち少年探偵団の力で、明智先生のゆくえをさがそうじゃないかっていってるんです」

ひと息にそれだけいってしまうと、壮二君は、かわいい目で、小林少年をにらみつけるようにして、へんじを待つのでした。

「ありがとう」

小林君は、なんだかなみだが出そうになるのを、やっとがまんして、ぎゅっと壮二君の手をにぎりました。

「きみたちのことを明智先生がおききになったら、どんなにおよろこびになるかしれないですよ。ええ、きみたちの探偵団でぼくをたすけてください。みんなでなにか手がかりをさがしだしましょう。

けれどね、きみたちはぼくとちがうんだから、危険なことはやらせませんよ。もしものことがあると、みんなのおとうさんやおかあさんに申しわけないですからね。

しかし、ぼくがいま考えているのは、ちっとも危険のない探偵方法です。きみ、『ききこみ』っての知ってますか。いろんな人の話をきいてまわって、どんな小さなことでものがさないで、うまく手がかりをつかむ探偵方法なんです。

なまじっかおとななんかより、子どものほうがすばしっこいし、あいてがゆだんするから、きっとうまくいくと思いますよ。

それにはね、おとといの晩、先生をつれだした女の人相や服装、それから自動車のいった方角もわかっているんだから、その方角にむかって、ぼくらがいまのききこみをやればいいんですよ。

店の小僧さんでもいいし、ご用ききでもいいし、郵便配達さんだとか、そのへんにあそんでいる子どもなんかつかまえて、あきずにきいてまわるんですよ。

ここでは方角がわかっていても、先になるほど道がわかれていて、見当をつけるのがたいへんだけれど、人数が多いからだいじょうぶだ。道がわかれるたびに、一人ずつ、そのほうへいけばいいんです。

そうして、きょう一日ききこみをやれば、ひょっとしたら、なにか手がかりがつかめるかもしれないですよ」

「ええ、そうしましょう。そんなことわけないや。じゃ、探偵団のみんなを門のなかへよんでもいいですか」

「ええ、どうぞ、ぼくもいっしょに外へ出ましょう」

そして、二人は、明智夫人のゆるしをえたうえ、ポーチのところへ出たのですが、壮二君はいきなり門の外へかけだしていったかと思うと、まもなく、十人の探偵団員を引きつれて、門内へひきかえしてきました。

見ると、小学校上級生ぐらいの、健康で快活な少年たちでした。

小林君は、壮二君の紹介で、ポーチの上から、みんなにあいさつしました。そして、明智探偵捜査の手段について、こまごまとさしずをあたえました。

むろん一同大賛成です。

「小林団長ばんざあい」

もうすっかり、団長にまつりあげてしまって、うれしさのあまり、そんなことをさけぶ少年さえありました。

「じゃ、これから出発しましょう」

そして、一同は少年団のように、足なみそろえて、明智邸の門外へ消えていくのでした。

午後四時

少年探偵団のけなげな捜索は、日曜・月曜・火曜・水曜と、学校の余暇を利用して、忍耐強くつづけられましたが、いつまでたっても、これという手がかりはつかめませんでした。

しかし、東京じゅうの何千人というおとなのおまわりさんにさえ、どうすることもできないほどの難事件です。

手がかりがえられなかったといって、けっして、少年捜索隊の無能のせいではありません。

それに、これらのいさましい少年たちは、後日、またどのような手がらをたてないものでもないのです。

明智探偵ゆくえ不明のまま、おそろしい十二月十日は、一日一日とせまってきました。

警視庁の人たちは、もういてもたってもいられない気持ちです。

なにしろ盗難を予告された品物が、国家の宝物というのですから、捜査課長や、ちょくせつ二十面相の事件に関係している中村係長などは、心配のためにやせほそる思いでした。

ところが、問題の日の二日前、十二月八日には、またまた世間のさわぎを大きくするようなできごとがおこったのです。

というのは、その日の東京毎日新聞の社会面に、二十面相からの投書が、れいれいしく掲載されたことでした。

東京毎日新聞は、べつに賊の機関新聞というわけではありませんが、このさわぎの中心になっている二十面相その人からの投書とあっては、問題にしないわけにはいきません。ただちに、編集会議までひらいて、けっきょく、その全文をのせることにしたのです。

それは長い文章でしたが、意味をかいつまんでしるしますと、

「わたしはかねて、博物館襲撃の日を十二月十日と予告しておいたが、もっと正確に約束するほうが、いっそう男らしいと感じたので、ここに東京市民諸君の前に、その時間を通告する。

それは『十二月十日午後四時』である。

博物館長も警視総監も、できるかぎりの警戒をしていただきたい。

警戒がげんじゅうであればあるほど、わたしの冒険はそのかがやきをますであろう」

ああ、なんたることでしょう。

日づけを予告するだけでも、おどろくべき大胆さですのに、そのうえ時間まではっきりと公表してしまったのです。

そして、博物館長や警視総監に、失礼せんばんな注意まであたえているのです。

これを読んだ市民のおどろきは申すまでもありません。いままでは、そんなばかばか

しいことがと、あざわらっていた人々も、もうわらえなくなりました。

当時の博物館長は、史学界の大先輩、北小路《きたこうじ》文学博士でしたが、そのえらい老学者さえも、賊の予告を本気にしないではいられなくなって、わざわざ警視庁に出むき、警戒方法について、警視総監といろいろうちあわせをしました。

いや、それぱかりではありません。二十面相のことは、国務大臣がたの閣議の話題にさえのぼりました。なかにも総理大臣や法務大臣などは、心配のあまり、警視総監を別室にまねいて、激励のことばをあたえたほどです。

そして、全市民の不安のうちに、むなしく日がたって、とうとう十二月十日となりました。

国立博物館では、その日は早朝から、館長の北小路老博士をはじめとして、三人の係長、十人の書記、十五人の守衛や小使いが、一人のこらず出勤して、それぞれ警戒の部署につきました。

むろん当日は、表門をとじて、観覧禁止です。

警視庁からは、中村捜査係長のひきいるえりすぐった警官隊五十名が出張して、博物館の表門・裏門、へいのまわり、館内の要所要所にがんばって、ありのはいいるすきもない大警戒陣です。

午後三時半、あますところわずかに三十分、警戒陣はものものしく殺気だってきました。そこへ、警視庁の大型自動車が到着して、警視総監が、刑事部長をしたがえてあらわれました。総監は、心配のあまり、もうじっとしていられなくなったのです。総監自身の目で、博物館を見まもっていなければ、がまんができなくなったのです。

総監たちは一同の警戒ぶりを視察したうえ、館長室にとおって、北小路博士に面会しました。

「わざわざ、あなたがお出かけくださるとは思いませんでした。きょうしゅくです」

老博士があいさつしますと、総監は、すこしきまりわるそうにわらってみせました。

「いや、おはずかしいことですが、じっとしていられませんでね。たかが一盗賊のために、これほどのさわぎをしなければならないとは、じつに恥辱です。わしは警視庁にはいって以来、こんなひどい恥辱をうけたことははじめてです」

「あはは……」老博士は力なくわらって、「わたしも同様です。あの青二才の盗賊のために、一週間というもの、不眠症にかかっておるのですからな」

「しかし、もうあますところ二十分ほどですよ。え、北小路さん、まさか二十分のあいだに、このげんじゅうな警戒をやぶって、たくさんの美術品をぬすみだすなんて、いくら魔法使いでも、すこしむずかしい芸当じゃありますまいか」

「わかりません。わしには魔法使いのことはわかりません。ただ一刻も早く四時がすぎさってくれればよいと思うばかりです」

老博士は、おこったような口調でいいました。あまりのことに、二十面相の話をするのも、はらだたしいのでしょう。

室内の三人は、それきりだまりこんで、ただかべの時計とにらめっこするばかりでした。

金モールいかめしい制服につつまれた、すもうとりのようにりっぱな体格の警視総監、中肉中背で、八字ひげの美しい刑事部長、せびろすがたでつるのようにやせた白髪白髯の北小路博士、その三人がそれぞれ安楽いすにこしかけて、ちらちらと、時計の針をながめているようすは、ものものしいというよりは、なにかしら奇妙な、場所にそぐわぬ光景でした。そうして十数分が経過したとき、沈黙にたえかねた刑事部長が、とつぜん口をきりました。

「ああ、明智君は、いったいどうしているんでしょうね。わたしは、あの男とは懇意にしていたんですが、どうもふしぎですよ。いままでの経験から考えても、こんな失策をやる男ではないのですがね」

そのことばに、総監はふとったからだをねじまげるようにして、部下の顔を見ました。

「きみたちは、明智明智と、まるであの男を崇拝でもしているようなことをいうが、ぼくは不賛成だね。いくらえらいといっても、たかが一民間探偵じゃないか。どれほどのことができるものか。一人の力で二十面相をとらえてみせるなどといっていたそうだが、

ますよ」

広言がすぎるよ。こんどのしっぱいは、あの男にはよい薬じゃろう」

「ですが、明智君のこれまでの功績を考えますと、いちがいにそうもいいきれないのです。いまも外で中村君と話したことですが、こんなさい、あの男がいてくれたらと思い

刑事部長のことばがおわるかおわらぬときでした。館長室のドアがしずかにひらかれて、一人の人物があらわれました。

「明智はここにおります」

その人物がにこにこわらいながら、よくとおる声でいったのです。

「おお、明智君！」

刑事部長が、いすからとびあがってさけびました。

それは、かっこうのよい黒のせびろをぴったりと身につけ、頭の毛をもじゃもじゃにした、いつにかわらぬ明智小五郎その人でした。

「明智君、きみはどうして……」

「それはあとでお話しします。いまは、もっとたいせつなことがあるのです」

「むろん、美術品の盗難はふせがなくてはならんが」

「いや、それはもうおそいのです。ごらんなさい。約束の時間はすぎました」

明智のことばに、館長も、総監も、刑事部長もいっせいにかべの電気時計を見あげま

した。いかにも、長針はもう十二時のところをすぎているのです。

「おやおや、するとニ十面相は、うそをついたわけかな。館内にはべつに異状もないようだが……」

「ああ、そうです。約束の四時はすぎたのです。あいつ、やっぱり手だしができなかったのです」

刑事部長が凱歌《がいか》をあげるようにさけびました。

「いや、賊は約束をまもりました。この博物館は、もうからっぽもどうようです」

明智が、おもおもしい口調でいいました。

名探偵のろうぜき

「え、え、きみはなにをいっているんだ。なにもぬすまれてなんかいやしないじゃないか。ぼくは、ついいましがた、この目で陳列室をずっと見まわってきたばかりなんだぜ。それに、博物館のまわりには、五十人の警官が配置してあるんだ。ぼくのところの警官たちはめくらじゃないんだからね」

警視総監は、明智をにらみつけて、はらだたしげにどなりました。

「ところが、すっかりぬすみだされているのです、二十面相は例によって魔法を使いました。なんでしたら、ごいっしょに調べてみようではありませんか」

明智は、しずかに答えました。

「ふうん、きみはたしかにぬすまれたというんだね。よし、それじゃ、みんなで調べてみよう。館長、この男のいうのがほんとうかどうか、ともかく陳列室へいってみようじゃありませんか」

まさか明智がうそをいっているとも思えませんので、総監もいちど調べてみる気になったのです。

「それがいいでしょう。さあ、北小路先生もごいっしょにまいりましょう」

明智は白髪白髯の老館長ににっこりほほえみかけながら、うながしました。

そこで、四人は、つれだって館長室を出ると、廊下づたいに本館の陳列場のほうへはいっていきましたが、明智は北小路館長の老体をいたわるようにその手を取って、先頭に立つのでした。

「明智君、きみは夢でも見たんじゃないか。どこにも異状はないじゃないか」

陳列場にはいるやいなや、刑事部長がさけびました。いかにも部長のいうとおり、ガラスばりの陳列だなの中には、国宝の仏像がずらっとならんでいて、べつになくなった品もないようすです。

「これですか」

明智は、その仏像の陳列だなを指さして、意味ありげに部長の顔を見かえしながら、そこに立っていた守衛に声をかけました。

「このガラス戸をひらいてくれたまえ」

守衛は、明智小五郎を見知りませんでしたけれど、館長や警視総監といっしょだものですから、命令に応じて、すぐさま持っていたかぎで、大きなガラス戸を、ガラガラとひらきました。

すると、そのつぎのしゅんかん、じつに異様なことがおこったのです。

ああ、明智探偵は、気でもちがったのでしょうか。かれは、広い陳列だなのなかへはいっていったかと思うと、なかでもいちばん大きい、木彫りの古代仏像に近づき、いきなり、そのかっこうのよいうでを、ポキンとおってしまったではありませんか。

しかもそのすばやいこと、三人の人たちが、あっけにとられ、とめるのもわすれて、目を見はっているまに、同じ陳列だなの、どれもこれも国宝ばかりの五つの仏像を、つぎからつぎへと、たちまちのうちに、かたっぱしからとりかえしのつかぬきずものにしてしまいました。

あるものはうでをおられ、あるものは首をひきちぎられ、あるものは指をひきちぎられて、見るもむざんなありさまです。

「明智君、なにをする。おい、いけない。よさんか」

総監と刑事部長とが、声をそろえてどなりつけるのをききながして、明智はさっと陳列だなをとびだすと、また、さいぜんのように老館長のそばへより、その手をにぎって、にこにことわらっているのです。

「おい、明智君いったい、どうしたというんだ。らんぼうにもほどがあるじゃないか。これは博物館のなかでもいちばん貴重な国宝ばかりなんだぞ」

まっかになっておこった刑事部長は、両手をふりあげて、いまにも明智につかみかからんばかりのありさまです。

「ははは……、これが国宝だって？　あなたの目はどこについているんです。よく見てください。いまぼくがおりとった仏像のきずぐちを、よくしらべてください」

明智の確信にみちた口調に、刑事部長は、はっとしたように、仏像に近づいて、そのきずぐちをながめまわしました。

すると、どうでしょう。

首をもがれ、手をおられたあとのきずぐちからは、外見の黒ずんだ古めかしい色あいとはにてもつかない、まだなまなましい白い木口が、のぞいていたではありませんか。奈良時代の彫刻に、こんなあたらしい材料が使われているはずはありません。

「すると、きみは、この仏像がにせものだというのか」

「そうですとも、あなたがたに、もうすこし美術眼がありさえすれば、こんなきずぐちをこしらえてみるまでもなく、ひと目でにせものとわかったはずです。あたらしい木で模造品を作って、外から塗料をぬって古い仏像のように見せかけたのですよ。模造品専門の職人の手にかけさえすれば、わけなくできるのです」

明智は、こともなげに説明しました。

「北小路さん、これはいったい、どうしたことでしょう。国立博物館の陳列品が、まっかなにせものだなんて……」

警視総監が老館長をなじるようにいいました。

「あきれました。あきれたことです」

明智に手をとられて、ぼうぜんとたたずんでいた老博士が、ろうばいしながら、てれかくしのように答えました。

そこへ、さわぎをききつけて、三人の館員があわただしくはいってきました。そのなかの一人は、古代美術鑑定の専門家で、その方面の係長をつとめている人でしたが、このわれた仏像をひと目見ると、さすがにたちまち気づいてさけびました。

「あっ、これはみんな模造品だ。しかし、へんですね。きのうまでは、たしかにほんものがここにおいてあったのですよ。わたしはきのうの午後、この陳列だなのなかへはいったのですから、まちがいありません」

「すると、きのうまでほんものだったのが、きょうとつぜん、にせものとかわったというのだね。へんだな。いったい、これはどうしたというのだ」

　総監がきつねにつままれたような表情で、一同を見まわしました。

「まだおわかりになりませんか。つまり、この博物館のなかは、すっかり、からっぽになってしまったということですよ」

　明智はこういいながら、むこうがわのべつの陳列だなを指さしました。

「な、なんだって？　すると、きみは……」

　刑事部長が、思わずとんきょうな声をたてました。

　さいぜんの館員は、明智のことばの意味をさとったのか、つかつかとそのたなの前に近づいて、ガラスに顔をくっつけるようにして、なかにかけならべた黒ずんだ仏画を凝視しました。そして、たちまちさけびだすのでした。

「あっ、これも、これも、あれも、館長、館長、このなかの絵は、みんなにせものです。一つのこらずにせものです」

「ほかのたなをしらべてくれたまえ。早く、早く」

　刑事部長のことばを待つまでもなく、三人の館員は、口々になにかわめきながら、気ちがいのように陳列だなから陳列だなへと、のぞきまわりました。

「にせものです。めぼしい美術品は、どれもこれも、すっかり模造品です」

　それから、かれらはころがるように、階下の陳列場へおりていきましたが、しばらくして、もとの二階へもどってきたときには、館員の人数は、十人以上にふえていました。そして、だれもかれも、もうまっかになって、ふんがいしているのです。

「下も同じことです。のこっているのはつまらないものばかりです。貴重品という貴重品は、すっかりにせものです……。しかし、館長、いまもみんなと話したのですが、じつにふしぎというほかはありません。きのうまではたしかに、模造品なんて一つもなかったのです。それぞれ受け持ちのものが、その点は自信をもって断言しています。それが、たった一日のうちに、大小百何点という美術品が、まるで魔法のように、にせものにかわってしまったのです」

館員は、くやしさにじだんだをふむようにしてさけびました。

「明智君、われわれはまたしてもやつのために、まんまとやられたらしいね」

総監が、沈痛なおももちで名探偵をかえりみました。

「そうです。博物館は、二十面相のために盗奪《とうだつ》されたのです。それは、さいしょに申しあげたとおりです」

おおぜいのなかで、明智だけは、すこしもとりみだしたところもなく、口もとに微笑さえうかべているのでした。

そして、あまりの打撃に、立っている力もないかと見える老館長を、はげますように、しっかりその手をにぎっていました。

種明かし

「ですが、わたしどもには、どうもわけがわからないのです。あれだけの美術品を、たった一日のあいだに、にせものとすりかえるなんて、人間わざでできることではありません。まあ、にせもののほうは、まえまえから、美術学生かなんかにばけて観覧にきて、絵図を書いていけば、模造できないことはありませんけれど、それをどうして入れかえたかが問題です。まったくわけがわかりません」

館員は、まるでむずかしい数学の問題にでもぶっつかったようにしきりに小首をかたむけています。

「きのうの夕方までは、たしかに、みんなほんものだったのだね」

総監がたずねますと、館員たちは、確信にみちたようすで、

「それはもう、けっしてまちがいございません」

と、口をそろえて答えるのです。

「すると、おそらくゆうべの夜中あたりに、どうかして二十面相一味のものが、ここへしのびこんだのかもしれんね」

「いや、そんなことは、できるはずがございません。表門も裏門もへいのまわりも、お

おぜいのおまわりさんが、徹夜で見はっていてくだすったのです。館内にも、ゆうべは館長さんと三人の宿直員が、ずっとつめきっていたのです。そのげんじゅうな見はりのなかをくぐって、あのおびただしい美術品を、どうして持ちこんだり、はこびだしたりできるものですか。まったく人間わざではできないことです」

館員は、あくまでいいました。

「わからん、じつにふしぎだ……。しかし、二十面相のやつ、広言したほど男らしくもなかったですね。あらかじめ、にせものとおきかえておいて、さあ、このとおりぬすみましたというのじゃ、十日の午後四時なんて予告は、まったく無意味ですからね」

刑事部長は、くやしまぎれに、そんなことでもいってみないではいられませんでした。

「ところが、けっして無意味ではなかったのです」

明智小五郎が、まるで二十面相を弁護でもするようにいいました。かれは老館長北小路博士と、さもなかよしのように、ずっと、さいぜんから手をにぎりあったままなのです。

「ほう、無意味でなかったって？　それはいったい、どういうことなんだね」

警視総監が、ふしぎそうに名探偵の顔を見て、たずねました。

「あれをごらんください」

すると明智はまどに近づいて、博物館のうら手のあき地を指さしました。

「ぼくが十二月十日ごろまで、待たなければならなかった秘密というのは、あれなのです」

そのあき地には、博物館創立当時からの、古い日本建ての館員宿直室がたっていたのですが、それが不用になって、数日前から、家屋のとりこわしをはじめ、もうほとんど、とりこわしもおわって、古材木や、屋根がわらなどが、あっちこっちにつみあげてあるのです。

「古家をとりこわしたんだね。しかし、あれと二十面相の事件と、いったい、なんの関係があるんです」

刑事部長は、びっくりしたように明智を見ました。

「どんな関係があるか、じきわかりますよ……。どなたか、お手数ですが、なかにいる中村警部に、きょう昼ごろ裏門の番をしていた警官をつれて、いそいでここへきてくれるように、おつたえくださいませんか」

明智のさしずに、館員の一人が、なにかわけがわからぬながら、大いそぎで階下へおりていきましたが、まもなく中村捜査係長と一人の警官をともなって帰ってきました。

「きみが、昼ごろ裏門のところにいたかたですか」

明智がさっそくたずねますと、警官は総監の前だものですから、ひどくあらたまって、直立不動のしせいで、そうです、と答えました。

「では、きょう正午から一時ごろまでのあいだに、トラックが一台、裏門を出ていくのを見たでしょう」

「はあ、おたずねになっているのは、あのとりこわし家屋の古材木をつんだトラックのことではありませんか」

「そうです」

「それならば、たしかにとおりました」

警官は、あの古材木がどうしたんです、といわぬばかりの顔つきです。

「みなさんおわかりになりましたか。これが賊の魔法の種です。うわべは古材木ばかりのように見えていて、そのじつ、あのトラックには、盗難の美術品がぜんぶつみこんであったのですよ」

明智は一同を見まわして、おどろくべき種明かしをしました。

「すると、とりこわしの人夫のなかに賊の手下がまじっていたというのですか」

中村係長は、目をぱちぱちさせてききかえしました。

「そうです。まじっていたのではなくて、人夫ぜんぶが賊の部下だったのかもしれません。二十面相は早くから万端の準備をととのえて、このぜっこうの機会を待っていたのです。家屋のとりこわしは、たしか十二月五日からはじまったのでしたね。その着手期日は、三月も四月もまえから、関係者にはわかっていたはずです。そうすれば、十日ごろはちょうど古材木はこびだしの日にあたるじゃありませんか。予告の十二月十日という日づけは、こういうところからわりだされたのです。また午後四時というのは、ほんものの美術品がちゃんと賊の巣窟にはこばれてしまって、もうにせものがわかってもさしつかえないという時間を意味したのです」

ああ、なんという用意周到な計画だったでしょう。二十面相の魔術には、いつのときも、一般の人の思いもおよばないしかけが、ちゃんと用意してあるのです。

「しかし明智君、たとえ、そんな方法ではこびだすことはできたとしても、まだ賊が、どうして陳列室へはいったか、いつのまに、ほんものとにせものとおきかえたかというなぞは、とけませんね」

刑事部長が明智のことばを信じかねるようにいうのです。

「おきかえは、きのうの夜ふけにやりました」

明智は、なにもかも知りぬいているような口調でかたりつづけます。

「賊の部下がばけた人夫たちは、毎日ここへ仕事へくるときに、にせものの美術品をすこしずつはこびいれました。絵は細くまいて、仏像は分解して手・足・首・胴とべつべつにむしろづつみにして、大工道具といっしょに持ちこめば、うたがわれる気づかいはありません。みな、ぬすみだされることばかり警戒しているのですから、持ちこむものに注意なんかしませんからね。そして、贋造品《がんぞうひん》はぜんぶ、古材木の山におおいかくされて、ゆうべの夜ふけを待っていたのです」

「だが、それをだれが陳列室へおきかえたのです。人夫たちは、みな夕方かえってしまうじゃありませんか。たとえそのうち何人かが、こっそり構内にのこっていたとしても、どうして陳列室へはいることができます。夜はすっかり出入口がとざされてしまうのです。館内には、館長さんや三人の宿直員が、一睡もしないで見はっていました。その人たちに知れぬように、あのたくさんの品物をおきかえるなんて、まったく不可能じゃありませんか」

館員の一人が、じつにもっともな質問をしました。

「それにはまた、じつに大胆不敵な手段が、用意してあったのです。ゆうべの三人の宿直員というのは、けさ、それぞれ自宅へ帰ったのでしょう。ひとつその三人の自宅へ電話をかけて、主人が帰ったかどうか、たしかめてみてください」

明智がまたしてもみょうなことをいいだしました。三人の宿直員は、だれも電話をもっていませんでしたが、それぞれ付近の商家によびだし電話がつうじますので、館員の一人がさっそく電話をかけてみますと、三人が三人とも、ゆうべ以来まだ自宅へ帰っていないことがわかりました。宿直員たちの家庭では、こんな事件のさいですから、きょうも、とめおかれているのだろうと、安心していたというのです。

「三人が博物館を出てからもう八、九時間もたつのに、そろいもそろって、まだ帰宅していないというのは、すこしおかしいじゃありませんか。ゆうべ徹夜をした、つかれたからだで、まさかあそびまわっているわけではありますまい。なぜ三人が帰らなかったのか、この意味がおわかりですか」

明智は、また一同の顔をぐるっと見まわしておいて、ことばをつづけました。

「ほかでもありません。三人は、二十面相一味のためにゆうかいされたからです」

「え、ゆうかいされた？　それはいつのことです」

館員がさけびました。

「きのうの夕方、三人がそれぞれ夜勤をつとめるために、自宅を出たところをです」

「え、え、きのうの夕方ですって？　じゃ、ゆうべここにいた三人は……」

「二十面相の部下でした。ほんとうの宿直員は賊の巣窟へおしこめておいて、そのかわりに賊の部下が博物館の宿直をつとめたのです。なんてわけのない話でしょう。賊が見はり番をつとめたんですから、にせものの美術品のおきかえなんて、じつにぞうさもないことだったのです。みなさん、これが二十面相のやり口ですよ。人間わざではできそうもないことを、ちょっとした頭のはたらきで、やすやすとやってのけるのです」

明智探偵は、二十面相の頭のよさをほめあげるようにいって、ずっと手をつないでいた館長北小路老博士の手首をいたいほど、ぎゅっとにぎりしめました。

「ううん、あれが賊の手下だったのか。うかつじゃった。わしがうかつじゃった」

老博士は、白髯をふるわせて、さもくやしそうにうめきました。両眼がつりあがって、顔がまっさおになって、見るもおそろしい憤怒の形相です。しかし、老博士は、三人のにせものをどうして見やぶることができなかったのでしょう。二十面相なら知らぬこと、手下の三人が、館長にもわからないほどじょうずに変装していたなんて、考えられないことです。北小路博士ともあろう人が、そんなにやすやすとだまされるなんて、すこしおかしくはないでしょうか。

怪盗捕縛

「だが、明智君」

警視総監は、説明がおわるのを待ちかまえていたように、明智探偵にたずねました。

「きみはまるで、きみ自身が二十面相でもあるように、美術品盗奪の順序をくわしく説明されたが、それはみんな、きみの想像なのかね。それとも、なにかたしかな根拠でもあるのかね」

「もちろん、想像ではありません。ぼくはこの耳で、二十面相の部下から、いっさいの秘密をきき知ったのです。いま、きいてきたばかりなのです」

「え、え、なんだって？　きみは二十面相の部下にあったのか。いったい、どこで？

どうして？」

さすがの警視総監も、このふいうちには、どぎもをぬかれてしまいました。

「二十面相のかくれがで会いました。総監閣下、あなたは、ぼくが二十面相のためにゆうかいされたことをごぞんじでしょう。ぼくの家庭でも世間でもそう考え、新聞もそう書いておりました。しかし、あれは、じつを申しますと、ぼくの計略にすぎなかったのです。ぼくはゆうかいなんかされませんでした。かえって賊のみかたになって、ある人物のゆうかいを手つだってやったほどです。

昨年のことですが、ぼくはある日一人のふしぎな弟子入り志願者の訪問をうけました。ぼくはその男を見て、ひじょうにおどろきました。目の前に大きなかがみが立ったのではないかとあやしんだほどです。なぜと申しますと、その弟子入り志願者は、背かっこうから、顔つきから、頭の毛のちぢれかたまで、このぼくと寸分ちがわないくらいよくにていたからです。つまり、その男はぼくの影武者として、なにかのばあいのぼくのかえだまとして、やとってほしいというのです。

ぼくは、だれにも知らせず、その男をやといいれて、あるところへ住まわせておきましたが、それがこんど役にたったのです。

ぼくはあの日外出して、その男のかくれがへいき、すっかり服装をとりかえて、ぼくになりすましたその男を、先にぼくの事務所へ帰らせ、しばらくしてから、ぼく自身は浮浪人赤井寅三というものにばけて、明智事務所をたずね、ポーチのところで、じぶんのかえだまとちょっと格闘をしてみせたのです。

賊の部下がそのようすを見て、すっかりぼくを信用しました。そして、それほど明智にうらみがあるなら、二十面相の部下になれとすすめてくれたのです。そういうわけで、ぼくは、ぼくのかえだまをゆうかいするお手つだいをしたうえ、とうとう賊の巣窟にはいることができました。

しかし、二十面相のやつは、なかなかゆだんがなくて、なかま入りをしたその日から、ぼくを家のなかの仕事ばかりに使い、一歩も外へ出してくれませんでした。むろん、博物館の美術品をぬすみだす手段など、ぼくにはすこしもうちあけてくれなかったのです。

そして、とうとう、きょうになってしまいました。ぼくはある決心をして、午後になるのを待ちかまえていました。すると、午後二時ごろ、賊のかくれがの地下室の入り口があいて、人夫の服装をしたたくさんの部下のものが、手に手に貴重な美術品をかかえて、どかどかとおりてきました。むろん博物館の盗難品です。

ぼくは地下室にるす番をしているあいだに、酒・さかなの用意をしておきました。そして帰ってきた部下と、ぼくといっしょにのこっていた部下と、ぜんぶのものに祝杯をすすめました。そこで部下たちは、大事業の成功したうれしさに、むちゅうになって酒もりをはじめたのですが、やがて、三十分ほどもしますと、一人たおれ、二人たおれ、ついにはのこらず、気をうしなってたおれてしまいました。

なぜかとおっしゃるのですか。わかっているではありませんか。ぼくは賊の薬品室から麻酔剤をとりだして、あらかじめその酒のなかへまぜておいたのです。

それから、ぼくはひとりそこをぬけだして、付近の警察署へかけつけ、事情を話して、二十面相の部下の逮捕と、地下室にかくしてあるぜんぶの盗難品の保管をおねがいしました。

およろこびください。盗難品は完全にとりもどすことができました。国立博物館の美術品も、あの気のどくな日下部老人の美術城の宝物も、そのほか、二十面相がいままでにぬすみためた、すべての品物は、すっかりもとの所有者の手にかえります」

明智の長い説明を、人々はよったようにききほれていました。ああ、名探偵はその名にそむきませんでした。かれは人々の前に広言したとおり、たった一人の力で、賊の巣窟をつきとめ、すべての盗難品をとりかえし、あまたの悪人をとらえたのです。

「明智君、よくやった。よくやった。わしはこれまで、すこしきみを見あやまっていたようだ。わしからあつくお礼を申します」

警視総監は、いきなり名探偵のそばへよって、その左手をにぎりました。

なぜ左手をにぎったのでしょう。それは明智の右手がふさがっていたからです。その右手は、いまだに老博物館長の手と、しっかりにぎりあわされていたからです。みょうですね。明智はどうしてそんなに老博士の手ばかりにぎっているのでしょう。

「で、二十面相のやつも、その麻酔薬をのんだのかね。きみはさいぜんから部下のことばかりいって、一度も二十面相の名を出さなかったが、まさか首領をとりにがしたのではあるまいね」

中村捜査係長が、ふとそれに気づいて、心配らしくたずねました。

「いや、二十面相は地下室へは、帰ってこなかったよ。しかし、ぼくは、あいつもちゃんととらえている」

明智はにこにこと、例の人をひきつけるわらい顔で答えました。

「どこにいるんだ。いったいどこでとらえたんだ」

中村警部が性急にたずねました。ほかの人たちも、総監をはじめ、じっと名探偵の顔を見つめて、へんじを待ちかまえています。

「ここでつかまえたのさ」

明智は、おちつきはらって答えました。

「ここで？　じゃあ、いまはどこにいるんだ」

「ここにいるよ」

ああ、明智はなにをいおうとしているのでしょう。

「ぼくは二十面相のことをいっているんだぜ」

警部が、けげん顔でききかえしました。

「ぼくも二十面相のことをいっているのさ」

明智が、おうむがえしに答えました。

「なぞみたいないいかたは、よしたまえ。ここには、われわれが知っている人ばかりじゃないか。それともきみは、この部屋のなかに、二十面相がかくれているとでもいうのかね」

「まあ、そうだよ。ひとつ、その証拠をお目にかけようか……。どなたか、たびたびごめんどうですが、下の応接間に四人のお客さまが待たせてあるんですが、その人たちをここへよんでくださいませんか」

明智は、またまた意外なことをいいだすのです。

館員の一人が、いそいで下へおりていきました。そして、待つほどもなく、階段におぜいの足音がして、四人のお客さまという人々が、一同の前に立ちあらわれました。

それを見ますと、一座の人たちは、あまりのおどろきに、「あっ」と、さけび声をたてないではいられませんでした。

まず四人の先頭に立つ白髪白髯の老紳士をごらんなさい。それは、まぎれもない北小路文学博士だったではありませんか。

つづく三人は、いずれも博物館員で、きのうの夕方からゆくえ不明になっていた人々です。

「このかたがたは、ぼくが二十面相のかくれがからすくいだしてきたのですよ」

明智が説明しました。

しかし、これはまあ、どうしたというのでしょう。博物館長の北小路博士が二人になったではありませんか。

一人はいま、階下からあがってきた北小路博士、もうひとりは、さいぜんからずっと明智に手をとられていた北小路博士。

服装から顔かたちまで寸分ちがわない、二人の老博士が、顔と顔を見あわせて、にらみあいました。

「みなさん。二十面相が、どんなに変装の名人かということが、おわかりになりましたか」

明智探偵はさけぶやいなや、いままでしんせつらしくにぎっていた老人の手を、いきなりうしろにねじあげて、ゆかの上にくみふせたかと思うと、白髪のかつらと、白いつけひげとを、なんなくむしりとってしまいました。その下からあらわれたのは、黒々とした髪の毛と、若々しいなめらかな顔でした。いうまでもなく、これこそ正真正銘の二十面相その人でありました。

「ははは……、二十面相君、ごくろうさまだったねえ。さいぜんからきみはずいぶんくるしかっただろう。目の前できみの秘密が、みるみる曝露《ばくろ》していくのを、じっとがまんして、なにくわぬ顔できいていなければならなかったのだからね。にげようにも、このおおぜいの前ではにげだすわけにもいかない。いや、それよりも、ぼくの手が、手錠のかわりに、きみの手首をにぎりつづけていたんだからね。手首がしびれやしなかったかい。まあ、かんべんしたまえ、ぼくはすこしきみをいじめすぎたかもしれないね」

明智は、無言のままうなだれている二十面相を、さもあわれむように見おろしながら、皮肉ななぐさめのことばをかけました。

それにしても、館長にばけた二十面相は、なぜもっと早くにげださなかったのでしょう。ゆうべのうちに、目的ははたしてしまったのですから、三人のかえだまの館員といっしょに、さっさと引きあげてしまえば、こんなはずかしい目に会わなくてもすんだのでしょうに。

しかし、読者諸君、そこが二十面相なのです。にげだしもしないで、ずうずうしくいのこっていたところが、いかにも二十面相らしいやり口なのです。かれは、警察の人たちがにせものの美術品にびっくりするところが見物したかったのです。

もし、明智があらわれるようなことがおこらなかったら、館長自身がちょうど午後四時に盗難に気づいたふうをよそおって、みんなをあっといわせるもくろみだったにちがいありません。いかにも二十面相らしい冒険ではありませんか。でも、その冒険がすぎて、ついに、とりかえしのつかない失策を演じてしまったのでした。

さて明智探偵は、きっと警視総監のほうにむきなおって、

「閣下、では怪盗二十面相をおひきわたしいたします」

と、しかつめらしくいって、一礼しました。

一同あまりに意外な場面に、ただもうあっけにとられて、名探偵のすばらしいてがらをほめたたえることもわすれて、身動きもせず立ちすくんでいましたが、やがて、はっと気をとりなおした中村捜査係長は、つかつかと二十面相のそばへ進みより、用意の捕《ほ》縄《じょう》をとり出したかとみますと、みごとな手ぎわで、たちまち賊をうしろ手にいましめてしまいました。

「明智君、ありがとう。きみのおかげで、ぼくはうらみかさなる二十面相に、こんどこそ、ほんとうになわをかけることができた。こんなうれしいことはないよ」

中村係長の目には、感謝のなみだが光っていました。

「それでは、ぼくはこいつをつれていって、おもてにいる警官諸君をよろこばせてやりましょう……。さあ、二十面相、立つんだ」

係長はうなだれた怪盗をひきたてて、一同にえしゃくしますと、かたわらにたたずんでいた、さいぜんの警官とともに、いそいそと階段をおりていくのでした。

博物館の表門には、十数名の警官がむらがっていました。いましも建物の正面入り口

から、二十面相のなわじりをとった係長があらわれたのを見ますと、先をあらそって、そのそばへかけよりました。

「諸君、よろこんでくれたまえ。明智君の尽力で、とうとうこいつをつかまえたぞ。これが二十面相の首領だ」

係長がほこらしげに報告しますと、警官たちのあいだに、どっと、ときの声があがりました。

二十面相はみじめでした。さすがの怪盗もいよいよ運のつきと観念したのか、いつものずうずうしいえがおを見せる力もなく、さもしんみょうにうなだれたまま、顔をあげる元気さえありません。

それから、一同、賊をまんなかに行列をつくって、表門を出ました。門の外は公園の森のような木立ちです。その木立ちのむこうに、二台の警察自動車が見えます。

「おい、だれかあの車を一台、ここへよんでくれたまえ」

係長の命令に、一人の警官が、警棒をにぎってかけだしました。一同の視線がそのあとを追って、はるかの自動車にそそがれます。

警官たちは賊の神妙なようすに安心しきっていたのです。中村係長も、つい自動車のほうへ気をとられていました。

一刹那《いっせつな》、ふしぎに人々の目が賊をはなれたのです。賊にとってはぜっこうの機会でした。

二十面相は、歯をくいしばって、満身の力をこめて、中村係長のにぎっていたなわじりを、ぱっとふりはなしました。

「うむ、待てっ」

係長がさけんで立ちなおったときには、賊はもう十メートルほどむこうを、矢のように走っていました。うしろ手にしばられたままの奇妙なすがたが、いまにもころがりそうなかっこうで森のなかへととんでいきます。

森の入り口に、さんぽのかえりらしい十人ほどの、小学生たちが、立ちどまって、このようすをながめていました。

二十面相は走りながら、じゃまっけな小僧どもがいるわいと思いましたが、森へにげこむには、そこをとおらぬわけにはいきません。

なあに、たかのしれた子どもたち、おれのおそろしい顔を見たら、おそれをなしてにげだすにきまっている。もしにげなかったら、けちらしてとおるまでだ。

賊はとっさに思案して、かまわず小学生のむれにむかって突進しました。

ところが、二十面相のおもわくはがらりとはずれて、小学生たちは、にげだすどころか、わっとさけんで、賊のほうへとびかかってきたではありませんか。

読者諸君は、もうおわかりでしょう。この小学生たちは、小林芳雄君を団長にいただく、あの少年探偵団でありました。少年たちはもう長いあいだ、博物館のまわりをあるきまわって、なにかのときの手だすけをしようと、手ぐすねひいて待ちかまえていたのでした。

まず先頭の小林少年が二十面相を目がけて、鉄砲玉のようにとびついていきました。つづいて羽柴壮二少年、つぎはだれ、つぎはだれと、みるみる、賊の上におりかさなって、両手の不自由なあいてを、たちまちそこへころがしてしまいました。

さすがの二十面相も、いよいよ運のつきでした。

「ああ、ありがとう、きみたちは勇敢だねえ」

かけつけてきた中村係長が少年たちにお礼をいって、部下の警官と力をあわせ、こんどこそとりにがさぬように、賊をひったてて、ちょうどそこへやってきた警察自動車のほうへつれていきました。そのとき、門内から、黒いせびろの一人の紳士があらわれました。さわぎを知って、かけだしてきた明智探偵です。小林少年は目早く、先生のぶじなすがたを見つけますと、驚喜のさけび声をたてて、そのそばへかけよりました。

「おお、小林君」

明智探偵も、思わず少年の名をよんで、両手をひろげ、かけだしてきた小林君を、そのなかにだきしめました。美しい、ほこらしい光景でした。この、うらやましいほど親密な先生と弟子とは、力をあわせて、ついに怪盗逮捕の目的を達したのです。そして、おたがいのぶじをよろこび、苦労をねぎらいあっているのです。

立ちならぶ警官たちも、この美しい光景にうたれて、にこやかに、しかし、しんみりした気持ちで、二人のようすをながめていました。少年探偵団の十人の小学生は、もうがまんができませんでした。だれが音頭をとるともなく、期せずしてみんなの両手が、高く空にあがりました。そして一同、かわいらしい声をそろえて、くりかえしくりかえしさけぶのでした。

「明智先生ばんざあい」

「小林団長ばんざあい」

明智小五郎年代記《クロニクル》　9

平山雄一

明智小五郎《あけちこごろう》の特徴の一つは、普通の小説だけでなく子ども向けの小説でも大人活躍をしているところです。子どもの頃に少年探偵団シリーズに親しんで、大人向けの小説に手を伸ばし、ショックを受けた子ども達もたくさんいたのではないでしょうか。いよいよ第九巻では、子ども向け小説の発生年代を検討します。普通の小説と違ってそれほど背景の書き込みがないので難しいのですが、さっそく始めましょう。

「大金塊」

この作品は『少年倶楽部《くらぶ》』一九三九年一月号から一九四〇年二月号にかけて、二回の休載をはさんで連載されました。

子ども向けの小説の嚆矢《こうし》は次に掲載する「怪人二十面相」なのですが、発生年代順に並べると、「大金塊」が先にきてしまいます。

「「少年探偵団」や「妖怪博士」をお読みになった読者諸君」という記述がありますが、

これは出版順の問題であって、事件発生順とは関係ありません。また「小林少年は「妖怪博士」の事件で、経験がありますから」という描写は問題ですが、これから論じる内容との兼ね合いで、どちらを優先すべきかということでしょう。

いつも通り、事件が発生したのは雑誌連載以前であるのは間違いありません。そして後述のように「怪人二十面相」が発生したのは一九三一年十月から十二月です。この作品中で少年探偵団が結成され、明智小五郎や小林芳雄《こばやしよしお》少年が登場する子ども向け作品では、本作以外全てに登場します。つまり「大金塊」は少年探偵団が登場しない、なんらかの理由があったのです。それは、少年探偵団結成以前だったからではないでしょうか。小林少年の初登場は一九二九年後半の「吸血鬼」（第七巻収録）です。だから「大金塊」が発生したのは「吸血鬼」以後「怪人二十面相」以前で、さらに冒頭の場面で「春の夜もふけて」とありますから、事件が起きたのは一九三〇年か一九三一年の春に絞り込めます。問題はそのどちらなのかということですが、一九三一年四月は「人間豹《にんげんひょう》」（第八巻収録）の後半の事件（前半は一九三〇年二月）が発生していますので、一九三〇年のほうに分があるように思えます。小林少年と不二夫《ふじお》君が洞窟に閉じ込められた場面では「春のおわりのあたたかい気候でしたから、海の水もそれほどつめたくはなかった」と描写されているので、五月くらいでしょうか。四月の後半から五月に起きたと考えれば、一九三一年でも不可能ではありません。岩屋島《いわやじま》に上陸した不二夫君は「ひとりではしゃいでいました」が、小林少年は落ち着いていたのを見比べると、より年長になっている一九三一年のほうが適当にも思えます。しかしこの事件を三一年にすると、明智が登場する一九三〇年の事件が一つもなくなってしまいます。これらを考え合わせて、とりあえずは一九三〇年ということにしておきましょう。

日にちのほうですが、一日目を賊が押し入って不二夫君がピストルで脅された晩とすると、二日目に明智と小林少年が宮瀬《みやせ》家を訪問しました。それから「二日のあいだは、なにごともなくすぎましたが、さて、三日めの午後」に不二夫君のかえ玉となった小林少年が誘拐されました。最初から数えると五日目です。その晩に小林少年はアジトの内部を探りました。翌日六日目の晩に小林少年は暗号文を取り戻して脱出します。その翌朝七日目に、宮瀬家で明智は暗号を解読してみせます。「翌日の夜」八日目に明智らは岩屋島へと出発しました。「そのあくる日の昼ごろ」九日目に長島町《ながしまちょう》に到着、岩屋島を訪れます。「そのあくる朝」十日目に再び岩屋島に上陸し、宝物を発見して大団円を迎えます。

「大金塊」は一九三〇年晩春の十日間に発生しました。

＊

この物語の後半の舞台になった「長島という町」は、三重県南部の現在の紀北町《きほくちょう》の一部です。紀北町は二〇〇五年に紀伊長島町《きいながしま》と海山町《みやまちょう》が合併してできました。紀北町観光協会のホームページ（http://www.kihoku-kanko.com/feature/bungaku.html#section-ranpo）によると、「『大金塊』という作品中、紀北町の大島が岩屋島や鬼ガ島という名で登場します。文中では、「昔鬼が住んでいて、その鬼の魂が島に残っているとされる島」と説明されています。実際の大島は、オオタニワタリなど貴重な植物があり、周辺には町の鳥カンムリウミスズメも飛来する所です」と紹介されていました。本文では「船で二里（約八キロ）ばかりの荒海の中」と描写されていますが、大島は本土から南東に五キロほど離れた無人島で、「大島暖地性植物群落」は国の天然記念物に指定されているそうです。

御存知のように三重県は乱歩の出身地（名張市《なばり》）で、現在の鳥羽市《とば》でサラリーマンをしていたこともあります。乱歩の代表作の一つ「パノラマ島奇譚」（一九二六〜二七）に登場するM県S郡の沖《おき》の島《しま》も、三重県の島でしょう。鳥羽市にある現在のミキモト真珠島がそのモデルではないかと言われています。また「怪奇四十面相」（一九五二）では、和歌山県森戸《もりと》岬のどくろ島に宝探しに出かけます。「孤島の鬼」（一九二九〜三〇）では、本作と同じ岩屋島という名前の、和歌山県の島が舞台になりました。現在では三重県と和歌山県に分かれていますが、かつての紀伊国は三重県の南部を含んでいたので、南三重と和歌山県の住民には一体感があったのかもしれません。

明智、小林そして宮瀬親子は品川《しながわ》駅から乗車して、「汽車の中でねむって、そのあくる日の昼ごろには、三重県の南のはしの長島町」に到着しました。『旅程と費用概算』（博文館、昭和六年第四版）によると、さすがに長島町に行く旅行プランはありませんが、その手前にある伊勢《いせ》神宮参拝の旅行モデルが掲載されています。これによると東京駅を午後十時十五分に鳥羽行き普通列車で出発し、翌朝九時十分に山田《やまだ》駅（現在の伊勢市駅）に到着しています。おそらく明智たちは途中のどこかの駅で乗り換えて、現在の紀勢《きせい》本線が通る紀伊長島駅（一九三〇年四月二十九日開業ですから、できたてです）に到着したのでしょうが、「昼ごろ」というのは納得のいく時刻です。ちなみに東京を出る汽車には「二等寝台アリ」と書いてありますから、四人は快適な旅を楽しんだのでしょう。

余談になりますが、同書の昭和十三年第十六版の旅行プランでは、蒲郡《がまごおり》で下車をして、ここで遊んでから鳥羽行きの船に乗るという行程も紹介しています。五一トン定員百人の第五参宮丸という船ですので、けっこう大型の船であり、名前からすると伊勢参り客を見越しているのでしょう。当時は蒲郡が観光地だったとは驚きです。このガイドブックによると「東海屈指ノ景勝地ニ数ヘラレテ居ル」そうです。そういえば蒲郡クラシックホテル（元蒲郡ホテル、一九三四年開業）が、現在も営業しています。

悪の首領「今井《いまい》きよ」は「すごいほど美しい」「三十歳ぐらいでしょうか、娘さんではなくて、奥さんという感じ」の女賊です。「小林君はふと、西洋のある女どろぼうの写真を思いだしました。その女どろぼうは、美しい顔をしているくせに、男の人を何人も毒薬で殺したり、変装をしたり、宝石をぬすんだり」したと描写してありますが、おそらくこれは乱歩が若かりし頃に愛好した活動写真『プロテア』（一九一三）の女主人公のことではないでしょうか。彼は「屋根裏の散歩者」（第一巻収録、一九二五）、「空気男」（原題「二人の探偵小説家」一九二六）、「影男」（一九五五）、「ぺてん師と空気男」（一九五九）で繰り返しこの映画に言及しました。「黒蜥蜴《くろとかげ》」（第十巻収録、一九三四）の緑川《みどりかわ》夫人も、プロテアがモデルだったのでしょう。彼女の活躍と比べると、今井きよは少々物足りない気もします。二十面相の向こうを張る女賊に発展したら面白かったのですが。もっとも「黒蜥蜴」に書かれた事件は一九三二年から三三年に起きたという研究結果ですので、もしかしたら今井きよが脱獄して、緑川夫人になったとも考えられます。いかがでしょうか。

ちなみに彼女の住所は「目黒《めぐろ》区上《かみ》目黒六丁目」です。目黒区ができたのは一九三二年ですが、住所表記は発表時の一九三九年に合わせたのでしょう。現在上目黒は五丁目までしかありませんが、かつては八丁目までありました。六丁目は今の東山《ひがしやま》一丁目付近、烏森《からすもり》小学校の北のあたりでしょうか。

一方で宮瀬家は「東京の西北のはずれにあたる荻窪《おぎくぼ》の、さびしい丘の上に建っていました」。宮瀬鉱造《こうぞう》の兄が建設しましたが、「兄がこの家をわたしにゆずって、亡くなってから一年ほど」というのですから、案外住み始めてから日にちは経《た》っていません。『東京の戦前　昔恋しい散歩地図②』（草思社、二〇〇四）によると、「大正十二年（一九二三）の関東大震災後、東京市民は棲《す》み家《か》を求め、どっと郊外へ流出する」と記していますす。宮瀬家も「二階建てコンクリートづくりの洋館なのですが、赤がわらの屋根の形がみょうなかっこうに入りくんでいて、まるでお城かなんかのような感じでした」というのは、完成直後に関東大震災に見舞われても無事だった、フランク・ロイド・ライト設計の帝国ホテルを連想させます。おそらく宮瀬邸も震災後に建設されたのでしょう。

荻窪に住んでいた有名人といえば、荻外荘《てきがいそう》の近衛文麿《このえふみまろ》総理大臣、現在その住居跡が大田黒《おおたぐろ》公園になっている音楽評論家の大田黒元雄《もとお》がいますが、どちらも荻窪にあったのは別邸でした。近衛は別邸のほうが気に入って居着いてしまうのですが、東京市の中心から離れた静かでひなびた場所というのが、当時の姿だったのです。また一九二七年に荻窪に移り住んだ井伏鱒二《いぶせますじ》を中心にして数多くの文士が、その周辺の阿佐ヶ谷《あさがや》や高円寺《こうえんじ》に移り住み、阿佐ヶ谷文士村とまで言われるようになります。横溝正史《よこみぞせいし》がさらに西の吉祥寺《きちじょうじ》に転居したのが一九三二年、肺結核の症状を自覚してからでした。少しでも自然が豊かなところへと、転地療養の意味もあったのでしょうか。当時人気だった佐々木邦《ささきくに》のサラリーマンを主人公にしたユーモア小説でも、新居を中央線沿線に構えるエピソードが描かれています。実は東京市の役人だった私の祖父も、一九三〇年に三鷹《みたか》に土地を借りて文化住宅を建てました。中央線沿線は家賃が安いことから、陸軍将校が結婚するとこの周辺に家を構えることも多かったようです。

「怪人二十面相」

この作品は『少年倶楽部』一九三六年一月号から十二月号に、一回の休載をはさんで連載されました。

二十面相の予告状によると国立博物館をおそうのは十二月十日であり、「あますところ、もう九日間しかないのです」と、東京駅の場面で説明されていました。つまり明智と二十面相が鉄道ホテルで対決したのは十二月一日です。「その翌日の夕方」二日目に明智は赤井寅三《あかいとらぞう》に変装して二十面相一味の隠れ家に潜り込み、替え玉の明智を一緒になって誘拐します。三日目の「翌朝になっても明智探偵が帰宅しない」ので誘拐が明らかになります。それから「不安の第二夜も明けて、三日めの朝」、すなわち十二月六日に羽柴壮二《はしばそうじ》少年らが少年探偵団を結成して小林少年を訪問しました。この日は「ちょうど日曜日だった」と明記してあります。この時期で十二月六日が日曜日だったのは、一九三一年です。だからこの事件が発生したのは一九三一年でした。少年探偵団は「日曜・月曜・火曜・水曜」と捜索を続けましたが、これはすなわち十二月六日・七日・八日・九日に当たります。その間十二月八日に二十面相の投書が東京毎日新聞に掲載されました。十二月十日の予告の日、二十面相が国立博物館から逃走したときに「森の入り口に、さんぽのかえりらしい十人ほどの、小学生たちが、立ちどまって、このようすをながめていました」ということができたのは、二十面相が犯行予告時間を「午後四時」にしてくれたおかげで、学校が終わってから駆けつけられたのです。実は二十面相は子ども好きだったのかもしれません。

事件の最初に遡《さかのぼ》ると、羽柴一家が羽田《はねだ》空港に一家総出で長男の壮一《そういち》を出迎えに出かけているので、おそらく学校のない日曜日でしょう。翌日に登校途中で壮二が誘拐され、その日の夜に戻ります。仏像に化けた小林少年は三日目の朝に戸山《とやま》ヶ原《はら》の隠れ家から警官隊に救出されました。

二つ目の伊豆《いず》の事件が起きたのは予告状に明記されていた「十一月十五日」であり、それは「戸山ヶ原のかくれがを逃亡してから、ほとんど一ヵ月になります」。だから最初の事件が発生したのは十月半ばの日曜日、おそらく十月十一日日曜日なのでしょう。

そして三つ目の事件は最初に説明した通りです。これらを合わせると、「怪人二十面相」事件は一九三一年十月十一日から十二月十日までに発生しました。

一九三一年は田河水泡《たがわすいほう》が『少年倶楽部』に「のらくろ」の連載を開始し、柳条湖《りゅうじょうこ》事件から満洲《まんしゅう》事変がおこります。羽田飛行場、清水《しみず》トンネル、東京科学博物館、現在の大阪城天守閣、東京中央郵便局、ムーランルージュ新宿《しんじゅく》座ができたのも、この年です。

海外ではエンパイア・ステート・ビルができました。

　この作品の冒頭近くで「日本一の名探偵、明智小五郎」と言われています。最初は犯罪好きの高等遊民でしかなかったのが、ついに日本一と呼ばれるまでになりました。さらに羽柴家でも「東京に一人、えらい探偵がいる」とか、「警察でさじを投げた事件を、いくつも解決したっていうほどの名探偵」と言われていました。そして捜査のために「外国へ出張中」と、日本一どころか海外にまで活躍の場を広げています。この時期が、明智小五郎のキャリアの頂点と呼んでもいいでしょう。

　この出張に関する一節は、初出は「満洲国政府の依頼を受けて、新京《しんきょう》へ出張中」と書いてありました。満洲国は現在の中国東北部に、日本の後押しで一九三二年三月一日に建国された国家です。新京はその首都でした。正確にいえば事件が発生した時点でまだ満洲国は存在していませんが、その前身である各地の傀儡《かいらい》政権が設立されていました。おそらくそのうちの一つが明智に依頼したのでしょう。

　羽柴壮一が羽田空港に帰ってくるのを、羽柴家が全員で出迎えます。それ以前から飛行機の訓練施設はあったのですが、民間航路が就航する羽田の東京飛行場は一九三一年八月二十五日に開港したので、ちょうどできたばかりでした。『毎日年鑑　昭和七年』によると、「幅一〇〇メートル長さ六〇〇メートルのコンクリート滑走路が設けられ、格納庫の横には重量十トンまで計れる特殊な飛行機計量器の設備もある。しかして飛行場事務所は目下建築中であるが、これまた鉄筋コンクリート二階建の近世的復興式といふモダンなもので、一階は輸送会社と中央郵便局分室になるはずで、このせうしやなる建築が完備すればもう申分《もうしぶん》のない東洋一の国際的大エア・ポートが完成する」と描写していますｃ南方から帰ってくるなら横浜の港にでも上陸する船を選べばいいようなものですが、さすが二十面相は目立ちたがりやだけあって、最新の設備を使いたかったようです。それに本当に船に乗るにはいったん外国に出なくてはいけないので、さすがにそこまで手間はかけられないということでしょうか。

「下関《しものせき》で船をおりて、飛行機で帰ってくる」とありますが、『東洋経済株式会社年鑑昭和七年版』によると、当時の国内線は東京・大阪間、大阪・福岡間でした。下関で船から上陸して、連絡船で北九州に渡り、当時利用されていた大刀洗《たちあらい》飛行場まで汽車で行ったのでしょうか。しかしここは太宰府《だざいふ》と久留米《くるめ》の間ですから、下関からわざわざ行くのは大変そうです。実はもう一カ所、福岡飛行場（名島《なじま》水上飛行場、現在の福岡市東区）というのがあって、水上飛行艇で福岡と大阪木津川《きづがわ》飛行場を結んでいました。使用されていたのはドルニエ・ワール機でした。ただし便の数が限られます。

それとも下関から汽車で大阪に出て、大阪で下車し、木津川飛行場から飛行機に乗ったのかもしれません。『毎日年鑑　昭和七年』によると、当時我が国の東京・大阪間の定期航空に用いられていたのは「ホ（フォ）ッカーＦⅦ」でした。乗員二名、乗客八名が定員で、欧米で広く旅客機や輸送機として使われた木造飛行機です。羽柴壮一もこの飛行機に乗ったのでしょうか。

アガサ・クリスティの『雲をつかむ死(Death in the Clouds)』は一九三五年発表ですから、事件発生の四年後、雑誌発表の一年前でした。作品中で事件が起きるのは飛行機の中で、ロンドン・ウィークエンド・テレビ制作、デヴィッド・スーシェ主演のテレビドラマ『名探偵ポワロ』では、その様子が映像として再現されました。ミステリ好きの皆さんはご覧になったことと思います。ただし登場した飛行機はDC2もしくは3、金属製の機体の飛行機で、さすがイギリスは日本よりも進んでいたようです。

小林少年が監禁された二十面相の隠れ家から見える風景について、「東京の読者諸君は、戸山ヶ原にある、大人国《たいじんこく》のかまぼこをいくつもならべたような、コンクリートの大きな建物をごぞんじでしょう」と乱歩は言いますが、具体的な名前には言及しません。「東京以外の読者諸君」は首を傾《かし》げてしまったでしょう。実はこれは陸軍の実弾射撃場です。一八七四年以降戸山ヶ原には陸軍の施設が数多くつくられ、射撃場、演習場、陸軍戸山学校などがありました。この建物は、コンクリートの中だったら実弾を撃ってもどこかに飛んで行ってしまうことがないから安全です。乱歩は軍事機密の観点から、ぼかして表現したのではないでしょうか。小林少年が監禁されている「この建物が、戸山ヶ原の北がわ、西よりの一隅にある」という記述から、冨田均は『乱歩「東京地図」』

（作品社、一九九七）で、「この場所は同線路（引用者註・山手線）の東側、今の都営「西大《にしおお》久保《くぼ》四丁目アパート」の一角ということになる。住所で更に狭めれば、大久保三丁目一二番地、スーパー「マルエツ」があるあたりということになる」と調べ上げています（もう一つの候補として「都営戸山ヶ原住宅地」も挙げています）。そしてこの洋館は「黄金仮面」（第六巻収録）のルパンの隠れ家と同じ建物ではないかと、推理を進めています。

物語の最後の舞台になっている上野《うえの》の国立博物館は、一八七二年に神田《かんだ》の湯島《ゆしま》に設立され、一八八二年に現在地に移転、事件当時の名前は東京帝室博物館といいました。国立博物館と変更されたのは一九四七年です。現在は入り口から見て正面に本館、左手に表慶館、右手に東洋館がありますが、この事件が起きた当時は表慶館しかありませんでした。かつては現在の本館の場所にジョサイヤ・コンドルが設計したレンガ造り二階建ての本館（一八八二）があったのですが、関東大震災で倒壊してしまったのです。表慶館が完成したのは一九〇八年ですが、こちらは地震に堪えることができました。さらに右手には第二号館（第一回内国勧業博覧会［一八七七］の美術館）と第三号館（第三回内国勧業博覧会［一八九〇］の参考館）があったのですが、これらも被害を受けました。結局これらの建物は使用に堪えず、翌年四月から表慶館のみで再開しました。だからこの物語の舞台になったのは表慶館だったのです。東京国立博物館のホームページによると、興福寺《こうふくじ》十二神将像（国宝）、浄瑠璃寺吉祥天像《じょうるりじきちじょうてん》（重要文化財）などが、当時展示されていたそうです。二十面相はこれらの模造品を一生懸命になってつくったというわけです。現在の本館が開館するのは一九三八年でした。

現在の平成館の前庭には、かつてここに博物館の事務棟があり、森鷗外《もりおうがい》が総長を務めていた当時の居室があったと書かれた説明板が設置されています。森鷗外は一九一七年から死去する一九二二年まで帝室博物館の総長を務めました。事件当時の博物館長北小路《きたこうじ》文学博士は、当時森鷗外と一緒に勤務していたのかもしれません。明智は「博物館創立当時からの、古い日本建ての館員宿直室がたっていたのですが、それが不用になって、数日前から、家屋のとりこわしをはじめ、もうほとんど、とりこわしもおわって、古材木や、屋根がわらなどが、あっちこっちにつみあげてあるのです」と説明していますが、おそらくここにあった事務棟の一部のことを指しているのでしょう。

博物館の場面に登場する警視総監が「たかが一民間探偵じゃないか」と明智を侮る発言をしています。当時の警視総監は、現在のように警察官僚が内部から昇進するのではなく、その上の内務省の官僚や政治家が任命されていました。内務官僚は全国の警察組織の仕事をする場合もありますが、警察とは関係ない職務に当たることもあります。おそらく、いきなりよそから赴任して来て、それまで警視庁と明智が築いて来た良好な関係を理解していなかったのでしょう。そして内閣が交代したりすると、警視総監も交代していたので、この頃は平均して十ヵ月ほどしか在任期間はありませんでした。「魔術師」（第五巻収録）で祝賀会を開いてくれようとした警視総監や「黄金仮面」（第六巻収録）でF国の舞踏会に出席した警視総監と、「怪人二十面相」の警視総監は別人だと思われます。もちろん白コウモリ団に誘拐され、明智に助けてもらった赤松《あかまつ》警視総監（「猟奇の果《はて》」第四巻収録）とは赤の他人でしょう。

少年探偵と「遊び」の世界

三上　延

同じような話だなあ、と思いつつ貪り読んでいた。小学生の頃の話である。

小学校の図書室にはポプラ社版の『少年探偵　江戸川乱歩全集』が全巻揃《そろ》っていた。貸し出されている巻も多く、第一作目から順番に読むという常識もなかったので、「透明怪人」や「宇宙怪人」など面白そうな怪人のタイトルから読み進めていった。

だいたいどの巻もまず得体の知れない怪人が出てきて、美術品や宝石などを盗みまくる。やがて怪人は二十面相の変装だと分かり、その野望を砕いた少年探偵団が万歳を叫んで物語は終わる。やっぱり同じだなあ、と思いつつ、また次の本を手に取る。テーマパークに行った小学生が、気に入ったアトラクションに何度でも乗りたがるようなものだ。同じだと分かっていても面白いのである。

乱歩の少年物の多くは非日常の恐怖を物語の出発点にしている。平凡な子供（あるいは大人）が、日常にはありえない存在にいきなり遭遇する。改めて「怪人二十面相」を読むと、第一作で既にこのパターンは確立されている。

東京中を騒がす怪人二十面相が、ダイヤモンドを盗み出すという予告状を実業家の羽《は》柴《しば》壮《そう》太《た》郎《ろう》に送る。怪人を恐れつつも、息子の壮《そう》二《じ》少年は庭の花壇に鉄の罠《わな》を仕掛ける。どことなく子供の遊びめいているが、考えてみれば恐怖は遊びのスパイスである。鬼ごっこや隠れんぼのような懐かしい遊びも、鬼役を真剣に怖がっていた時の方が面白かったはずだ。

二十面相はあの手この手で人々を怖がらせる存在であるのと同時に、全力で少年探偵たちに付き合ってくれる「大人の遊び相手」でもある。広大な敷地に置かれた小さな鉄の罠にもきちんと引っかかって怪我《けが》まで負いつつ、さらなる恐怖を味わわせてくれる。

それでも、人間を殺したり傷つけるのは嫌いな二十面相の性格は一応守られている。特に子供には優しい。物語の中盤、アジトに侵入してきた小林少年を捕らえる時も、直接的な暴力ではなく落とし穴を使う。監禁中に武器と交換に食事まで提供してくれる。ちなみにメニューは「湯気のたっているおにぎりが三つと、ハムと、なまたまごと、お茶のびん」。昭和十一年という連載時期を考えると、十分なもてなしである。

二十面相の小林への愛着は並外れていて、警察宛ての手紙にまで「かわいくてしかたがない」とわざわざ書くほどだ。色々と想像を膨らませたくはなるが、年少者を慈《いつく》しむ感情に嘘《うそ》はないだろう。少なくとも腹を空かせた子供を放置するような人間ではないのである。

終盤は明智小五郎と二十面相のスリリングな駆け引きが続き、少年たちの存在感はやや薄れるが、最後に見せ場は用意されている。一瞬の隙を突いて逃げ出した二十面相を、森の中で小林たちが取り押さえるのだ。これも捕り物というよりは追いかけっこめいている。

非日常の恐怖が出発点だと先ほど書いたが、乱歩の少年物は物語全体として子供の遊びの世界から離れそうで離れない。第一作から登場する「七つ道具」など、豊富なアイテムの数々はまさに遊びのための道具だ。落とし穴のような派手なギミックも物語世界を豊かに彩っている。それらが当たり前に活躍する非日常の世界で、少年探偵たちはいきいきと活躍している。

そしてどんな非日常的な怪人が登場し、奇抜な事件が起こっても、最後はすべてトリックだったと一応は解明されて物語は終わる。探偵小説という物語の枠組みが明快だからこそ、年少の読者も安心して楽しむことができる。

それにしても、少年たちのまとめ役に小林を配置し、彼らの相手役として二十面相を創造した乱歩のセンスは卓越していたと言うほかない。マンネリと言われつつ二十年以上も書き続けられ、作者の死後五十年経《た》った今も読まれているのは、第一作で生み出されたパターンに風化しないだけの強靭《きょうじん》さがあったからだ。

「大金塊」も「怪人二十面相」で生み出されたパターンをかなり踏襲している。荻窪の洋館に住む宮瀬不二夫《みやせふじお》少年が、姿を見せない謎の盗賊にピストルを突きつけられる冒頭は、非日常の恐怖そのものだ。

今の東京を知る読者は宮瀬家が荻窪という「東京の西北のはずれ」の「さびしい丘の上」にあるという描写に違和感をおぼえるかもしれない。「大金塊」が雑誌連載されていた昭和十四年の荻窪は文化人に愛される閑静な郊外で、住宅密集地と化した現代とはまったく違っている。

本作は少年探偵シリーズの外伝的な内容で、二十面相や小林以外の少年探偵団のメンバーは登場しない。宮瀬家に代々伝わる暗号を解き、莫大《ばくだい》な金塊を探し当てる冒険小説だ。二つに分かれた暗号の争奪戦、手に入れた暗号の解読、金塊の探索と敵盗賊との攻防と、スピーディーな展開には無駄がない。敵アジトの探索や洞窟探検など、子供心をそそる場面が多く、私にとっても思い出深い乱歩作品の一つだ。

拙作『ビブリア古書堂の事件手帖』で乱歩を取り上げた時、戦前の講談社版で改めて「大金塊」を読み返した。面白いという感想は変わらなかったものの、いくつか引っかかることがあった。前半の宮瀬家、中盤の敵盗賊のアジト、後半の金塊が隠された洞窟と、物語がほとんど屋内や洞窟といった閉鎖空間で進む。派手な追跡劇や格闘シーンもない。少年探偵団のメンバーがおらず、財宝を狙われる邸宅が一つだけのせいか登場人物も少ない。物語がどことなく窮屈で、閉じた印象を受けたのである。

さらに気になったのが、せっかく手に入れた金塊を「金指環《ゆびわ》一つでさえ、政府に売り渡さなければならないこの非常時」だからとすべて大蔵省に納めてしまうこと。代わりに下げ渡された現金すら一部を軍に寄付している。

これは「大金塊」の連載前の昭和十二年に日中戦争が始まり、日本が戦時体制に移行したことと大いに関係がある。政府に金を献納する運動も始まっており、それを意識した結末なのである。

このような時代性はそれまでの少年探偵シリーズにも実は多少反映されている。戦後の版では曖昧な表現に変更されたが、「怪人二十面相」の戦前の版では、物語の半ばまで不在だった明智は「満州国政府の依頼」で首都新京《しんきょう》へ出張しており、陸軍に関係した事件を解決したらしいことが暗示されている。ただ、あくまで本筋から離れたエピソードに留《とど》まっていて「大金塊」のように物語の結末には絡んでこない。

「怪人二十面相」から「大金塊」執筆までの三年間で、日本は戦争の暗い時代に突入していた。作家としての乱歩もその影響を大きく受けている。「大金塊」連載中の昭和十四年、短編「芋虫」が当局から発禁処分を受けており、乱歩はひそかに作家としての「隠棲《いんせい》」の覚悟まで決めていた。

当局に睨《にら》まれるような描写を避けねばならず、かといって少年向けの探偵小説という枠組みは今さら壊せない。頭を悩ませた結果が、閉鎖空間での展開や登場人物の少なさ、という形で現われたのではないか。

いずれにせよ、少年探偵たちの非日常的な遊びの世界は、戦争という巨大な現実の前で許されなくなりつつあった。そう思うと乱歩が「大金塊」の最後の一節で、金を政府に納めるという「りっぱな行ない」よりも「もっともっと世間の人を喜ばせたのは、小林君と不二夫君の、手に汗にぎる冒険談でした」と書いているのは示唆に富んでいる。状況が許せば、さらなる「手に汗にぎる冒険談」を読者に向けて書く意志はあったはずだ。

しかし「怪人二十面相」から始まった少年探偵シリーズは「大金塊」で一度途絶してしまう。出版社も一度発禁処分を受けた作家に原稿を依頼するのは難しかったからだ。「青銅の魔人」以降の二十数作が執筆されるのは戦後になってからである。

奇抜なアジトに居を構えた二十面相が、さまざまな着ぐるみを被《かぶ》って全力で子供たちに悲鳴を上げさせる――荒唐無稽で豊かな遊びの世界が、一度途絶えながらもまた蘇《よみがえ》り、長く続いてくれたことに、私は心から感謝する。

同じような話だなあ、と小学生の頃に思えた幸せを、今はしみじみと噛《か》みしめている。

（みかみ・えん　作家）

編集協力＝平山雄一
（ひらやま・ゆういち）探偵小説研究家、翻訳家。一九六三年生まれ。東京医科歯科大学大学院修了、歯学博士。日本推理作家協会会員。著書に『江戸川乱歩小説キーワード事典』（東京書籍）、翻訳に『ウジェーヌ・ヴァルモンの勝利』（国書刊行会）、『隅の老人・完全版』（作品社）など。

企画協力＝平井憲太郎
（ひらい・けんたろう）祖父は江戸川乱歩。一九五〇年生まれ。立教大学を卒業後、鉄道模型月刊誌「とれいん」を株式会社エリエイより創刊。現在、同社代表取締役。

〈読者の皆様へ〉

本巻収録の「大金塊」は『江戸川乱歩全集　第二十四巻　青銅の魔神』（講談社、一九七九年）、「怪人二十面相」は『江戸川乱歩全集　第二十三巻　少年探偵団』（同前）を底本に編集いたしました。本文中には、今日の人権意識に照らせば不適切と思われる表現や用語が多々含まれておりますが、故人である作家独自の世界観や作品が発表された時代性を重視し、また乱歩作品が古典的に評価されてきたという観点から、原文のままといたしました。これらの表現にみられるような差別や偏見が過去にあったことを真摯に受け止め、今日そして未来における人権問題を考える一助としたいと存じます。

なお、底本の明らかな誤植および誤記は改め、新たに一部ルビを施しました。

集英社　文庫編集部

集英社文庫　目録（日本文学）

集英社文庫　目録（日本文学）

集英社文庫　目録（日本文学）

集英社文庫　目録（日本文学）

集英社文庫　目録（日本文学）

木内昇　櫛《くし》挽《ひき》道《ち》守《もり》
喜多喜久　真夏の異邦人　超常現象研究会のフィールドワーク
喜多喜久　リケコイ。
北杜夫　船乗りクプクプの冒険
北大路公子　石の裏にも三年　キミコのダンゴ虫的日常
北方謙三　逃《の》がれの街
北方謙三　弔鐘《ちょうしょう》はるかなり
北方謙三　第二誕生日
北方謙三　眠りなき夜
北方謙三　逢うには、遠すぎる
北方謙三　檻《おり》
北方謙三　あれは幻の旗だったのか
北方謙三　渇きの街
北方謙三　牙
北方謙三　危険な夏　―挑戦Ⅰ
北方謙三　冬の狼　―挑戦Ⅱ
北方謙三　風の聖衣　―挑戦Ⅲ
北方謙三　風群の荒野　―挑戦Ⅳ
北方謙三　いつか友よ　―挑戦Ⅴ
北方謙三　愛《いと》しき女たちへ
北方謙三　傷痕　老犬シリーズⅠ
北方謙三　風葬　老犬シリーズⅡ
北方謙三　望郷　老犬シリーズⅢ
北方謙三　破軍の星
北方謙三　群青　神尾シリーズⅠ
北方謙三　灼光　神尾シリーズⅡ
北方謙三　炎天　神尾シリーズⅢ
北方謙三　流塵　神尾シリーズⅣ
北方謙三　林蔵の貌《かお》(上)(下)
北方謙三　そして彼が死んだ
北方謙三　波《は》王《おう》の秋《とき》
北方謙三　明るい街へ
北方謙三　彼が狼だった日
北方謙三　罅《ひび》・街の詩《うた》
北方謙三　皸《ひび》・別れの稼業
北方謙三　草《そう》莽《もう》枯れ行く
北方謙三　風裂　神尾シリーズⅤ
北方謙三　風待ちの港で
北方謙三　海嶺　神尾シリーズⅥ
北方謙三　雨は心だけ濡らす
北方謙三　風の中の女
北方謙三　コースアゲイン
北方謙三　水滸伝一～十九
北方謙三・編著　替天行道　―北方水滸伝読本
北方謙三　魂の岸辺
北方謙三　棒の哀しみ
北方謙三　君に訣別の時を
北方謙三　楊令伝一　玄旗の章

集英社文庫

明智《あけち》小五郎《こごろう》事件簿《じけんぼ》 IX「大金塊《だいきんかい》」「怪人二十面相《かいじんにじゅうめんそう》」

2017年1月25日 第1刷　　定価はカバーに表示してあります。

著 者　江戸川乱歩《えどがわらんぽ》

発行者　村田登志江

発行所　株式会社 集英社
東京都千代田区一ツ橋2-5-10　〒101-8050
電話　【編集部】03-3230-6095
　　　【読者係】03-3230-6080
　　　【販売部】03-3230-6393(書店専用)

印 刷　凸版印刷株式会社

製 本　凸版印刷株式会社

フォーマットデザイン　アリヤマデザインストア　　マークデザイン　居山浩二

Printed in Japan
ISBN978-4-08-745539-7 C0193